揪出背后的人

赵骏 / 著

中国出版集团
现代出版社

图书在版编目（CIP）数据
揪出背后的人 / 赵骏著. -- 北京 : 现代出版社, 2017.6
ISBN 978-7-5143-5944-2

Ⅰ. ①揪… Ⅱ. ①赵… Ⅲ. ①推理小说—中国—当代 Ⅳ. ①I247.5
中国版本图书馆CIP数据核字(2017)第139328号

揪出背后的人

作　　者：赵　骏
策　　划：许晓善
责任编辑：许晓善
出版发行：现代出版社
通信地址：北京市安定门外安华里504号
邮政编码：100011
电　　话：010-64267325　64245264（传真）
网　　址：www.1980xd.com
电子邮箱：xiandai@vip.sina.com
印　　刷：三河市南阳印刷有限公司

开　　本：710mm×1000mm　1/16　　印　　张：18
版　　次：2017年9月第1版　　印　　次：2017年9月第1次印刷
字　　数：260千字　　书　　号：ISBN 978-7-5143-5944-2
定　　价：42.00元

谨以此书献给仓木麻衣

感谢你的声音陪伴我整个人生

序

这是一本有关仓木麻衣的书，纪念她在中国举行的第一场正式演出。那一晚，无论你是否亲身经历，也无论你是不是她的歌迷，通过此书你都能得到别样的感动。

作为日本平成年代最杰出的天后之一，仓木麻衣的歌曲中饱含爱与感恩，温暖、阳光、励志，点点滴滴中透露着青春的无限美好。你读完之后，便能深刻地体会到作者想要传达的那份感动和写这本书的初衷。当然，抛开这些不谈，故事中跌宕起伏的冒险经历也同样精彩。

先说说本书的主人公，一个有着一头飘逸金发的高傲女孩，名字叫作克里斯汀。她是书中的灵魂人物，区别于大多数悬疑推理小说中的主人公，她的设定亦正亦邪，有自己的一套价值观。如果你是一个歌迷，可能会被她守护的那一份执着所感动；如果你是一个推理迷，你也会被她机智地破解一个又一个密码暗号所吸引。请跟随我们主人公的脚步去冒险吧，在此过程中，我保证你会得到前所未有的体验。

说到密码与暗号，这是本书的最大亮点，区别于传统的推理小说，它算是“另类”的了！图形暗号、元素密码、歌词密码、八阶幻方，在同一个故事里出现，似乎有些太沉重，但话又说回来，这些都是一部优秀作品不可或缺的因素。如果仅仅是这样那这本书还算不上是一部值得回味的作品，本书让人回味的精髓在于守护。

喜欢一个人，守护一个人，想要成为她那样的人，这并非是毫无意义的崇拜，正相反，这是榜样。无论是谁，明星也好，英雄也罢，通过作品和事迹传达出的应该是有价值的正能量，同时也包含着爱。从某种意义上说，一个榜样的塑造就是一种信仰的传承。我们追寻她，始于颜值，陷于才华，忠于人品。这使得我们的守护有了价值，这是作者想要传达出的一种思想。

这是一个让人眼花缭乱的故事，你进入便陷入密码与暗号之中，欲罢不能，就如同在看丹·布朗的大作，充满快感。这个故事环环相扣，高潮迭起。嫉妒和贪婪，这是矛盾的起点，而那些“我”所要守护的价值观便是故事的终点。爱，从来都是守护和陪伴的。作为读者但愿能体会到这种暖意之爱，在久违的感动之后，伴随演出开始的歌声一同步入克里斯汀充满紧张与刺激的冒险中去吧！

周浩晖

目　录

第1章

喜欢一个人，守护一个人，你愿意为她做出何种牺牲？

憎恨一个人，毁灭一个人，你又想看到她怎样的下场？

2009年11月27日清晨7点整，Z市火车站，阴。

“我一生都会记得的，一辈子都无法忘怀的，2009年11月27日这一天……”克里斯汀半梦半醒，斜躺在火车站候车大厅的座椅上，呢喃着。一颗晶莹的泪珠从眼角滑落，顺着侧颜落入耳垂，她似乎预感到什么。“千穗千衣感动十周年巡回演唱会S直辖市站！”期待了许久，终于等来了这一天，但她无论如何也想不到，那些幻想过无数次的温馨片段里还夹杂着惊险、恐慌和迷茫。这一天注定不平凡。

女孩擦去泪痕，像个洋娃娃般娇俏动人，这得多亏了她那天生的金发，让她格外耀眼。真正意义上来说，克里斯汀并不是中国人，她是个混血儿，混着些英国白人的血统，不过这也仅仅体现在头发的颜色上，从脸上来看却是个标准的东方美人。长相自不用说，更令人羡慕的是她那聪明的头脑及矫健的身手。

当然，上天是公平的，他不会让一个人完美到极致，纵使她的名字是克里斯汀也不例外。她失去了成年以前所有的记忆。不仅如此，如今的她孤身一人，她不知道父母是谁，也不知道自己是否还有兄弟姐妹。她的身体上下每一寸肌肤都透露着恐怖的气息，为何如此？答案恐怕早已跟随这破碎的记忆泯灭在她那不堪回首的童年里了。“你恨这个世界吗？”她一直这样问自己，但从来没有得到过从心底深处传来的答案。秘密还有很多，她一直都很乐观，总是用时间做借口，她也一直在等待着——时间所给出的答案。

“叮咚”一声，时刻表上大喇叭传出的列车进站通知将克里斯汀从恍惚中彻底唤醒。收拾好行装与心情，她疾步钻入人群，看着手提肩扛的忙碌乘客，忽然感觉自己潇洒极了。要知道，哪怕只是一个小手提包，在人口密集程度如此之高的车站里都会带来意想不到的“灾难”。本次旅行的一切需求，那两个小小的口袋里应有尽有。

区别于普通老式的铁皮车，城际高铁上的动车组那白色亮丽的外壳给人舒心、安全又富含高科技之感，被设计成子弹头式的两端则是速度的象征。穿过检票口，眼前顿时开阔，凛冽的寒风与丝丝细雨显然无法打消克里斯汀愉悦的心情。车内，其实并没想象中那样拥挤，或许这早班车还没那么大的魅力将旅客们从温暖的被窝里叫起来。克里斯汀在一排排座位之间穿梭，最后视线被一块横卧在桌台上的手表吸引了。

动车逐渐加速，她的重心随之摇摆，有些疑惑，她并没有立时坐下，而是拿起那块手表摩挲起来，表背的金属质地尚有余温，于是又四处张望起来。

车厢内的人很少，很快她便看出了端倪，锁定了目标。

一位青年的出现打破了这看似有些单调的旅行。

“你好。”克里斯汀匆匆一瞥，只见青年梳着纹理细致的斜刘海儿，消瘦的脸上五官倒显精致，只是鼻梁有些塌陷。看起来有些气虚，可能是睡眠不足。额头微湿，是早上的雾气造成的。颈下是件浅灰的羊绒衫，很单薄，里面没有白衬衫。外衣被蜷曲着放在身侧的椅子上，是件淡蓝色牛仔风格的外套，同样很单薄。

“你好！”青年也并不诧异，从来人纤细的小手上便看出了来意，他似有些腼腆般笑了笑。

“这是你的手表吧！”克里斯汀将手定在半空，待青年迎上来时却又退缩了一下，这一小插曲让交接并未完成。

青年有些意外，打量起眼前这位气质非凡的美女来。扎成了运动型的束发下是一张半素颜式的脸，清秀、别致。身上是一件黑色的欧风外套，里面配的是白色鸡心领羊毛衫，高贵非凡。身下，黑色打底裤外是一件性感的米黄色包臀短裙，时尚的花边将她的曲线衬托得更加完美，再加上一双白色长筒皮靴，显然这是精心打扮过的，成熟中不失俏皮可爱。

克里斯汀顺势坐下，瞟了一眼窗外转瞬即逝的江南风景后便深吸了一口气，气定神闲。

“我叫林新茗，不知道你是怎么知道这手表属于我的呢？”

克里斯汀跳过了自我介绍，直入主题。“观察推理得出。”

林新茗来了兴致，不急着拿回自己的手表了，令其说出个所以然来。

“动车刚起步，可能是这一站离开的匆忙旅客，也可能是这一站上车的某个小糊涂虫。但这可说不准，各50%的概率。”

各50%概率？林新茗有些狐疑。“按照道理应该是之前坐在那个座位上的人留下的才符合逻辑啊。”

克里斯汀微微一笑。“是的，这或许是个无法辩驳的逻辑，但我注意到一个细节。早班车人本来就很少，在这里上下车都会打个照面，门里门外只有我们这些涌进来的乘客，几乎没有走下去的人，说50%概率都是保守了。”

林新茗哈哈一笑，这手表当然就只属于还在车厢里的某个人了。

克里斯汀装模作样地摇了摇手指，示意这才进入主题。“表背的金属尚有余温，落下手表的人前脚刚离开我便赶到了，所以应该是从Z市刚上车的乘客。”

“你在Z市看到我了？又或者说是看到我落下了手表？”林新茗迫不及待想得出一个合理的解释。但只得到对方一个劲的摇头。

“细节点有这么两个。第一，微湿的额头及脱下的外套表明你很热，也说明你很匆忙！第二，人的小习惯，每每到某个关键节点上都会有意无意看一下时间。这不，刚上车坐定的乘客们十有八九会这样做。”

“看来我就是那个被剩下的无动于衷的人了。”林新茗自嘲般笑笑，此刻他还能注视到身旁在不断看表及手机的旅客。

“当然这些推论有些牵强，演绎的精妙之处还在下面。我不仅知道这手表属于你，我还知道它原本戴在一个与你关系特别密切的异性手中，是你前女友。”

林新茗张大的嘴巴许久都合不拢，看把他惊讶的，就好像自己的过去一点秘密也没有。

通过对方的神情克里斯汀逐渐确定了自己的推理。“没有第一时间交还手表其实是为了观察你的手腕，上面有明显的勒痕，肤色也出现隔层，这就是戴手表的人特有的现象。”

林新茗摸摸自己的手腕，晃了两下又将目光转移到正前。“这点能佐证你的推理，但前女友的事情你是怎么知道的？”真正令其疑惑的是这个。

克里斯汀没有立时搭理他，转而低头琢磨起表面上的划痕。手表的外观并不光鲜，或者用残破不堪来形容也不为过，表面已经松动，上面的玻璃圆壳似乎都能转动。不过这些都是正常的磨损。要说到奇异，便是表盘四周被人为地雕刻上奇形怪状的字母及符号。

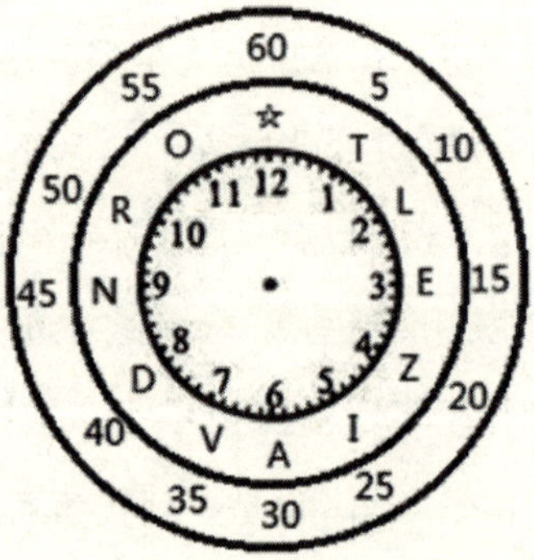

“这些刻痕是怎么回事？”克里斯汀反问道。

林新茗耸耸肩又撇撇嘴：“那你得去问我‘前’女友了，她可是个密码迷。”他故意将“前”这个字突出，似有无奈的苦楚。“或许也正是她那放荡不羁的性格才造就了现在的分离吧！”

克里斯汀并不在意对方的感伤，她在意的是“密码”二字。“这让我想起了罗伯特兰登，一个带着米老鼠卡通手表的符号学天才。现在要是有64个字母，我能给你做出个完全平方密码来！”

林新茗不解其意，只能用苦笑掩饰尴尬。紧接着又问道：“你还没说是怎么看出我前女友的呢！”

克里斯汀淡然答道：“表扣，常用的扣子已经破损不堪，从维度能看出它曾经戴在一个手腕纤细的女士手上。可能是你什么人呢？再从款式分析，金属感略重，显然不可能是给小孩儿的。虽然破旧但整体完好，有几次还刻意修复过，对你来说意义非凡。那么一个青年、身边的异性、充满回忆的手表，这些因素融合在一起便也很容易想到是你前女友了，然而再从新的表扣磨损程度判断你们大概分手了有三个月，或许更长一些时间。”

林新茗连连拍手，“精彩，这就是推理的奥妙吗？你可真是神奇！”

“虽然有些肉麻，但我还是劝你别戴这种款式老套的手表了，忘了你的前任，可别像兰登一样，四十岁了还打光棍。”玩笑过后克里斯汀亲切地做了自我介绍。这一刻，她似乎能从对方眼睛里看出与自己心境一样的情感来，那是一种妙不可言的感觉。究其原因，林新茗拿出的一本杂志给出了答案。

厚实的杂志封面上赫然出现那再熟悉不过的脸，似乎两人的相遇命中注定。没错，千穗千衣，这是此行林新茗的目的，同时也是克里斯汀的目的。

千穗千衣感动十周年亚洲巡回演唱会S直辖市站。克里斯汀已经激动得不能自已了。

9点11分。

S直辖市南站出站口的小岗哨里，一个胖警卫迎上了人群。他手中拿着一张字条，上面用铅笔写了个名字，名字底下则是些乱七八糟的图形，后头还附了张黑白照片。

踏出站门的前后脚，胖警卫本想喊“嘿，金发姑娘”，但舌头一打转，立时又打消了这个念头，或许是疑惑，又或许是他不想打草惊蛇。犹豫间，就在低头确认照片的时候，意外发生了，那个标致的金发姑娘愣头愣脑地撞了上来。胖警卫猝不及防，手头的字条与照片也撒了一地。

“实在不好意思，我走路分心了。”克里斯汀忙弯下腰拾捡并诚恳地道歉。

胖警卫心虚，他努力克制住自己的惊慌，以更谦卑的态度回礼，同时抢在女孩前面收拾好“残局”。

一旁的林新茗扑哧一声笑了起来，不知是在打趣女孩还是在嘲笑笨头笨脑的警卫。

这突如其来的小插曲让克里斯汀意识到即将有事发生。她冲林新茗挤了挤眉头，揪着他的衣角二话不说，疾步离开了。

须臾，站在人潮中的胖警卫拨弄起肩膀上的对讲机，神秘兮兮地说道：“是的，确定了，就是这个女孩！”

一路上，克里斯汀不停地自言自语：“暗号、照片、日本、机场、演唱会……樱井茜！”神情越发严肃。

同行的林新茗冷汗直冒，这位萍水相逢的女孩似乎藏着秘密，待他强硬地停下脚步询问时，克里斯汀又摆出了一副哭丧脸。一股莫名的恐惧感正在蔓延。

“你怎么了？”

“机场，确实，我是要去机场的。之所以这么早到达 S 直辖市便是要去见一位重要的人物，她将从日本大阪赶来。”

克里斯汀的回答牛头不对马嘴。恐惧带来的压迫使气氛凝重，林新茗也意识到就在刚刚，那位胖警卫对自己的旅伴做了什么。

“去帮我接个人，国际机场，九点半的飞机，约好的十点见面。”

旧的疑惑未解，新的疑惑又起。林新茗被对方诚恳又急迫的眼神打动，虽还云里雾里，但还是硬着头皮接下了这茬。

紧接着克里斯汀的几句补充解释了些问题。“她叫樱井茜，找到她你便找到了今晚演唱会的万能钥匙了。她是这次演出的主办人，不用担心语言的问题，找到她后联系我，一定是出了什么大事。走，快走，在他们来之前。”

“他们？谁？”

远处，几辆警车陆续开来，几个便衣驱散开周围的人群，不管三七二十一直冲而来。显然，他们是有备而来，而且目的性非常明确。

仅十几米的距离，电光石火之间情势急转直下。

克里斯汀一把推开林新茗，而后者在小道尽头的拐角阴影里看完了这一切。

“只能靠你了，陌生的同类……”

“别动，别动。把手举过头顶。”如狼似虎的人群中有一个声音特别粗犷，它属于警官秦牧希。

“我在这，我什么都没做。不要激动，我对你们不会有威胁，所以也请你们不要伤害我。”克里斯汀装乖说道。

警察问道：“克里斯汀？”

“对，没错，是我。”

一个中年男人不由分说直接把她铐上。“再确认一遍，是克里斯汀？”

这时，车站里那个胖警卫也跑了过来。“没错，就是她，我们逮到她了。”

“现在能问个问题吗？”此刻，被束缚住双手的克里斯汀反倒是镇定了，焦虑没了，头脑清晰起来，思绪更是顺畅得不得了。她只想搞清楚事情，没有什么比无知更可怕。“我犯了什么罪？”

秦牧希没好气地吼道：“恐吓、谋杀，以及潜在的‘恐怖活动’。”

“无法想象，这些指控合乎逻辑吗？”

“合乎吗？”秦警官摸了摸自己的胡楂，“我不知道常理是怎样，但你就是我们要的人没错。”

此刻，胖警卫冷不丁来了一句：“还有个男的。”

秦牧希显然已经得到自己想要的猎物，怎会浪费警力再去追一个不相干的人物呢？大海捞针，随他去罢了！随即，他又拿来那张密码图纸，指着上面的铅笔名字呵呵一笑，问道：“能说说这暗号的含义吗？”

“密码暗号？”

诧异中，克里斯汀回忆起帮胖警卫拾捡的那几张纸，虽只匆匆一瞥，但她还是确信了与秦牧希展示的是同一个暗号。只见那一排图形既陌生又熟悉……

克里斯汀解释不了，同样不能理解的事情是，为什么自己的名字会被标注在这个暗号图纸上。脸上的茫然给了秦牧希答案，后者也不想在此地过多停留，押克里斯汀上了警车。

“我会揪出来的，那个背后的陷害者你可等着，我终将以一种高傲的姿态将你奸邪的阴谋送还回去，然后再成为你无法超越的存在！”克里斯汀在内心暗暗发誓。

第2章

此刻，克里斯汀正被带进S直辖市某条大街上一个派出所里。

办公楼、出入的警察，还有停在院子里的警车，形成这里独特的环境。走廊的尽头有一个防盗门，防盗门里是一个临时审讯室。

克里斯汀环视了一圈，除了正中央的一张不锈钢桌及两张椅子外，唯一可提的就是墙角的监视器了。这并不是专业审讯犯人的房间，没有小门，没有单面镜。她甚至怀疑破旧的摄像头是否在运转。

“你可以选择先解释这图形暗号，或者先说说今晚策划的袭击活动。”秦牧希推了一把女孩，顺手还带紧了房门。封闭的房间里只有他们俩。

“秦警官吧？”克里斯汀与大叔警官面对面开始了对峙，“我什么都不知道，你们肯定找错人了。”

“哦？你这是想拖延时间了？”此刻，秦牧希掏出了一堆东西撒在了桌面上。“不过没关系，我可以陪你拖延，拖过今天晚上也不要紧！”

桌面上的那堆东西是克里斯汀的随身物品，其中一张门票被警官举了起来。“感动十周年演出，2排5号，这么靠前的座位可没少花钱吧！”

这种柔软无力的对话是起不到任何作用的，女孩深知这个道理，于是她开始旁敲侧击，展示了一番精彩的推理。“好吧，如果你什么都不告诉我，那我自己寻找线索。首先，动车从 Z 市出发，那时候一切都安好，我还没成为你们的目标，不然你们早该动手了。因此问题出在这两个多小时的车程上，然而这两个多小时里到底发生了什么呢？车站里那死胖子给了答案，机场！”

秦牧希轻蔑地哼了一声，感觉好笑，这是在笑那个死胖子的笨手笨脚。但，一时间，他又意识到某个逻辑上的错误，问道：“你说机场？我们可从来没在这个细节上露出破绽，你是怎么知道的？啊，你怎么可能不知道，幕后主谋当然通晓全盘。看吧，你不打自招了。”

浑蛋，克里斯汀在内心咒骂了一句，看来得变换一下对峙的思路了。

“是照片，我看到了那张照片。那是今年年初我去日本与茜阿姨拍的合照。她是演唱会的主办人，今早从大阪飞来，所以问题是不是在那架飞机上呢？”原来克里斯汀早看出端倪了，她似乎得到了一个最合理的解释。“有没有必然的联系，只要等一通电话就明白了。”

“一通电话？”秦牧希看了看桌面上的手机，想象着这个被她唤作茜阿姨的人物。

“她叫樱井茜，她肯定能证明我的无辜。”

秦牧希转动着眼珠，思绪飞快。“不，谁都证明不了，证据确凿，所有的事情都联系起来了，你就是我们要找的人！”语气斩钉截铁。

“愚蠢，糊涂至极。”克里斯汀反唇相讥，“你说我是恐怖分子，我会发动恐怖袭击？再怎么说我也是她的歌迷，我怎么会做出这种事情？”

“你的逻辑是建立在你所制造的假象上，然而这个假象已经被我们警方看破了，1127，平成天后，还有就是这个暗号图纸。”秦牧希想要诉说更多，为他接下来的审讯加大筹码，但他还拿捏不准什么该透露，什么不该透露，至少现在还不能说的。

“警方看破了吗？哦不，你们其实什么都没看明白，否则你会问我这暗号是什么意思吗？”

经过一番斟酌，秦牧希决定说出一些事实来。“就在今天早上，S直辖市警方陆续收到三封匿名的网络邮件，一封标注着‘1127’这四个数字；一封则是个称号，平成天后；还有……”他指了指那张暗号图纸，一时间不知用怎样的措辞来形容它。接着，他又补充道：“警方的技术专家解析，这三封邮件都是从国内发出的，分别代表着时间、人物和地点。你说巧不巧，11月27日正是平成天后千穗千衣小姐在S直辖市举办演唱会的日子，这些联系都表明今晚将有大事要发生。”

“1127、平成天后及暗号图纸！”克里斯汀也皱起眉来，她有些慌了，比起现在自己的处境，她倒更担心千衣的安危来。看来今晚确实有大事要发生。

“虽然我们认为暗号图纸表示地点，可也不会轻易相信它最后的答案仅仅指会场的地址。换句话说，它也有可能表示某个事件……难道就不会是一个炸弹的提示吗？”老道的秦牧希目不转睛地注视着自己的嫌疑人，当说到“炸弹”这个词时，他从克里斯汀瞬间的微表情里看出些端倪，可仅仅是一秒，他又对自己看出的线索产生了怀疑。

如果克里斯汀真是策划者，听到刚刚这一番阐述，她的潜意识会透露出一丝心虚，但她表现出的状态是实实在在的惊恐，以及担忧。

不要被假象迷惑，秦牧希暗自提醒自己。他打起了心理战，继续试探道：“据有经验的老前辈介绍，这是犯罪心理学的典型案例，国际上著名大案要案的幕后策划者都会犯的通病。你很聪明，想出了一系列犯罪手法，但你也是孤独的，因为只有自己参与会很无趣，同时你也是自大的，你要给警方提示，你要在与警方的智力对决中寻得快感。这种快感在某种意义上已经超越了你犯罪的动机。就像十二宫杀手的密码，他是在挑衅警方吗？不，恰如此时此刻的你，看着警方束手无策，然后躲在暗地里笑。千算万算，还是没想到我们这么快就会捉住你吧？”

秦牧希的这一番话看似戳中要害，但实际上没有任何意义，因为警方根本没能解开暗号。不仅如此，正对而坐的这个金发女孩脸上再也没有一丝波澜，她看警察的眼神，倒更像是在看一个恶魔的眼神。

克里斯汀已完全沉浸在自己的世界中，炸弹、炸弹，她是被刚刚的话吓到了。警察用于审讯犯人的攻心术作用在一个疯狂迷恋千穗千衣的歌迷身上简直就是精神折磨。

啪的一声，秦牧希狠狠地在不锈钢桌子上拍了一掌，将审讯拉回自己的节奏上来。女孩猛地一激灵，快丢失的三魂七魄归位。她意识到事件的严重性，正如秦牧希所说，再这样耗下去绝非上策，她得主宰这场审讯，她得靠自己的力量去保护喜爱的人。

“电话！警官，只要一通电话就能证明我的无辜……”

两人再次不约而同地看向了桌面。恰在此时，手机响了。克里斯汀一眼便看出这是林新茗的来电。“警官，答案就在这通电话里。”

克里斯汀的话还未说完，秦牧希便接了电话，此刻的审讯室又回归了平静。克里斯汀现在最直接的感受就是想上前扇他一大耳刮子。

“好吧，我是不是说过，警方对你的指控是证据确凿的？况且，单单就这三封不明不白的网络邮件我们又怎会将目标锁定在你身上？很明显，正如你的推理，答案在大阪飞来的那趟班机上。你可能还不知道，那个能证明你是无辜者的樱井茜恰恰是指证你为恐怖分子的最直接证人。”话到这份儿上，秦牧希也没了顾忌，一股脑儿将早间发生的事都说了出来。“日本警方在追踪樱井茜的途中发现了一封信，一封你寄过去的死亡威胁信。樱井茜作为这次演出的主办人，与千穗千衣关系密切，我们可不可以假想真正目的是指向这位平成天后呢？”

这一反转打了克里斯汀一个措手不及，她不明白缘由，可能是对方的虚张声势，简直可笑，她可不记得自己写过什么死亡威胁信。

“荒唐，我只给茜阿姨写过一封哀悼其丈夫死亡的信，怎会变成我犯罪的决定性证据？如果这是精心准备的，我又怎会傻傻地被你们抓住？”

秦牧希不置可否。“或许这才是你真正可怕的地方。她丈夫的死难道不是你造成的吗？”

“哼，好吧，又一条莫须有的罪名。倒是说说与我何干？”

“樱井茜的丈夫死于年初的自缢，就在你拜访他们一家的那段时间。不明不白，一点征兆都没有，好端端的人怎会说自杀就自杀呢？日本警方便是基于这一点对死亡原因提出了质疑，耗时大半年将嫌疑锁定到你身上，这才会追踪樱井茜，在飞机上意外发现线索，通过空警的卫星联络设备通知我们S直辖市警方对你实施抓捕。”秦牧希情绪激动，翻找出一些图像资料，其中就有那张克里斯汀与樱井茜的黑白打印合照。“所有的矛头都指向你，所有的威胁都通向一个地方——千穗千衣S直辖市演唱会！”

于混沌中寻找突破，该如何反击，克里斯汀绞尽脑汁。为什么日本警方会用大半年时间推翻茜阿姨丈夫的死因，同时将目标锁定到自己身上？为什么我寄出去的悼念信变成了死亡威胁信？又为什么会在今天这么一个重要日子集中爆发？关联在哪里？突破在哪里？克里斯汀脑海一片混乱，甚至连最基本的逻辑都差点儿忽略。

“出入境登记记录……对，这个逻辑有问题。秦警官，茜阿姨的丈夫是在我回国后的第二天自缢身亡的，这点可以从海关取证，不可能是我谋杀了她的丈夫。”

桌子的另一边，秦牧希肘撑桌面，双手抱拳，置于鼻梁之上、眉目之下，眼神里还透露出蔑视。

“谋杀？毋庸置疑，对你的指控中包括这一条。我们不知道你是怎么做到的，海关的取证让日本警方拿你没办法。但今天你落在我手里了，我会让你后悔自己所做的一切。”

秦牧希的态度让人不可理喻。克里斯汀有些坐不住了，既然证实今晚注定不太平，那她就更不能不闻不问了。脑海里逐渐产生一个疯狂又恐怖的想法，并以一种嘲讽的口吻说道：“秦警官，你知道吗，今天你犯了很多错误。”

对面的秦牧希感觉到一丝杀气，坐立不安起来。克里斯汀还在积蓄能量。

“你错在让我们两人单独待在一起，你错在没有给我的双脚带上镣铐。”

“你想干什么？”

电光石火间，女孩解开了手铐，神乎其技。只听“哐当”一声，她的双手已然撑上了桌面，她想顺势发力，腾空而起。

可！她太高估自己的战斗力了。

人民警察可不是摆设，真正的人民警察，就像秦牧希这样的，只一招擒拿便将不知天高地厚的小姑娘给制伏了。

桌上的物品散落一地，取而代之的是克里斯汀缠绕在一起的金发及她那扭曲的面庞，小眼神里还透露出绝望。

现在换作秦牧希嘲讽了。“这一秒可真吓了我一跳，让我猜猜，按照你的设想我会怎么被摆平。腾空之后，你会踩上不锈钢桌子，利用腿部肌肉猛力一蹬，使整个人飞起来。居高临下是优势，同时还能规避我俩身材差距带来的力量劣势。我会被这突如其来的‘泰山压顶’给击倒，但还不足以束缚住我。所以，你得利用腰腹力量来个 360 度大旋转，在我忙着发出凄惨的嘶吼时用剪刀脚夹住我的脖子，再趁机夺取我腰间的配枪。我说对了没？”

克里斯汀发出几声“呜呜”，是那种咬牙切齿的低吟，显然内心还不服气。

“得了吧，要小聪明解开手铐已经很了不起了，这一套动作要真能奏效，我秦牧希还配穿这身警服吗？”说罢，他松开了女孩，示意她再发动一次进攻。

克里斯汀是气得脸红脖子粗，鼓起的脸颊上倒有几分可爱。

看对方不动，秦牧希掏出了腰间的配枪，主动递给了克里斯汀。

这是玩得哪一出？女孩蒙了，大脑一时间也短路了，二话不说就抄起了“家伙”，将黑洞洞的枪口对准了秦牧希。

秦牧希逗趣般的嬉皮笑脸突然严肃起来，发出一声低吼，如野狼震慑自己的猎物般猛烈。“你以为我会给‘恐怖分子’得逞的机会吗？”

人这种动物很感性，有时会被周遭的氛围渲染，但人也是最奇怪的物种，即使知道自己错了，即使知道情形再也不受自己控制，但那最后一抹理智还是驱使着她扣动扳机，漆黑的枪管没有冒出火花。这意味着克里斯汀彻底陷入了不能自拔的深渊之中。

“浑蛋，你真是天真的可爱，你说你不是恐怖分子，但试问一个正常的、无辜的人会不计后果地扣动扳机吗？对于你来说，杀人仅仅是动一动手指这么简单吗？”

秦牧希凶狠地将手枪抽出，反手又送给克里斯汀一巴掌。女孩跌落在座椅上，呜咽着，绝望着。

“憎恨一个人，杀害一个人，有什么逻辑可言？喜欢一个人，守护一个人，又能计较什么后果？我本不想这样做。我只想你能帮助我，能够信任我，哪怕只给我一次机会。”女孩冷笑一声，因为她突然明白，这个幕后策划者真正要针对的并不是自己，而是千穗千衣。对于她而言，追星族只是一个称呼，千衣的存在有着更深刻的意义，这才是促使她不顾一切去守护的动力。

一切都结束了吗？就要一直被当作“恐怖分子”对待吗？然而好戏可还未落幕，正所谓山重水复疑无路，柳暗花明又一村。不经意间，转机出现了。

审讯室的防盗门被粗暴地打开，两个魁梧的彪形大汉全副武装冲了进来。一时间，克里斯汀以为是冲自己来的，但再一瞧秦牧希茫然的神情，她确定这是半路杀出的程咬金。

为首的举着一把自动冲锋步枪，头戴钢盔，上面印有“飞龙”二字，全身被黑色紧身衣包裹，外面还有厚实的防弹背心，这是特种兵。

“你好，我们是飞龙特种部队的士兵，我叫江伟强，是分队长。”

后头紧跟来的小伙稍显稚嫩，但军人的气质却不逊于江伟强。

“我叫刘一轩，同分队的狙击手。”

部队里的人怎会闯进派出所？公安与军队不是一个系统的，他们来有何贵干？这是秦牧希脑海里冒出的直接疑问。

还没等秦牧希问明情况，江伟强便道出了缘由。

“克里斯汀是ISS重点保护对象，她的社会管辖权在安全局，所谓特事特办，关于她的一切，包括审讯、扣押、起诉、审判等都得由我们经手……”

一通冠冕堂皇的解说过后，刘一轩正要上前接管克里斯汀，秦牧希却不识好歹地拦在了面前。

“什么社会管辖权？都是扯谎。当了这么多年警察还没听说某个人犯了罪不通过公安机关和司法机关，由一个根本没听说过的安全局接管的。你们是什么人？你们可知道这个犯人的可怕？她很有可能是一个高智商的犯罪天才，你们斗得过她吗？”

“那你又斗得过她吗？”江伟强一个箭步直冲到秦牧希面前，他足足高出警官一个头，两人面面相觑，大眼瞪小眼。

刘一轩适时地上来打圆场，以一种神秘的口吻解释道：“这是最高机密。以我们对她的了解，如果真是幕后策划者，没人能逃脱今晚的噩运。但如果不是，在她的帮助下，真正的黑手也不会得逞。”

这个转换来得太过突然，克里斯汀立时从阶下囚变成了正义化身。

僵持不下，审讯室笼罩在层层迷雾之中。紧接着，防盗门再次被打开，进来的是公安系统里的某个局长，秦牧希认识。

“小秦啊，这国家批文我也刚收到，本来是绝对机密，破例给你看看。”

公安领导将一沓资料递了过来，秦牧希将信将疑，草草一览。须臾，秦警官转向克里斯汀，带着震惊的口吻问道：“你失忆了？没有成年之前的记忆？”

“不仅如此，她成年之前的所有社会记录都没有，就像凭空冒出来似的。”代替克里斯汀回答的是江伟强，他看着一脸茫然的女孩摇了摇头，叹了一口气。

秦牧希继续问道：“她的智商保守估计有 180？这是怎么测出来的？”

一听这话，克里斯汀有些疑惑了，她可不记得给国家情报与安全总局做过智力测试，但他们说出了自己失忆的事实，所以他们一定还知道些什么。

“我的身世？你们知道？我可以看看那些档案吗？对，在你们将我带走之前……”女孩用极其可怜的目光哀求道。

江伟强绕过秦牧希，来到女孩跟前，嘴巴凑近她的耳朵，细语道：“现在你所能知道的仅此而已，想要解开身世之谜就跟我们走，揪出那个背后的人再说。”

“等等，你们就这么确定我不是那个背后的人？”

“对，确定。你的无辜是我们唯一能确定的事情。”说罢，江伟强向刘一轩使了个眼色，后者帮衬着捡起地上的私人物品，一股脑儿塞进了克里斯汀的黑色欧风外套口袋里。

秦牧希左看看、右瞧瞧，他不知道能相信谁，既然公安系统里的领导都发话了，他还有坚持的必要吗？但又气不过，倔脾气又上来了。

“这算什么事？难道我们警方一上午的努力全都白费了？就凭你们一句话和一纸公文便否决了所有的证据？这是法治社会，我们讲究真凭实据。这种做法我不能接受，要知道不仅仅是樱井茜和千穗千衣，这关乎今晚上万人的安危。”

“小秦啊，你的想法能理解，但很多事情并不是表面上那么简单。你所认定的事实和真相难道就不是幕后黑手想要你认定的事实和真相吗？”公安领导紧急上前安抚下他的情绪。

克里斯汀有种如释重负的感觉，面对对自己揪着不放的秦牧希，她倒释然了。“你想揪出背后的人吗？警官，跟我们一起来吧，我会在保护千衣和上万歌迷的追凶过程中证明自己的清白。”

秦牧希来不及思考，审讯室在片刻的沉寂中又迎来高潮，克里斯汀的手机再度响起。女孩看看这位憔悴的警官，后者意味深长地点了点头，默认了这一切安排。

电话接通，女孩打开免提，还未说话，听筒那边便传来个气喘吁吁的呼救声，是林新茗没错。

“克里斯汀，快救我，快救救我……”

第3章

时间往前，地点变换。9 点 52 分，S 直辖市国际机场 2 号航站楼的候机大厅。

林新茗不知道从日本来的飞机是否准时，他四处张望着，试图在茫茫人群中找到樱井茜。这种愚蠢的行为只持续了几分钟，他很快意识到这样是徒劳无功的。他开始思考，首先所有飞抵国际机场的乘客是不可能来到候机大厅的，在这里永远也不可能找到那个人；其次，得确定从日本来的班机飞抵的准确时间。想通这些，事情就简单多了，而且办法也不难寻找。

另一边，樱井茜恍惚着、摇摇晃晃地前行着，在海关口她差点晕倒，好在身后一位男子及时扶住了她。

“怎么是你？”樱井茜气喘吁吁，她看起来相当不悦。

搀扶他的男人瘦瘦高高，穿着件黑色皮夹克，戴顶灰色毡帽，高挺的鼻梁上还架着副无镜片眼镜框。这不是时髦，这样装扮是有原因的，他在跟梢。被盯上的人就是樱井茜。此时此刻，他之所以堂而皇之地出现在自己的“猎物”面前，想必已经完成了既定任务。

"藏矢川，你真是阴魂不散，居然一直追踪我到中国，堂堂日本警察何时变成纠缠不清的讨债鬼了？"

"茜女士，这是哪儿的话，还不都是为了您丈夫的案子。"

樱井茜的身体一直不适，究其缘由，丈夫的变故给她造成的过大压迫恐怕是主要原因。这种时而恍惚、时而萎靡的状态就是在那段时间里产生的。

"他是个作家，有才华、有理想也有丰富的情感。当写作进入忘我的境界时，他甚至分辨不清现实与虚幻的区别。他很容易受情感的折磨，因此患上了抑郁症，这是我丈夫的命。警官先生，我已经不知道重复过多少次了，你们为什么还不相信他是自杀的呢？"

藏矢川连忙点头哈腰，他不想在这个时候、这个地点讨论死因。他想知道的是关于克里斯汀的一切。他将手摸进了上衣口袋，踌躇片刻，似乎在考虑接下来所要做的事情是否妥当。

"您跟克里斯汀这个人到底是什么关系？"

"藏矢川，你越来越可恶了，现在还怀疑起我的小姑娘了！告诉你，趁早打消这个念头，你是得不到结果的。"

"结果？你是说这个吗？"藏矢川将手从口袋里掏出，还附带一封皱皱巴巴的信。

立时，诧异之中樱井茜浑身摸索了一番，没有寻得她想找的东西。"怎么会在你这里？这是小姑娘写给我的信，随身携带，你为何会拿了去？"

藏矢川又向她鞠了一躬，以示歉意。"飞机上，我趁你熟睡时借来的，我没有恶意……先不谈这个，这封信的内容您好好读过吗？"

"当然，这是克里斯汀寄来的问候，每每想念她时，我都会拿出来读一遍。"

"这是问候？您对威胁恐吓的定义是问候？"藏矢川将信举在半空中晃了晃，苦笑一声。

樱井茜意识到什么，一把抓来，再一次阅读起曾浏览过上百次的悼念信。

没有异样。

藏矢川咂咂嘴，将信掉了个头，触目惊心的画面出现在了背后。内容充满了憎恨，甚至还有恐怖的死亡字眼。

“不可能，这不是我的信，大半年来背面都是空空如也，怎会平白无故多出这些死亡威胁？”

藏矢川将声音提高了八度，目的是让对方重视起自己的话语，如是说道：“如假包换。请你仔细查看纸张、笔迹和折痕，千真万确，它们都出自克里斯汀之手，这点你应该最清楚。我不知道你为何要袒护这个女孩，我请求你诉说实情，半年前在伊豆到底发生了什么？”

尽管如此，樱井茜还是不相信克里斯汀会做出这种事情，况且那些恐吓本身就很荒唐，其中定有什么误会。可怜的中年妇女极力排斥着对方的逼问，精神也在不断衰弱。

藏矢川显然还不打算放弃，似乎还有撒手锏。

“好！您不想解释她与你丈夫的事情也无妨，如果再涉及千穗千衣，您还能如此沉得住气吗？”

樱井茜的世界非常简单，除了丈夫、女儿及克里斯汀，最让她放不下的就是千穗千衣，工作中她扮演的是这位歌手的经纪人角色，私下里，又像母亲般对她无微不至。当藏矢川提到千衣的名字时，她差点暴跳起来。

“千衣怎么了？她发生什么了？”

藏矢川又从口袋里摸出一张照片，类似于明信片，上面千疮百孔，有针扎的孔洞，有刀削的划痕。无一例外，它们全都集中在千穗千衣那美丽动人的脸蛋上。

“醒醒吧，樱井茜！这同样是我在飞机上向您借来的，您难道不记得了吗？这么重要的日子，有人要危害千衣，如果灾难发生，你还会像现在这样袒护克里斯汀吗？”藏矢川的语气非常蛮横，已然坐实克里斯汀就是幕后的黑手。

“不，逻辑上说不通，照片和威胁信证明不了你的推断……”樱井茜嘴上这么说，但内心已接近崩溃，一阵眩晕袭来，她跌跌撞撞地靠上了临近的墙壁。周遭的旅客也被这一阵骚动吸引，纷纷投来异样的目光。

见鬼！藏矢川在内心狠狠咒骂了一声。同时，他注意到远处有几个机场特勤正在靠近。他还有很多事要去做，还要见一个非常重要的人。从樱井茜身上得到的情报已经够多了，虽然刚刚一番审问毫无成果。“不行，我得离开，如果在机场卷入不必要的旋涡，那就得不偿失了。”看着瘫坐在地、虚弱不堪的樱井茜，他没有一丝怜悯，悄无声息地混进了排队出关的人群。

1号出口处的正中央，日本警官藏矢川快步走出，瞄了一眼前排护栏那些迎接亲朋好友的人群，每个人都是举着大大小小的牌子，他在寻找自己的名字，迎接他的是中国公安系统里的一位副局长。就在寻找的片刻，目光被一个青年吸引，这个青年个不高，微胖，身着休闲的韩式棒球服，里面是件紧缩的衬衣，小腹上的层层赘肉凸显无疑。其实真正吸引藏矢川注意的并非这滑稽造型，而是他手举的告示牌。

“樱井茜！”没错，就是这个名字，日本警官相当讶异。“难道是同名同姓，”他正想上前询问，又看看身侧，等待已久的公安副局长正向他挥手，遂压抑了冲动放弃了这个想法，决定静观其变。

藏矢川把身子向左边倾斜，走了不到十步远，令他惊奇的事情发生了。“又是樱井茜？”另一位青年一脸消极的模样晃动着手上的牌子，不时还踮着脚向里面张望着，没错，这个人是林新茗。日本警官驻足不前，他的目光一直盯着林新茗。“见鬼了，樱井茜什么时候如此受中国人欢迎了？”几秒过后，在林新茗对其感觉怪异之前，他又缓步前行了。

10点02分，1号出站口。林新茗很焦虑，眼睛不停地扫着出站口的人群。“樱井茜用日文该怎么喊？”他感觉自己就像个傻子。

靠前的微胖小伙则不同，一脸的期待，他想第一时间迎接到自己的贵人，可又有一些事情令他分了心，时不时低头看看手机，屏幕上一个少女总能让他愣住几秒。“成败在此一举，今天不管遇见怎样的情况都要完成任务。”

终于，千呼万唤始出来，惊魂未定的樱井茜踏出了门。

微胖小伙第一眼就认出了她。“樱井茜！”他大叫起来，虽然两人只相距几米他还是忍不住提高音量，生怕跑了自己的贵人。

樱井茜面无表情站定，下意识将其当成了克里斯汀，转念又一想与自己期待中的画风大相径庭，那面容不曾见过，品位也着实让人不敢恭维。手举着的告示牌画得相当精彩，五颜六色，别说还真像个姑娘家作品。

“你是谁？是在找我？”她的语气很平淡。

“我姓赵，我叫赵风陵，专程来找您。”这自来熟的表现不像是装出来的，也不明白他哪来的自信。

“我们是第一次见面吧？”刚刚一番遭遇，使樱井茜对每个陌生人都提高了警惕，她这一路遇见的麻烦已经不少了，现在可不想节外生枝。“对不起，我还约了人见面。”

“你别走啊，我就是你要约见的人！”小伙厚着脸皮追上。两人在护栏内外平行移动着，稍遇见挡道的人赵风陵也急忙闪转腾挪紧跟不放，穿梭在攒动的人群中好不容易追到了樱井茜，在尽头的交会口堵住了她。

十步开外，当然这些情景都看在林新茗的眼里，他急忙收起相较而言简陋的接机牌，“见鬼了！”女孩可没说过还有这样的剧情，这一出看得他异常诧异，平常文质彬彬的他此刻也忍不住爆了一下粗口，一时间没了主意。他想上前但注意到樱井茜不耐烦的表情又止步了。不知道接下来事情会如何发展，他也选择了静观其变，克里斯汀托付的事情可得放一放了。他就保持着这个距离跟在了两人身后。

再往后，藏矢川一边关注着樱井茜的行踪，一边与公安局副局长打招呼。

这个中国人其貌不扬，一身素装，身材敦实，站在人群里完全感觉不出市公安局副局长的派头。“你好，初次见面，我叫郑百林……废话不多说，先交换一下情报吧。”

案情不断升级，远远超出藏矢川的想象。他本以为克里斯汀只针对樱井茜和千穗千衣，没想到中国公安的技术员从暗号图形里嗅出了“恐怖袭击”的味道。虽然这一切都是假设，郑百林主导临时成立的危机小组不敢怠慢，还是做出了最坏打算。好在他们已经控制住犯罪嫌疑人，算是不幸中的万幸。

郑百林顺着藏矢川深邃的目光望向了十几米开外的樱井茜，这个人物身边又将发生怎样意料不到的事情呢？

“茜阿姨，你慢些走啊！其实我是个记者，我能采访……哦，不，我能请教你些事情吗？”这样突兀多少能起到作用，但说实话他自己都觉得这是一个再糟糕不过的开场白了。

“记者？”樱井茜反问一句。

“是的，我也是个歌迷，我可是千穗千衣的忠实粉丝啊！”

原来后一句才是他的终极目的，樱井茜很失望，扭过头又加快了脚步。想着这么一个不入流的新闻从业人员无非想从自己这搞到些特权，借着权势往脸上贴金罢了。漫漫的职业道路上这种小伎俩她见识多了，“你是怎么知道我今天的行程的？”

赵风陵嘿嘿一笑，“我稍微利用了点小手段，但请您放心，这不会是什么值得关注的细节。”赵风陵紧追不舍，也正因为跟得太急，樱井茜的一个急停差点没让他摔倒。

这时，樱井茜终于与赵风陵对峙起来，很不留情面地说道：“我在找人，如果没有别的事可以让我清静会儿吗？”毕竟压抑的心情让她很难和蔼待人。

克里斯汀不在机场。

林新茗察觉出端倪，他意识到是时候表明身份了。而就在青年疾步来到面前之时，赵风陵却又突然挡在两人中间，道出了一件不得了的大事，或许是空穴来风，但终究成了他的撒手锏，“女士，今晚的演唱会可不太平”。

听到这，林新茗和樱井茜都怔住了。林新茗急忙转身而过，靠近着两人静听着。看来他还得再等等。

“什么？你说具体点。”樱井茜态度转变很快，口气中有让人无法抗拒的威严。震慑性很足。赵风陵没想到会起如此波澜，硬着头皮答道："你可别着急，这事没个准头，我也只是消息渠道宽，可不见得是什么事实！"

"说重点。"

"是这样的，我有个歌迷朋友得了重病，她很喜欢千衣，可以说是千衣的歌声在陪伴我的朋友度过一个又一个死亡夜晚。她就是靠着这些信念勉强支撑到现在。这不，时隔十年，千衣难得来一次中国，近在咫尺，我的朋友却无法像其他歌迷一样去现场，难免有些落寞……我的意思是她将不久于人世……"赵风陵并没有说重点，他很狡猾，惊讶自己的那句"不太平"居然能收到如此奇效。从樱井茜焦急的态度上能看出自己的虚张声势是无比重要的筹码。侥幸让他撞上了。但他又是个自私的人，这一刻，他还在考虑如何敷衍并撇清责任，因为较真起来，这造谣罪可不好受。

"你还没说重点呢！这样吧，只要你的情报有价值，你和你朋友的任何愿望我都可以帮忙实现。"

一听这话，赵风陵有些肆无忌惮，他被利益蒙蔽了双眼，信口开河道："也就是我这位朋友，她的家族是经营化工企业的，在S直辖市还算小有名气。偶然间，我听闻她家的工厂遭到盗窃，大量的爆破物原料下落不明，很有可能会搞出大动静。再查一查最近本市的活动安排，一没有政府工作会议，二没有重要外宾接见，三没有国际赛事举办，唯一造成社会轰动及媒体争相报道的就数千穗千衣的感动十周年演唱会了。"

无巧不成书，樱井茜所烦恼的事件被这样一个不知名的小记者撞个正着，冥冥之中她是逃不过这一劫了。

中年妇女头疼欲裂，一恍惚、一踉跄，她居然跌进了赵风陵的怀里，这让后者尴尬不已。"中江，是你吗？"

"中江？"赵风陵第一次听说这名字，不明其意。

踌躇之际，远处的藏矢川察觉出端倪，终于按捺不住，疾步朝这旋涡的中心走来。

樱井茜正视着赵风陵，目光中带着惊悚。敏锐的她立时便觉察出意外，冲过来的毡帽男让她始料未及。警察的身份代表友，怀疑克里斯汀的态度代表敌，是敌是友分辨不清，她紧张得手一抖，兀地抓住了赵风陵的肩膀。“你还知道什么？”

小记者有些不知所措，霎时情形急转直下，樱井茜更加恐惧不已，“你一直在偷听？你是中江”？她冲着靠近的藏矢川喊了起来。就在藏矢川伸手要抓住她时，她拔腿跑了，拼了命般逃避着。

一石激起千层浪，赵风陵与藏矢川被推倒在地，而不知所谓的林新茗刚想起步便也摔了个狗吃屎。一场惊心动魄的追逐戏在国际机场拉开了序幕，如果说樱井茜像个无头苍蝇，那藏矢川和赵风陵就是赶苍蝇的拍子。拍子挥得越猛，苍蝇便逃得越快。

林新茗不知所措，“什么情况？”他持着碰碰运气的态度拨通了女孩的号码，如预料中一样响到一半被挂断了，他嘀咕着又骂了句脏话。

樱井茜此刻的速度相当惊人，她的耐力也超出两个男人的想象，完全没有了之前的感觉。藏矢川大抵知道是追不上了，对方对自己的肆无忌惮让他很不爽，一时委屈不已。“中江？”他放慢了脚步，气喘吁吁地靠上了不锈钢栏杆，回忆着那个不祥的名字突然又懊恼起来。

“中江？”赵风陵也到了极限，随即跟着林新茗停下了脚步，随意的一喊把日本警官的注意力从樱井茜那里转移到他自己身上来。

藏矢川将矛头对准眼前的小胖子，权衡利弊，还未给对方反应的机会便像个疯狗一样扑倒在赵风陵身上。“好家伙，你还敢追来，快说，你接近樱井茜的目的是什么？”

闯祸了，闯祸了，微胖青年直摇头，可那不达目的誓不罢休的态度此刻也变得异常顽劣，他决定赌一赌。“你这个不要脸的，倒反咬我一口。”

“什么？”好一个推卸责任，藏矢川看傻了眼。

“樱井茜对你的态度已经证明了一切，你存的什么坏心思？”赵风陵一度将藏矢川当成了歹人。

“无风不起浪，你一定知道什么秘密，你跟克里斯汀是一伙的？你们是来加害樱井茜的？”

“加害？克里斯汀？你在说什么鬼东西？”赵风陵一头雾水。他的反驳显然不会轻易让对方放下戒心。仅仅几秒后，两人的僵持变成了怒火中烧，就这样在众目睽睽之下扭打了起来。

热闹非凡的场面可不是每天都能遇见的，很快，机场特勤便赶了过来。

樱井茜还未停下脚步但已气喘吁吁。

林新茗深吸一口气，他瞅准了方向，心里也打定了主意。

2 号航站楼外，细雨蒙蒙，林新茗紧追在樱井茜后面，差一步就赶到了，他根本不知道怎么叫停她。一个加速，他的手终于抓到了樱井茜。

“樱井茜！”

“我跑不动了！”回头一瞧，出现在面前的却又是个陌生面孔。

林新茗二话不说直入主题。“克里斯汀！”

“克里斯汀？”樱井茜的语气听起来有些兴奋。

“事情是这样的……”林新茗刚要说自己的故事，不料螳螂捕蝉黄雀在后，他的臂膀被一只大手抓住了。

“不好意思，你刚刚说了克里斯汀这个名字？”来人正是郑百林。

“嘿，你误会了。”樱井茜急忙上前，试图扯开郑百林。“你是谁？你也在跟踪我？”

“是的，女士，我是在跟踪你，但有些事情比这个更重要。”转而郑百林又转向林新茗。

林新茗踉跄着，在地上又滚又爬。

“我不能理解你这种行为，为什么这个青年要受到这种待遇？”

“因为他说了克里斯汀！”郑百林没好气地回复。

“荒谬，你也认为那个女孩是坏人？你到底是什么人？”

郑百林没再多说，注意力全放在地上的青年身上。

倒是林新茗表现出一副大义凛然的样子，冲樱井茜喊道："去找到克里斯汀，只有你能救她！"说罢拔腿就跑。

中国警察可都不是吃素的，虽然他已身居高位，但身手一点也不含糊。一个饿虎扑食狠狠将林新茗扑倒在地。林新茗个子矮、重心低，身体很灵活，在倒地的一瞬间又腾跃而起，极短的时间里他便逃脱了对方的控制，后者没能得逞气急败坏。

随即几秒的缓冲期里林新茗摁到了手机重播键。

"克里斯汀，快救我，快救救我。"

出站口的四面八方，立时十几个全副武装的特勤蜂拥而来。局面因此被控制。

樱井茜？这个女人可不想把精力与时间浪费在这些无关紧要的人身上，但"只有你能救她"这一句话令其担忧不已，好在她充分相信克里斯汀的能力，遂悄无声息地离开了国际机场，向今天的演唱会现场而去。

第4章

一个是美丽聪明的金发女孩，一个是智勇双全的人民警察，一个是百发百中的狙击高手，还有一个是雷厉风行的特种大兵。这四个人组合在一起注定要闹得满城风雨。

10点30分。

秦牧希，S直辖市某个派出所不知名的警官，到了他这个年纪还没有太大作为，恐怕这辈子也就只能这样了，或许幸运点再过几年能够调去做文职，不算功成身退，至少能够远离危险的一线。想象是美好的，但他也清楚这是不可能的，就这么一个五大三粗、靠经验卖苦力为生的糟大叔是怎样也抵不过那些权势四通八达的新鲜血液的，真是“后生可畏”，现在他只能顶着那不会混社会的帽子独自前行了。

“克里斯汀，快救我，快救救我。”秦牧希踱步到院子里，琢磨着最后那通电话的内容，有些拿不定主意。

“秦警官，我只是让林新茗去机场接茜阿姨，多么简单的一件事啊！可他却搞出这些幺蛾子，着实让人担心。”克里斯汀鼓着腮帮子说。

秦牧希知道她的心思，她对林新茗有内疚之情，但更多的恐怕是对樱井茜的担忧。

“哦，咱们是不是也走一遭？”

一听这话，克里斯汀立时喜笑颜开。

这一出在江伟强和刘一轩看来可谓恶俗，活脱脱韩剧里大叔与萝莉的狗血剧情，真有些不伦不类的感觉。

就这样，警笛鸣响，警车开道，一行四人马不停蹄冲向了国际机场。

路上，江伟强向克里斯汀展示了92式5.8毫米口径手枪，开玩笑说，要是不乖，只一颗子弹便能要了她小命。然而，有唱黑脸的便也有唱红脸的。刘一轩告诉她不用怕，从腰间抽出一个亮闪闪的物件。

“哇，这是什么？是条龙吗？”女孩像个没见过世面的乡巴佬，眼珠瞪得老大。

“蝙蝠侠知道吗？他手头的蝙蝠飞镖是不是很厉害……哼，我这也不输阵，全钛合金制造，还能挡子弹呢。”

这是飞龙特种部队专属的标志，一条蜷曲的龙，设计这个物件的人考虑很周全，特意将龙尾雕刻尖锐，能当飞行武器使用。

看着克里斯汀爱不释手的样子，刘一轩顺水推舟，做了个好人。“送给你了，你可以别在胸间，做个装饰也挺好看。”

女孩恭敬不如从命，笑纳了。

这一切通过后视镜看在秦牧希眼里，他嘴角一撇，无奈一笑。谁说他们之间的剧情就不狗血呢？

一路波澜不惊，还起了点涟漪，克里斯汀的手机再度响起，来电显示是林新茗。

与此同时，机场内。这是一个臭烘烘的房间，里面挤满了各色人物。

藏矢川坐在四人的最左边，此刻平静下心境的他感到异常惭愧，太冲动了，或许是性格使然，但身为警官的他那时理智及判断力已基本丧失，真是做了令其懊悔不已的事情。在这样一个敏感的地方说不定还会引起国际纷争，或许小题大做了，但他犯的错着实不小。

在藏矢川旁边坐着的是林新茗，他的手被一次性塑料约束带绑得紧紧的，低着头数着格子地板的方块，嘴里还喃喃细语道："这太疯狂了！这太疯狂了。"此刻他开始考虑起人生来，内心那一抹消极令其顾不得眼前的事，晚上的演唱会貌似也被抛诸脑后，此时他往最坏的方向设想着，越是害怕浑身也越是抖得厉害。他鼓起勇气抬头瞄了一眼前方，他绝望了，这还是第一次被人用枪顶着。

林新茗的右边，赵风陵则是完全相反的状态。他昂着头，目光炯炯，还不停地用牙齿撕咬着干涸嘴唇上的皮屑。"该死的，谁能出来主持一下局势，谁能为我脸上的青紫报销医药费？"没人理他，房间里已乱作一团，不时有几个身着正装类似领导的人进来，然后自顾自地窃窃私语着。

时间一分一秒流逝着，几个管事的人围在一起还没讨论出个所以然来。

坐在最右边的是郑百林，他正跟机场特勤的头头及辖区公安的领导交谈。确认身份要不了多长时间，关键他得隐瞒这场骚动的真正起因。即便是一座城市、一个系统里的同志，潜在的大规模袭击案件总不能挂在嘴边吧，所以，搪塞这些局外人花了不少工夫。

许久，终于有结果了。他们决定将这个房间的管事权交给郑百林，并留下了几个武警。

"先松开那个大个子。"郑百林指了指藏矢川，后者长叹一口气，起身活动了下筋骨，缓解了下腰腹的酸痛感。

"警官先生，少安毋躁，这里的事情我已经帮您摆平了。虽然我们核实过您的身份，但您的到来属私人行为，并未通过大使馆。所以，有必要的话还请您收敛一些，否则我很难向上级解释你在中国行动的合理理由。"郑百林的话外音就是，若不是你在飞机上提供了关键情报，鬼才懒得理你呢！

藏矢川很识趣，冲郑百林点了点头，同时还向被自己揍得鼻青脸肿的赵风陵鞠了一躬。

“时间紧迫，我们言归正传。先从这位小记者开始……叫赵风陵是吧？说说你接近樱井茜的目的吧？”

那忽悠主办人的一番说辞此刻是万万不能摆上台面的，造不造谣先不谈，就凭自个儿这模棱两可的情报，说不定就被当成真的“恐怖分子”对待了。正所谓祸从口出，言多必失。赵风陵明白这个道理，所以他选择了闭嘴。只敷衍说要得到些歌迷的特权。

郑百林是个老江湖，明白这些都是托词，从樱井茜刚刚的反应就可判断，赵风陵没有说实话。但一时半会儿，他又无可奈何。

罢了！他能掌控的不是赵风陵，而是林新茗。

“林新茗，如果我猜得没错，是克里斯汀叫你来机场接樱井茜的吧？”

林新茗皱着眉，狐疑地看了一眼郑百林，随即便不敢再与对方对视。他默认了。

“有没有人告诉你，克里斯汀其实是一个非常危险的人物？”

“危险人物？虽然我们相识还不过5个小时，但她绝不会像你说的这样。”

“5个小时就敢这么打包票，这丫头可真有本事，她对你施了什么魔咒？把你知道的情报都说出来。”

林新茗内心有种说不出的感受，总之他非常相信克里斯汀。“这不是打包票或魔咒的事，她只不过是个刚成年的女孩，深深喜爱着千穗千衣。她到这来不是为了被你们逮捕的，她是来看演唱会的。”

“嗬！还是个一根筋！”郑百林对他的话嗤之以鼻，“正所谓画龙画虎难画骨，知人知面不知心。她已经被列入极度危险人物名单，你与她牵扯上，还不考虑考虑自身处境？”

林新茗无话可说，眼前的郑百林正是下令批捕克里斯汀的人，显然他有他的逻辑和立场。

片刻，房间里死一般沉寂。几声连续急促的铃声打破了这僵局。这是来自市里派出所的汇报。

“什么？自称 ISS 的组织把克里斯汀接走了？”郑百林简直不敢相信自己的耳朵，立时暴跳如雷。“老子可从来没听说过什么 ISS，那些特种兵又是什么来头？”

电话那头在解释着。I 是英文单词 Intelligence（情报机关）的开头，SS 则表示 State Security（国家安全）。显然这是个神秘组织。

“见鬼，上当了！这帮人可真厉害，居然堂而皇之地将重要犯罪嫌疑人从派出所里带走，这让我们的脸面往哪儿搁？”

事已至此，再咒骂、再懊悔也无济于事，亡羊补牢才是重中之重。郑百林找回理智，立时向电话那头打探具体情况。

“秦牧希被‘策反’了？这个呆子，成事不足败事有余。”

郑百林还得知，一帮人正马不停蹄地朝机场赶来。一时间，他没理解这个逻辑，直到目光固定在林新茗身上，这才恍然大悟。是冲这青年来的。

见招拆招，郑百林露出了老狐狸般的狡黠诡笑。他整理了一下思路，克里斯汀之所以会来机场，是因为林新茗拨了一通求救电话。这通电话就像钓钩，死死地钩住了想要逃跑的大鱼。何不来个瓮中捉鳖？

这一刻，藏矢川发出一声怪笑，意味深长地看了看林新茗。他也看出了突破口。

林新茗皱了皱眉，心想要坏事。

在一通说教外加威逼利诱下，林新茗无奈妥协了。“喂，克里斯汀？”他的语气带有些疑惑，胆战心惊着。

那头，在高架上飞驰的警车里，克里斯汀用细腻的声音应了一声。“你那儿什么情况？我给你回电没反应。”

“怎么，你已经逃脱了？你可真厉害，十几号警察呢。”

他的话有些多余，藏矢川立马给了个恶狠狠的眼神。

“……我也摆脱了危险，我在航站楼的候机大厅等你，具体的情况来了跟你说。”

他传递的信息模模糊糊。另一边克里斯汀停顿了几秒，回应道："我马上就到……"在匆忙的状态下克里斯汀先挂了电话。

郑百林急不可耐。"怎么说？"

"恭喜，你的计划就快达成了。"

一切安排妥当，机场的高管、特勤等都给足了郑百林面子，在保全航站楼的大前提下，抓捕一个小姑娘还不是小菜一碟！

然而，一波未平一波又起。正当郑百林准备行动时，噩耗传了过来。

"……定国路……市立大学旁……一家杂志社发生了爆炸？"

此言一出，风起云涌的S直辖市立刻陷入建城以来的最大危机中。

郑百林在思考，暗号图纸、爆炸袭击、演唱会……樱井茜、克里斯汀还有千穗千衣。一根根看不见的线将他们串联起来。于重重迷雾中何时能拨云见日？

房间里，另一角，蜷缩而坐的赵风陵露出了惊诧神情，似有某个阴谋正在酝酿。

11点30分，D区。藏矢川背靠背坐在林新茗的斜后方，他装模作样般拿出一本杂志，此时隔壁区域的座位席有了些动静，警官先生一阵胆战心惊。机场还在正常运行，是乘客们的安检时间到了，人群纷纷汇聚成一排长龙。藏矢川稍微松了口气，不过此情此景让他有些不自在，坐的高度看不到前方的状况，全被人群挡住了。

林新茗如坐针毡，他能感觉到来自四面八方的目光，如荒野中被狼群包围的小绵羊，随时随地都会被大卸八块。好在他有个前提，只要老实待着就还是安全的。于是他又回想起些美好的事情，他清楚地记得曾经就是在这个片区下带着妹妹去日本的。彼时此刻，一切都变了。

"34分50秒。"

"警官、警官，目标出现，目标出现。"藏矢川的内置耳机突然热闹起来。

他低语道："确认目标，确认目标。"从林新茗的描述能够得知克里斯汀今天穿着的是一件黑色外套，再加上特殊的金发，辨识度非常高。他注意到了，就在长龙的间隙处，不过奇怪的是那个姑娘戴着一顶鸭舌帽，而且她将帽檐压得很低。不过这些都不重要，目标四散搜寻的举动让他深信不疑。“她在找，她在找……”

没过几秒，女孩穿过 E 区的人墙，径直向他们走来。

“全体注意，全体注意，目标出现。”

克里斯汀绕过藏矢川在林新茗跟前停下，林新茗也在第一时间看到了她。

有些奇怪，但奇怪就正常了，克里斯汀的神奇他们可还没见识过呢。林新茗的疑惑在第一眼就显现出来，一秒过后他也发觉了蹊跷之处。

“你是谁？”他一头雾水。声音极低，低到他自己都听不清。

女孩抬起帽檐，显现在他面前的是一个完全不相干的女人，这个女人很成熟，很漂亮，五官端正别有情调，一头的金发卷裹在帽里，最关键的是任何人都可以一眼看出她是个欧洲人。林新茗还在心里盘算着，看起来对方是个俄罗斯人，又或者是乌克兰的，总之一定是北欧地区的。

“行动！”藏矢川的一声大吼激起千层浪。

四面八方的便衣就像饿狼般猛扑过来。

“不准动，不准动……”

就在这瞬间女子还是将手上的字条递给了青年。

大概是被这排场吓得不轻，欧洲女孩一下子瘫坐在地，不停地说着所有人都听不懂的语言。

注意力自然而然都集中在她身上。林新茗也找到了可乘之机，他缓慢地往后退了几步徐徐打开那张字条：

跑

就一个字，不过这一个字让林新茗相当崩溃，他肯定这是克里斯汀的指示。“怎么跑？”他再一次环视着四周，显然此刻正是脱逃的好时机，可一旦……

“怎么回事，蓝眼睛？”藏矢川跨过长椅，推开了鸭舌帽一把揪住了女孩的衣领。

“没错啊，警官，黑衣服，金色头发。”一旁不知状况的便衣补充道。

“这不是她。”日本警官恼羞成怒，连爆数声粗口。“根本不是。”

任务失败了，从男人暴跳如雷的状态大家都明白被摆了一道，现在克里斯汀作为“恐怖分子”的身份已经深扎在藏矢川心底了。

“我们都小看她了，我就知道不会这么容易。好家伙，真是狡猾，看我抓到你不把你生吞活剥了。”嘴里虽然抱怨着，藏矢川脑海里已经在考虑接下来的布置了。不过他没有那样的智慧，应变能力也不突出，不足以立时给出最恰当的方案，他已经被愤怒的迷雾遮蔽了双眼。“她一定还在附近，这是个圈套。去搜查，去搜查……”

此时没人回应他的命令，大家都知道他只不过是给郑百林跑腿，根本没人买他的账。

郑百林没能参与此次行动，他在了解定国路上突发事件的前前后后。此刻，若被告知计划失败，大家都被耍了，可想会是怎样一种崩溃心情。

另一边，林新茗感觉就像到了天堂，他不断后退着，没人注意到他的举动。就在脱离休息区的一瞬间一只纤巧的细手捂住了他的嘴巴。他用余光一扫，那个貌美的面孔出现在视线里。没错，正是她，此刻林新茗就如同见到了女神一般内心荡漾起春意。

第5章

十几分钟前，在机场外的大道上，秦牧希找了个僻静处将车停稳。虽早有预料，但几人着实被机场外严阵以待的布局给吓住了。

“姑娘，快去接你的同伴吧！”

“秦警官，不跟我一起去吗？”

“不了，我把车掉个头，等你们回来一起去会场。”

“去会场的位置可坐不下5个人！”克里斯汀发出一声阴森恐怖的诡笑。

秦牧希回头一瞥，警车后座上的女孩一脸狰狞。他下意识摸了摸腰带，却发现枪套里空空如也。意想不到的局面出现了，三把枪从三个不同角度对准了他。

江伟强和刘一轩自不用说，克里斯汀手头的“家伙”是趁秦牧希不注意窃取来的。

“这是唱的哪一出？”

江伟强答了话。“你们一直不相信克里斯汀是无辜的，那个自作聪明的郑百林根本就不把ISS放在眼里，这一招引君入瓮是想再把女孩钓回去吧？”

一听这话，秦牧希无奈一笑，道出了逻辑上的漏洞。“我们都是公职部门，为国家和人民做事。虽然立场不同，但不至于搞内部矛盾。ISS是神秘组织，我们知之甚少，你们认定克里斯汀是无辜的自然有你们的道理。郑百林是这次行动的总指挥，他不相信克里斯汀不打紧，有你们ISS在，误会总能解释清楚，又何必对同胞举枪相向呢？要知道，我们共同的目的是阻止即将到来的灾难，在这个过程中需要克里斯汀的智慧，这点我非常认同。还有，我怎么也看不出这是一个引君入瓮的陷阱，你们是否将郑百林想得太坏了？”

“秦警官，我们不管郑百林是什么想法，我们只想知道你的态度。”江伟强示意同伴和克里斯汀收起武器，僵着的形势得到缓和。

克里斯汀以柔和的语气说道：“我确定这是一个鸿门宴，但有些事情不去做，误会就会一直存在。这个叫郑百林的总指挥有他的立场，按照他的逻辑，即便是ISS插手，也不会轻易放过我。毕竟这是关乎许多人性命的重大事件。秦警官，我要进去了，要阻拦随便你，手枪还你。”说时便将手枪扔在了对方大腿上，“此去凶多吉少，如果我出了意外，请去保护千衣。好吗？”那一句“好吗”简直醉煞了前座的中年大叔，直起鸡皮疙瘩，但让人无法拒绝。

这一刻，秦牧希不知想起了谁，眼睛里全是柔情似水。他意识到有时真正阻碍在正义面前的并不是可怕的敌人，而是身边被种种利益左右的同伴。郑百林此刻正扮演着这个角色。眼前的这三个人，他们在以自己的方式践行正义，在面对凶恶的敌人之前，他们得跨过郑百林设置的这道坎。

中年大叔低下头，露出了暗淡神色。手在发抖，他握不紧手枪。人们总是在做艰难的抉择，其实当他们再回首的时候，当初无论怎样的选择结果都会是一样的，因为所有的事情都是随心而动的，你的心决定了最终的结果，而不是此刻的选择！

“你后悔了吗？”克里斯汀注视着后视镜中的秦牧希，“你还有挽回的余地，它就在你手上。”

不知不觉中，秦牧希陷入克里斯汀的攻心术陷阱里。这一段插曲过后，他将完全被女孩所折服。

江伟强与刘一轩对视一笑，他们草拟了一套营救与脱逃路线。

秦牧希一直注视着克里斯汀远去的背影，他颤抖的手终于平复了下来，透过车窗，枪管直直地对准了克里斯汀。直到她消失在航站楼的玻璃门后，他才长舒一口气，立马又掏出了手机，编辑短信道：目标已入瓮，任务已完成。

克里斯汀优雅的步伐灵巧轻快，小翘臀一扭一扭的，如同一只金色的小妖精。在进入玻璃门的一刹那，她将右手扬起悬停在半空中，保持着这种姿态继续走着，透亮的大理石地砖上发出清脆的金属碰撞声，一颗、两颗……专属于5.8毫米口径的小子弹就像被赋予了生命一般翩翩起舞。

国际机场的2号航站楼是去年3月份启用的，这宏伟的建筑不管从哪儿看都非常讲究。克里斯汀缓步进入大厅正中央，仰视着那拥有138个巨型天窗的拱形屋顶，明亮、宽敞，同时异常壮观。从A至M，12个片区，前后拉伸，纵贯全部登机口，剪刀叉式登机桥外那一架架A380是现代文明及科技的最直观体现。

明知山有虎偏向虎山行，女孩坚定的脚步没有因此而动摇，她明白接下来该如何去做。首先她在G片区的某个Y字形的钢支柱架下站定，这是她在扫视了大厅附近的摄像系统后找到的死角。然后再是找人，不是林新茗，此刻还没轮到他。目光很快便锁定在俄罗斯某航空公司的一个空乘小队上，有几个空姐围在一起热议着什么，显得异常兴奋，还有几个散乱地坐在休息区。“身高、发型、体形……”她一个个扫描过去，当然特意选择俄罗斯的缘由是不用考虑发色的问题，很快就锁定了自己的挡箭牌。

那么，接下来是林新茗。

虽然有些距离，但克里斯汀还是一眼就看出D区的异样，明显与其他区域不同的风格，若将这里比作一幅画，那D区的画风就相当滑稽可笑了。“这些人永远都不懂伪装的艺术。”

目光转回到眼前，离D区不远的G区服务台，迎面而来一位匆匆的旅客，这一来一去，陌生人挂在背包上的帽子不见了，倒是调皮的克里斯汀手中多了一顶鸭舌帽。台前站定，她一边脱去黑色外套一边找寻着纸笔，只一个字，这里的准备工作便也到此结束。

最后，也是最重要的事情，她走到刚刚选定的俄罗斯空姐面前，用流利的英文说着什么。一番交流后两方都皱起了眉，似乎协议没有达成。但正所谓有钱能使鬼推磨，克里斯汀毫不吝啬皮夹子里的钞票，一把全部给了眼前的空姐。

等等，按道理女孩应该身无分文才对啊！这家伙，在服务台前的那一来一回可真是尽显神偷风范，恐怕只可怜了那匆匆而过的旅客了。

最终协议达成，克里斯汀将外套、鸭舌帽及字条一股脑儿塞给了对方，临走前还再三嘱咐。

11点35分，风云际会的S直辖市国际机场2号航站楼候机大厅将迎来爆发。克里斯汀早已选好了隐蔽位置，在她看来，对手的布置与安排真是太小儿科了，甚至到现在还有乔装打扮的便衣在疏导着D区的乘客。

林新茗呆若木鸡，傻傻地坐在那个位置上想着心思，隔了好远都能看清眉宇间渗出的虚汗。而真正让克里斯汀感兴趣的却是背靠着坐在林新茗后面的男人，想必给自己今天的旅程带来诸多麻烦的罪魁祸首便是他了。

时机成熟，克里斯汀按了手机回拨键，很快就通了。

“喂？克里斯汀？”林新茗的声音很焦虑，但刻意用温和的语气在掩饰。

“我到了！”

“好的，我在D区等你……”

话到一半，克里斯汀便掐断了通话，周遭如狼似虎般的便衣们蠢蠢欲动，她知道好戏该开场了。远处，那个将鸭舌帽压低，披着黑色外套的女子径直走进了这陷阱。她很好地完成了任务，那张字条传递到了林新茗手里。立时，候机大厅里炸开了锅。身后的那个男子一跃而起，随即蜂拥而来的彪形大汉们将女子团团包围。

虚影遮蔽了他们的眼睛，诡计欺骗了他们的心灵。林新茗亦步亦趋着退出了这包围圈，然而就在此时，一只手抓住了他的肩膀……

第6章

“喂，等等。等等。”

林新茗被克里斯汀带进了一个女洗手间，两人在最里层的隔间里喘了一口气。

“我不明白你怎会知道这是一个陷阱？还有你是怎么逃出来的？”

克里斯汀噘了噘嘴，淡然一笑，接下来的一段推理会让对方异常佩服自己。“在派出所时的短暂通话听得出你正被什么人追着，就一会儿工夫，等我再回电话去的时候已经没了反应。”

“我被制伏了。”

“是的，紧接着刚刚的电话有些异常微妙的地方，你的语气平和了，危机也解除了，甚至还不到一个小时，就好像机场什么也没发生一般。试想正常情况下我该听到怎样的答复呢？”

林新茗这时才静下心来思考着。“之前遇到那么可怕的事情，当电话通了我一定会滔滔不绝地说些……”

“没错，这是第一个反常的地方。然后，我被警察抓走的情景你一定是看到的，你自始至终都是丈二和尚摸不着头脑的状态，一般情况下会立马问我到底发生了什么事情，但你欲言又止的异常表现告诉我你肯定知道了内情，或许是樱井茜告诉你的。”

“原来如此，这个时候一般是由当事人给你解释。”

“显然，樱井茜并不在你身边。”克里斯汀顿了顿继续说道，“你对这件事只字未提，连忙又说要在航站楼等我，具体的时间位置也未透露，这又是一个反常所在。”

青年这下终于猜透了。“按照常理你现在应该还被关押在派出所，要不是我提前得到情报还真不敢相信你逃了出来。”

“这是试探，他们劳师动众故设迷局，但却忽略了细节上的逻辑。我一开始还以为真正的恐怖分子劫持了你和茜阿姨，但再一想，我今早的遭遇与警方密不可分，这会不会是警方的抓捕陷阱呢？ISS 的出现始料未及，别说是警方，就连我也大吃一惊。但无论他们有何种目的，解救我、保护我，这些都是事实。”

“警方的应对太突然，但他们怎样也想不到你竟如此神奇。那么，到底发生了什么事？”

“这应该是我问你才对，樱井茜给你答案了吗？”

林新茗摇了摇头，露出失望的表情。

两人钻进的女厕所没人，但这并不表示没有危机。克里斯汀看了看时间，皱起了眉。“现在你有三分钟的时间叙述事情起因、经过、结果，跳过细节，告诉我关键的人物及有价值的线索。”

一时间林新茗有些蒙了。“等等，等等。我得组织会儿语言。”

“我等你。”

两人在这狭小的空间里喘着粗气，昏暗的灯光透过门顶的缝隙扭曲了影子，正如这压抑又凝重的气氛。“你还有两分钟，我得拿出对策。我们迟早都会暴露的。”

随后林新茗将机场发生的状况言简意赅地叙述了一遍，虽然有些结巴，但还是极尽可能压缩了时间。

女孩对危机的感知向来准确，这不，女厕的大门发出一阵“哧哧”的刺耳声，随后传来了男子的叫喊声。

“嘿，有人吗？机场特勤，正在执行搜捕任务。”

越是危急关头克里斯汀越是镇定，她所表现出的状态已经超脱了年龄的界限。她竖起食指放在嘴边表示安静，此刻的喘息及心跳已经平复得如寂静的湖面了，但林新茗则完全相反，他的身体代谢正不断提高，热汗也狂流不止。

门外的特勤没有得到任何回应，开始了对隔间的挨个检查。

“从脚步声判断，有两个，在可控范围内。”

林新茗的身体机能完全不受大脑控制，他的腿还不时抽搐着，活了二十多年还从来没如此紧张过，他明白这不像小时候玩的躲猫猫，这是个必输的游戏。

女厕内的特勤发觉到有些异样，两人停下了脚步静心听着，电棒慢慢横摆向两人所在的隔间。

克里斯汀一把捂住林新茗的口鼻，又用另一只手按住他的大腿，勉强克制住了动静。不过这些举动似乎有些适得其反，林新茗能闻到对方身上散发出的体香，如此近距离的接触他甚至能看清女孩脸上的毛孔细纹，他的心跳更快了，任何一个男生都是无法抗拒如此美艳动人的女孩的。

气息越来越近，克里斯汀已经能感觉到门外特勤蓄势待发的状态了。三、二、一，她在心里倒数着。

嘭的一声巨响，隔间的木板门连带着金属固定架一齐从里面爆裂而出，硬生生砸在了一个特勤的脑门上。克里斯汀本想冲出去大杀四方，刚要动手，外面就哀号一片了。被踢开的是隔壁的门，江伟强像着了魔一般立马收起悬停于空中的大腿，一个猛蹬将身体所有重量压在那倒霉又可怜的门下鬼身上。

另一个站得比较远，没有受到这冲击的影响，不过这一下子着实把他吓得不轻，同样被吓得不轻的还有林新茗，此刻他正歪坐在马桶上像羊癫疯患者不断抽搐着。

克里斯汀将门推开一条缝，眼前顿时豁然开朗，“这就是江伟强的营救计划？真够粗暴的。”

“不准动，我警告你，把手举起来。”特勤慢慢后退着脚步，这一两秒间他的脑海里浮现出好几幅画面，他在设想着接下来会发生的事情。

想要解决眼前的特勤还有些困难，距离成了最大的障碍。江伟强有丰富的作战经验，此刻想到了一个计策。

他假装一个不知情的路人，极力表现出自己的柔弱，用做作、夸张的表演将对方的注意力转移到最里层的隔间，特勤从门缝中瞄到了一撮金色发丝，只一瞬，分了神。

要知道，高手对决，这一瞬能让局势发生天翻地覆的变化。胜负已分。江伟强如战神阿瑞斯般冲将上前，姿势潇洒，立时将对方制伏。

“太强了！”林新茗也回过了神，站在隔间门口的他一脸难以置信的表情。“还有什么需要我帮忙的吗？”

“走吧，别废话了。”江伟强整理了下衣装，霸气的目光转向了洗手间的门外。

第7章

今天，S直辖市的云彩没了往日的生机，一阵阵风将它们吹得四处飘散。街道上的行人在光影中变换着神情，每个人的心境都有些复杂，这恐怕就是天气的魔力。

“……愿你身体安康，克里斯汀！”樱井茜正坐在疾驰于都市的出租车上，她读出了最后的祝语，这封信被无数次地阅读，细细品味，像个挑剔的酒师斟酌着自己的藏品一般。“这丫头今天一定会有个美妙的回忆。”嘴角不经意间露出了似有似无的笑容。仅仅一瞬，她又厌恶地翻开到背面，恶毒的文字在挑衅，这个谜变成心结，在她与克里斯汀过往点点滴滴的回忆里加上了一道解不开的锁。

“缘在天定，分靠人为。克里斯汀啊，我们终究是有缘无分！”

“死！死！死！”

只听见一个愤怒的女性所发出的歇斯底里般咆哮声，她显得相当疯狂。这是一个密闭的小房间，没有窗户，分辨不清是白天还是黑夜。昏暗灯光透露出的阴森恐怖摇曳在女子散乱的发丝之间。她的穿着有些单薄，凉气顺势进入两股间，令其不断地哆嗦。女子口中不再冒出那些不祥的字语了，这是因为她咬牙切齿的同时还得不住用手擦拭那破裂嘴唇里所冒出的猩红鲜血。

樱井茜不知道这是哪儿，她站在那个女人身后浑身不自在。“你是谁？”女子转过身来，那如行尸走肉般的面容令人作呕。“我要报复那个女人！”

“你要杀了那个人吗？你要报复谁？”樱井茜觉得眼前这个女人有些面熟，那扭曲的面容、那嘶哑的声音都是那么熟悉，可却怎样也回忆不起来。“你到底是谁？”

“他曾是我的全部，但是那个女人从我身边夺走了他，一起被夺走的还有我的友善与仁慈，憎恶滋养着我，良知已被我抛弃，我会亲手毁灭她，就像她毁灭我的所有一般……是她创造了我！”

“你要杀的人是谁？你又是谁？”

“我叫中江……我知道你是谁，你也清楚我的存在……如果你代表光明，那么我就是你的黑暗！”

最后，樱井茜终于知道这恐怖女人所要报复的到底是谁了，一柄短刀直戳在一张她再熟悉不过的照片上，而那照片中千疮百孔的面容正是属于千穗千衣。迷糊与朦胧中她开始了坠落，脑海一片空白，就像人的弥留虚幻又缥缈，随后一个个熟悉的面容如走马灯般映入其中，千衣、金发、女儿……

“女士，醒醒……女士……”焦虑的司机不断晃动着樱井茜的肩膀，眉头紧锁，面色就和座位上的客人一样惨白。“做噩梦了？”说着便递来一罐软饮，这是S直辖市出租车公司新推出的业务，当然费用另算。“这种饮料喝起来像杜松子酒，但没有酒精，它能帮你缓解焦躁……”

樱井茜还有些惊魂未定，她环顾了下四周，一条陌生的老街，两旁种满了梧桐。发动机的轰鸣声隔着厚厚的前挡风玻璃依然刺耳，直钻入耳蜗。很快，她的思维回到了现实，伴随回来的还有些许尴尬羞涩之情。

司机又搭上了话，“阴雨过后会是个晴朗的好天气，就像您的心情一般，会变得越来越好的”。

樱井茜冲司机先生点了点头，对方示意再过两个红绿灯就到目的地了。她将“杜松子酒”一饮而尽，根本没有心思去慢慢品味，她的脑海里全是梦中的景象，虽然已经清醒，但那恐怖、阴森仍然萦绕在心里久久无法散去，压抑得让人喘不过气来。她定了定神，努力不去想名叫中江的女人。她又试图想些美好的事物或人，“千衣，为了你我可以付出一切，我要将你的美好永远展示给世人”。心情顿时有了好转，“最在意的还是你，我的女儿，莫莉”。

舒畅的心境转瞬即逝，刚有些精神，此刻又被一股莫名的恐惧感驱散。她想打电话给自己的舞台导演稻垣一树，但双手不停地抖动着，就像着了魔一般慢慢枯萎，她的意识已然不在，晃荡着翻看到短信信息，中江，恶魔发送来了惊悚的文字。

“死！死！死！”

武夷路777号，S直辖市国际体操中心，这便是千穗千衣感动10周年亚洲巡回演唱会的最后会场了。

从武夷路的另一头走来一位二十出头的年轻姑娘，这是一个传统的东方女性。娇小的身躯、柔弱的姿态，尽管她有意用刚强的性格掩饰外表上的弱势，但故作坚定的眼神里总是能透露出渴望，渴望着被保护。

这里有一种雾蒙蒙的奇幻之感，她有些干枯的黑色长发在不知不觉中也被滋润了，风一吹，如群魔乱舞般散发出摄人心魄的怨气。“可恶，这里的天气可真是不解风情！”女孩刚从咖啡馆出来，还没想好应付的借口。于是便蹿进体操中心旁的一条小巷里，在深处的一个偏门蹑手蹑脚地走了进去。

“莫莉！”一声巨吼。如小偷般做贼心虚的女孩吓得一屁股坐在地上，身后的拉门又嘭的一声吓她第二跳。眼前是一个四十不到的男子，身材健美，还蓄着小胡子，相当性感。再次严厉呵斥起来，“你又跑去哪里偷懒了？”莫莉打起了马虎眼，故意回避着对方，“是场公大哥……我还以为母亲回来了。”

这位被其唤作场公的日本人名叫稻垣一树，是本次演出的总导演，兼音响、灯光师。

“如果换作樱井茜现在还不得把你打得半死？”

“我错了，真心的。”莫莉低下头，在男人看不见的地方吐了吐舌头。

这哪是真心，稻垣一树早熟知了女孩的套路，二话不说便揪起了耳朵。“哎哟，疼疼疼。”“你的任务呢？完成了吗？”“你的手比我家的恶婆娘还辣！”莫莉不能动手，但嘴上却逞强。

“哼，这句记下了，回头原封不动地讲给樱井茜听。”

来到会场的正中央，一树依然揪着莫莉的耳朵没放，不过他已经不再用力。由于他的身高比莫莉高出不少，所以每次两人对视的时候，小姑娘都会有种莫名的压力，更何况犯错的时候。

舞台那头，一美艳的女子迈着小碎步走了过来，打趣道：“呦，小莫莉啊！又惹你一树大叔生气了？”这是千穗千衣的首席化妆师兼服装师——清水由美子。说实在的，用美艳形容她有些过了，她的脸型其实并不出众，只是化妆技巧相当了得罢了。

“来得正好，这丫头先交给你管了，一不留神就偷跑出去摸鱼。”

女子一副很不屑的样子瞄了一眼莫莉，“我不要，麻烦鬼”。

女孩不以为然，趁着对方转身的空当做了个鬼脸。“哼，由美子阿姨，你那老脸再画都成鬼了。”

莫莉的毒舌让年轻的化妆师很不爽，“小鬼，我比你大不了几岁，不准叫我阿姨。还有，谁的老脸花了”？逮着机会还不得好好欺负她一番，于是，清水由美子疯狂地“蹂躏”起莫莉略有婴儿肥的脸。

“好了！”稻垣一树呵斥道，“你去分发会刊吧。”

莫莉遵从吩咐，开始为每一张座椅分发演唱会会刊，说是会刊，其实就是一首歌词，这在晚间会有一个歌曲互动的环节。莫莉又放缓了手脚动作，她随意坐在某个位置上，看着纸上或熟悉或陌生的文字。“希望你从今天起，不再对受伤恐惧。”不自觉就唱出了声，她又像个小婴儿般蜷缩起身子，双脚离开了地面开始前后晃动，“咚咚咚”脚后跟不住地拍打在某个东西上。她低身俯视座椅下面，一个用报纸包裹的正方体引起她的注意。“这是哪个工作人员疏忽留下的，看起来像个工具箱。”她起身又蹲下，一只手试图把它拉出来，可太重怎么也拖不动。于是，她将一大沓会刊摆上椅子，用双手又试了一遍，正当她数一二三准备发力时，手机却响了起来。一时间她又有些迷惘了，就像得了选择恐惧症的患者，两边都很在乎，两边都想第一时间了解详情。不过经过几秒的静想，她还是决定先接电话。

“喂，莫莉……”对方的语气很惊悚，语速也快得惊人，根本容不得小姑娘插一句嘴。“有件非常紧急的事情需要你立刻去办，查一查与我们合作的媒体，包括报社、杂志社、电视台和门户网站，其中有没有一个叫赵风陵的记者。非常紧急……”

“妈妈，你怎么了？”莫莉从字里行间听出的是无限恐惧，她之前调皮的神情已被一脸惊恐所取代，“您到会场了吗？克里斯汀小妹妹接到你了吗？”

电话另一端，樱井茜站在凛风中打着哆嗦。

“你这小妹妹恐怕出了点事，但以她的本领足够应付，还指望她帮我排忧解难呢！”

排忧解难！这个词很中性，但放在此刻，莫莉听了如同天崩地裂，心力交瘁。什么忧什么难？话筒的两边，几个人的世界，就这样被一一串联了起来。她身处的会场逐渐笼罩在一股迷雾之中。

“还有，注意中江！”樱井茜最后道了一句便挂断了电话。

莫莉陷入了无限沉思，“中江……中江……”她重复着。已经顾不得手上的事务，同时还被克里斯汀所牵绊。

对于莫莉而言，这个素昧平生的小妹妹其实是个陌生人，樱井茜一直想收其为养女，没错，就跟自己一样，可没有实现。莫莉不知道其中的缘由，她想要去关心，但母亲近来的状况让人无从接近。

饭点时间，舞台上显得非常冷清，小胡子大叔稻垣一树接到一个电话，他一边皱眉，一边朝会场的大门疾步走去。武夷路南边的一个快餐店，樱井茜正等着他。

两人见面，尚未寒暄，樱井茜便开门见山地说道：“中江，这个名字你有印象吗？”

一树在脑海里回忆着，皱起的眉头代替了回答。“发生什么事了？”

看得出樱井茜对眼前的男人非常信任，她将在机场里遭遇的事情道了一遍。“这并不是空穴来风，那张信纸……”说到这个她又皱起了眉头，暗自咒骂了一声。

两个人并不是侦探，也没那些缜密的思维。现在他们唯一确信地是今晚将会有事发生，由此提出的解决办法非常缥缈，樱井茜似乎将宝压在了克里斯汀身上，但之前给女孩打了几个电话，都没有回应。

“还有……”樱井茜声音越加低沉，她实在不想做到这一步，“我们有可能取消这次的演出吗？”

“大姐，你疯了吗？”

“我只是设想这样的可能。”

“没有这种可能。现在，我们统一一下思想，无论发生什么都不要取消演出，好吗？你也知道这次的活动对于千衣来说意义是多么的重大，她已经够努力的了，我不想场外这些乱七八糟的事影响到她。”

“这些我们说了都不算，S 直辖市警方有绝对的权力做这件事。此刻，我们所能做的就是尽全力保护好千衣。就让她蒙在鼓里，全心全意开好演唱会吧。”

时钟指向 12 点 34 分，已经是午后了，没有更多的时间给他们悠闲地讨论了，两人迅速行动了起来。

“一树，还有一件事，先带我参观一下会场吧。”

沿着内环高架下的小路樱井茜和稻垣一树默不作声地走着。右手边一栋公寓方向有个网球场，而网球场靠前的小屋则是一家洗衣店，几个裤脚沾满泥巴的店员忙坏了，附近几家酒店的清洗任务多得要命，他们还在纳闷怎么会有这么多住客，天气怪，人也怪。这些都是过眼云烟，樱井茜在乎的是会场四周的道路、设施。

两人穿过马路，正对着的就是国际体操中心的南门以及前面一片宽阔的广场。樱井茜转身望了望南门对面的那栋大楼，那平面如风车的造型有些奇特，这就是武夷大楼，其实并没什么特别的，只是她神经质。

“你不会在想有人从那栋楼狙击千衣吧？”

樱井茜没有理会他，视线又转移到东边，顺着武夷路看去她发现了些奇妙的东西，“这条路的人行道都比马路宽！”

“你不是还要参观会场吗？”一树提醒道。

樱井茜愣了一秒，“哦，一树你如果着急就先去吧，我想在会场周围逛逛。”

场公大叔叹了口气，耸了下肩无奈往前继续前行着，他真的搞不懂大姐的性子。

樱井茜冲着他的背影诡笑一声，只一瞬，再无波澜。“S 直辖市国际体操中心！”

这幢气派的建筑坐落在武夷路和绕城高架的夹角口，会场正门设在了离地三米高的半空中，东西两侧拉伸，牵引出两条阶梯，连接宽阔的南广场。

向东，一条宽长的隔离绿化带后是一个大大的红十字标识，那是妇幼保健医院。樱井茜漫步走近，意外发现一条小路，这也是莫莉早前偷摸进出的小道。

顺着道向北，她发现这条道不直，弯曲的弧度与会场建筑契合，虽然看起来很短，但真走起来却相当费力。如果俯瞰整个中心，会场会呈现一个飞船的造型，有点类似星际迷航里的企业号，而她此刻正处在左尾翼处。

矮小的灌木丛及略微枯黄的草坪间不时飞出几只虫子。樱井茜走到了绿化带左侧的尽头，发现一个小门，从这又分离出另一条道来，是个林荫小道，直通会场后头的羽毛球馆。

这是小道左手边的风景，相对地，右手边，在过了绿化带后是一个游泳馆，它的外墙褪了色，看起来光怪陆离。路尽头，街角一个流浪汉伸出双手可怜巴巴地索要施舍。樱井茜一阵嫌弃，踱了几步与流浪汉拉开距离，不去搭理。再往前可就绕远了，她决定原路折返。

回到南广场，在西北角上，几个小贩拖着大包小包打点起来，他们对这一类明星演唱会活动特别敏感，越是大牌的赚钱机会也越多。

“都是些盗版！”樱井茜看上去有些生气，但也不想浪费精力管这事。

她没有走上阶梯，并不打算从正门进去，而是选择了地下车库。这是个半地下停车库，有 6900 平方米，是主馆总面积的三分之一。其实呢，之所以走这一遭，是想寻找应对突发事件时的最佳脱逃路线。果不其然，里面还真有一个阶梯口直达会场内部。绕过回廊，来到正对着舞台的后场座位席最上方位置，眼前顿时豁然开朗。耀眼的灯光给人一种炫目感，四盏聚光灯如室内的小太阳般不仅提供了光明还提供了热量。

身后，一个低沉的男人声音传来。

“茜女士你好，欢迎来到 S 直辖市，什么时候到的，也不打声招呼……这是您的工作牌。”这名男子是从日本带来的，主要负责会场入口的秩序工作，发放工作牌只是额外任务。

“谢谢。”樱井茜将胸卡别在左肩上，她的这个标识比较特殊，和任何人都不一样，代表了这里的绝对权威，“哦，对了，如果有个自称克里斯汀的女孩进来，就给她也发一个，然后带她来见我。”

“好的，我记下了……”男子还有些疑惑，却又不知道从何发问。

“她很好辨认，金色头发，你一眼就能认出。”樱井茜说完头也不回地加快了步伐，朝着休息室去了。

第8章

与此同时，再回到机场。郑百林瞄了一眼手机，脸上掠过一丝宽慰的笑容。很快，这个笑容就被愤怒所取代。克里斯汀逃跑，林新茗被解救，他的计划彻底失败了。

站在一旁的藏矢川战战兢兢。

“郑局长，我……”

日本人的话还没说完便被郑百林举手打断。

“克里斯汀的事情你没有责任，你不必自责。我愤怒的原因是赵风陵。”

“赵风陵？”藏矢川下意识在房间里扫视一番，没有发现这个被自己暴揍的倒霉蛋。

“他跑了……这个小泥鳅滑得很，趁我们的注意力全在克里斯汀身上时逃之夭夭了。”

“郑局长，我不明白，他这么做是何原因？您又为何会特别在意这件事情呢？”

郑百林没搭理，吩咐手下封锁机场的每一个出入口，务必要逮住这个小记者。然后，他又示意藏矢川跟来，两人上了一辆早已备好的奥迪 SUV，往市区方向驶去。

“你做得很好，只不过我们的敌人太狡猾！”郑百林长吁一口气，有些机密的事情只有在这样一个安全又密闭的空间里才能透露。“我们之间的情报交换还得继续，我很在意克里斯汀与樱井茜的关系，简而言之，我想知道女孩与樱井茜丈夫的死亡有何牵连。”

“这是个谜题，她的出入境记录为我的侦查设置了不小障碍，似乎已盖棺论定，但我还是不相信这是一起自杀事件。还有樱井茜，她可是我们的突破口啊！”

藏矢川的蹩脚中文让郑百林听起来很吃力，许久才回答道：“樱井茜跑不了，我已派人将演唱会会场监视起来。现在在意的是定国路上的爆炸事件。”

藏矢川不明其意，据他了解，定国路与今晚演出的会场相隔十万八千里，怎会牵扯进来？况且，这种小爆炸多半是个意外，不是电瓶烧起来了，就是煤气泄漏引发，应该归到城市消防那一类，与“反恐”扯上边岂不是杯弓蛇影？

郑百林看出了藏矢川的心思，“接下来你将知晓的情报全部是机密，我们不能泄露给公众，否则会引起相当大的恐慌。我们会研讨对策，我们还会验证你所说事件与我们遇到的麻烦之间的关联性。这家定国路上的杂志社之所以会吸引我，关键在赵风陵，那是这位小记者待的单位。”

“啊！”藏矢川一阵惊呼。原来这一切都有必然联系，现在他终于明白赵风陵为什么要逃跑了。

克里斯汀此时披上了林新茗的外套，同时还顺来一条黑丝巾包裹起头发来，虽然效果一般，但对于隐匿之人来说有总比没有好。三人混在大厅里的某个旅行团里逐渐靠向“G”字大牌。

“现在怎么办？”林新茗并没有太多警惕，这时被女孩一摆手给拦停了下来。

“特勤们正围着女厕转悠，但便衣警察们可不会让我们好受！”克里斯汀搭上林新茗的肩膀，自然而然演起了情侣角色。

目光转向江伟强，他胸口的飞龙标志异常耀眼，下面还有三个大写的英文字母——DST!

“The ‘Dragon’ special troops！”

林新茗的英文水平一般，“龙……特别什么？”

“飞龙特种部队！”

“我勒个乖乖！难怪您朋友这么厉害，我的震撼如千军万马奔腾而过，对您的敬仰如滔滔江水……”

“打住打住，一不留神倒还说起相声来了。”克里斯汀没工夫听林新茗搞笑，因为她察觉到即将要面对一个巨大挑战。

江伟强一直注视着巨大玻璃天窗。

“机场重地，所有的出入口都已封死，警察想抓住你们只是时间问题，唯一的逃脱路径……”特种兵指了指上头，玻璃天窗外一个身影一闪而过。

林新茗软了腿。“噢，天哪！见鬼！”

两位青年没有选择，这是刘一轩通过清洁工人穿梭的通道开辟出的逃跑路径，绳索滑轮都应有尽有。此时，三人正在上万人的头顶缓步前行。说是前行，林新茗的姿态可就滑稽多了，他是匍匐着、顺着玻璃之间的钢筋慢慢挪动的。

克里斯汀虽然大胆，但她此时可没了灵性。

“你看，那个人。”林新茗叫嚷道。

克里斯汀顺势也趴下，他不曾见过赵风陵，在林新茗指引下她终于见识了这关键人物的真面目。一上一下，他们打了照面。霎时，微胖的小记者赵风陵跑了起来，他正愁如何突破警方的封锁从机场出去呢。天上居然开辟出了一条道。

顺着绳索，一行人在航站楼西北角的一处地方滑了下来，这里行人稀少，障碍物众多，刘一轩还特意做了掩护，因此并没人注意到他们惊险刺激的举动。

“我们得兵分两路。”克里斯汀脑子转得飞快，她明白，赵风陵一会儿也会从这里逃出。“小记者在躲避警方，这证明他的身上有我们意想不到的情报，捉住他，看看他是不是我们要找的人。”

“这个事就交给我吧。”林新茗主动请缨，俨然，他也融入了这个特别小分队。

“还有我。”刘一轩提了提裤腰带上的配枪，感觉自信满满。

此时此刻，克里斯汀有一种说不出的滋味。这个上午经历得太多，现在，她只想见到茜阿姨以及千穗千衣。

一声急刹车，橡胶轮胎与水泥路面来了个亲密接触，车窗里，秦牧希那老脸堆满了笑，招呼道：“快上车吧！”

“见鬼，见鬼！”

全新的白色雪佛兰科鲁兹上，这是今天第二次，赵风陵被人用枪顶着。

林新茗吹了个响哨，轻蔑地看了一眼驾驶座上的小记者同志。“你的？”

“不是，我跟主编借的。”

“借的？”刘一轩狐疑，他坐在后座，由于人高马大，感觉很挤。“你不用害怕，我们不是警察，不会对你产生威胁。这枪呢，不过是个摆设……”说着，特种兵将武器收了起来。这一动作让赵风陵长舒一口气。

“我们开门见山，找到你主要是有几个问题想要请教一下。”

“请教？不敢当！”

“你找樱井茜的真实目的仅仅是为了得到些好处和特权？恐怕没这么简单吧！”林新茗如是说道。

赵风陵用余光瞄了一眼副驾驶座上的人，略有所思，但没有答话。

“怎么，不该报答一下我们？”刘一轩插了一句嘴，暗指是他开辟的逃生通道让赵风陵逃脱了警方的围捕。

思索良久，赵风陵逐渐意识到自己已成众矢之的。而自己力量微薄，不仅要面对警方的搜捕，还要……他越想越觉得奇怪，越奇怪越感受到恐怖。“难道，一切都是针对我而来？”

“你已经没有回头路了！”

林新茗突然冒出一句警示提醒了赵风陵，确实，已经没有回头路了。发生在小记者身边的所有事都串联起来了，那个自称断翅的紫蝴蝶的家伙在设计他。“短信，一条短信……”

这是一条晦涩的短信：

“我为你准备了一份礼物，已送往你预定的酒店，祝你有个愉快的夜晚——断翅的紫蝴蝶。”

“一开始，我找到樱井茜确实只是想得到点好处和特权，甚至虚张声势，说有人要对今晚的演出动手。谁料到，在机场碰见了警察，通过郑百林的电话我听到工作的单位发生了爆炸。我怎么可能坐以待毙？樱井茜的态度，郑百林的误解，还有就是这条晦涩难懂的短信，我明白自己的虚张声势并非只是说说，确实会有无法想象的灾难降临。然而，我已经深陷旋涡之中……为什么它们都发生在我身边？一定有人在操纵，我要揪出这个背后的紫蝴蝶。”

再一想，紫蝴蝶，赵风陵倒吸一口凉气，“莫不是紫蝶？”

“紫蝶？是谁？”林新茗和刘一轩异口同声地问道。

那个躺在病床上的歌迷，那个家族是化工企业却丢失了炸药的千金。串联上了，赵风陵恍然大悟，这个断翅的紫蝴蝶借用紫蝶的身份在向自己挑衅。然而，为什么？

他愣愣地看向林新茗，嘴角抽搐，好不容易发出一声。“救，救我……帮帮我……”

阴雨天，湿滑的路面给了他们一个教训。由于赵风陵的分神，前轮胎驱动轮打滑起来。白色轿车斜横在马路上与地面来了一次亲密接触，摩擦产生的火花异常耀眼，这种状态维持到第十米随即侧翻开来，直接滚了 540 度栽进了路中央的隔离护栏里。林新茗倒悬在车内，内置气囊弹射的冲力将其击晕，好在是绑上了安全带，否则他已然被甩出窗外被轧成肉饼了。刘一轩非常强壮，缩成一团护住了身体，可也免不了被撞晕。

不知道是幸运还是不幸！赵风陵的安全气囊没有完全弹出，方向盘顶在他的胸口上，一阵剧痛，这种痛楚尚未到使人晕厥的地步，反倒是让他更加清醒。前挡风玻璃已经脱落，他顺利解开安全带的扣子从前部的空隙钻出。他望了望残骸里的两人，知道这不大不小的车祸还要不了他们的命。遂一瘸一拐地走向雨幕，强忍着剧痛，擦拭完额头的血迹很快便消失在路人的视野中。

第9章

武夷路777号。秦牧希驾驶的警车缓缓驶进会场的南广场，通过地下车库的闸门，他们将车停在了一辆宝马3系的旁边。

江伟强有种很不好的预感，他环顾四周，地下车库阴森森，没有光亮的深处仿佛有食人的猛兽正目不斜视地盯着他们，令人瘆得慌。

“怎么了？不舒服？”身为女性的克里斯汀很敏锐，察觉出同伴微妙的情绪变化。

江伟强咂咂嘴、摇摇头，欲言又止。

“你在担心什么？”

正所谓无巧不成书，一通电话将萦绕在江伟强心头的阴霾讲明。

“赵风陵逃了。刘一轩和林新茗出了车祸，但并无大碍。还有，赵风陵说收到一条短信，一个自称断翅的紫蝴蝶的家伙给他预定的酒店寄了礼物。”

“礼物？”秦牧希很敏感，对这些模棱两可的用词妄加猜测。“该不会指炸弹吧？”

“怎么办？走一遭吗？”江伟强担忧自己的队友，用焦急的语气向秦牧希询问道。

后者低沉的一声怒吼让他怔住。“不要忘了自己的使命。”

江伟强将哀怨的目光转移到克里斯汀身上。

女孩能明白他的心思，自己的同伴受伤，内心总会结出一个疙瘩，痒痒的，挠不到，很揪心。况且，林新茗也受到牵连，让人担忧。

“据我推断，赵风陵很有可能会前往自己预定的酒店，而且这个酒店就在会场附近。”

秦牧希揣摩着克里斯汀话语的意思。“你是说，找到他预定的房间，我们就能确定那件礼物是不是炸弹了？”

江伟强一拍手、一顿足，赞同般点了点头。

“可，大海捞针，会场附近的酒店十几家，上百个房间，哪有时间一一排查？”

“警察可以调取酒店的旅客登机记录吗？”克里斯汀随口一问。

秦牧希指着小姑娘摇摇头，很无奈。对方的意思是叫他一个一个问过去。可即便找到了又如何呢？警察在没有搜查令的情形下是没权利私闯旅客房间的。这点，早年他帮扫黄大队实施清缴行动时便一清二楚了。退一万步讲，以上所有难关都克服了，但赵风陵是好是坏尚未查清，贸然行动若是打草惊蛇，恐怕得不偿失。

秦牧希的这些观点很有道理，他不是不想找出这个“礼物”，只是此次行动要好好合计一下，只能暗访，不能明闯。

到头来还得看克里斯汀的，她揽下了这个任务，心中有了个计策。

秦牧希看似躲过了一个大麻烦，但他还有更重要的使命要去完成。此时此刻，他代表的是全市的人民警察，为了今晚演唱会的顺利，他得与樱井茜周旋一番了。

秦牧希扯着大跨步子走向会场大门，他那稀疏的头发有些湿润，外衣肩膀处也被浸湿。还未到入场时间，应该说还距离了相当一段时间，他被两个正在忙碌的工作人员拦了下来。

会场入口的扫描仪已经落位，在做最后的调试，就差金属探测器了。秦牧希表明身份，工作人员便不再阻拦。一口气，他跑到了后台二楼的休息室。

樱井茜端坐在正中的沙发上，除她之外再无闲人。

“现在让我们好好谈谈吧。”秦牧希开门见山，甚至都还未自报家门，“我们需要全面搜寻会场内部。”

“你是警察吗？此次演出的安保工作已经全权委托给辖区的公安部门了，有疑问可以去找他们的领导谈。”

一上来就吃了个闭门羹，晦气，秦牧希暗自咒骂了一声。交涉还得继续。

“他们的任务是维持秩序，我的任务是‘反恐’。茜女士，请你配合。我受此次危机小组的总指挥之托，必须得按命令行事。如果有必要，我甚至有权力叫停演出。”

樱井茜大抵是执拗不过的，一听要叫停演出，她不得不服软，很不情愿地问道：“那需要多久？”

“我不确定，可能会耽误演出时间。”

“这是不允许的。”樱井茜在坚持自己的立场，“会场里面很安全，这些日子只有佩戴工作证的员工可以进出，很难想象他们之中有人会做出……那些事情！况且，等搜查部队到了再排查会场，这要耗到何时？难道你想让演唱会一直开到深夜吗？你们的重点不是在会场里，而是外面的那上万歌迷，保不定就有心术不正之人混在里面。警方若能捉住他，我樱井茜就算烧高香，谢天谢地喽！”

“你很奇怪啊，你是否能搞清事态的轻重缓急？”秦牧希一肚子火，觉得眼前的这个女人特别不可理喻，“哪怕察觉出一丝丝危机，别说是深夜，取消演出都不为过。”

“这一点我是坚决反对的，会场没有问题，我们的安保措施异常严密。”樱井茜再一次没好气地确定道。

固执的家伙自有固执的人磨。在秦牧希眼里，樱井茜这个主办人，说是会场里拥有绝对权力，其实狗屁都不是。

“首先声明，这不是我的自作主张，你再执拗也抵不过警方的决定。还有，大部队立马就会赶到。”

“我也再重复一遍，主要工作是排查入场的观众们。”

樱井茜的狡辩被这个中年大叔一声呵斥给震慑住。

“你在隐瞒什么？难道这里面有什么不可告人的秘密是不能让我们警方知道的吗？你所提出的观点都是片面的，当然，排查入场观众同样重要，若会场里事先被安装了炸弹，这个责任谁担待得起？”

樱井茜倒吸一口凉气。

“茜女士，你是演出的总负责人，你可不想看到悲剧发生吧！”

“其实我没了主意，或许你说的是对的。警官，这袭击的事件真会发生吗？”

秦牧希回想起早间遇见的种种情况，努力镇定下来，安慰道：“其实这工作也并没有想象中的那样复杂。”

“此话怎讲？”樱井茜兀自好奇起来。

“听说您心里有确定的犯人——中江，这个人是针对千穗千衣的。”

“你怎会知道中江这个人？”她的好奇转为疑惑。

“我的领导向我透露过这些事情，我甚至还知道那封信的存在。”

“信？”一时半刻樱井茜还未缓过神，忽然恍然大悟，这个秦牧希真是老狐狸，醉翁之意不在酒啊！

“没错，这个写信之人对您来说意义非凡，叫克里斯汀的女孩会是中江吗？”

“你在开玩笑吗？我的理智和感性都告诉我这是不可能的。”

秦牧希刚想说让她不要感情用事，这下都没必要追问了。此刻，他不再认为对方不可理喻，从女人沉稳又坚定的态度里能看出一二。

“好吧，回到刚才的话题，我说的工作其实就是针对千衣本身展开的。”

“千衣现在还不知道这些事情，我不想让她知道，也没必要让她知道。”

“我能理解你的心情。不过我们不得不在她经常活动的地方进行搜查。还有，你们下榻的酒店现在已经开始了排查工作。”

樱井茜虽然很反感他们的行事风格，但也无可奈何。

“你这是在汇报通知还是在征求同意？”

“请你不要生气，这并无恶意，我们的出发点都是一样的。”

樱井茜的额头开始发烫，她的精神状况看起来很差，身体也越发地虚弱。“好吧，按照你说的来，不过尽量别让千衣发觉。”

“我们会注意的。”秦牧希起身要离开，“还有，请您务必相信我，我们能做的事和对局势的掌握都远远超乎您的想象。如果真有必要，我会全力保护这位大明星，即使是发生了意外我也会拼尽全力的。”

樱井茜被他的诚恳打动，起身向他深鞠了一躬。“那劳烦警官费心了，也只有依靠你了。”

刚出房门，秦牧希又略有所思般点了点头，拨通了郑百林的电话。

细雨停了，赵风陵的胸口还是一阵剧痛，离开了事故现场他立即奔向了演出会场。他在S直辖市工作，自己租房子，按道理完全没必要特地在会场附近开一间房，但他做了。一开始，他只想离歌迷们近点，离千穗千衣近点。此刻，他在庆幸有这么一个落脚点，因为他不能回自己的住所，他很清楚那里已经不属于自己了。现在，他急需一把热水澡来疏解压抑、排除痛楚，随后再去揭晓自称断翅的紫蝴蝶送来的礼物。

室内一片昏暗，只有窗帘中缝露出些许光亮，在其肚腩层层赘肉间画上了一条白线。躺在床上的赵风陵终于能静心沉思了。早间的遭遇让他既定的计划全部被打乱，没有从樱井茜那里得逞是一个失误，这个不怪自己。抛开所有的烦恼，如何才能达到自己的目的呢？“我得见千衣，10 年了，千载难逢的机会，我要将自己的想法告诉她。”事已至此唯有利用最后一张王牌了。稍歇一口气后他将目光转移到一堆不属于自己的物品上，这就是所谓的礼物了。

一套女士的 V 领蓬蓬裙晚礼服，葡萄紫色的格调里点缀着些淡蓝色花朵，最大的一朵就盛开在左肩的吊带上。赵风陵不断摩挲着，蕾丝裙摆起伏的褶皱相当有触感，这些设计都非常精美，能够看出设计师的品位，也能料想穿上它的女生的气质。实际上让他震惊的并非服装本身，而是其后缝补上去的翅膀。单翅，另一边被暴力地折断，他还能清晰地看到根部参差不齐的折痕，塑料尖刺着他的掌心，滑动产生的瘙痒及微痛感异常真实，黏湿油腻的肌肤感受到丝丝凉意。

元气逐渐恢复，他摸了下脑袋，在某块擦破皮的疼痛处使劲按压，这没有任何效果但会让他心里感觉很好受。

“他是怎么送进我房间的？”赵风陵自言自语道。

计划永远赶不上变化，有相当大的疏忽是他没有意识到的。现在他能从衣服及名号里联想到的人只有紫蝶一个，这个得了绝症的姑娘是其早前通过千穗千衣这个纽带而结识的，一来二去他们成了非常要好的朋友。

克里斯汀站在武夷路的西端，身后有个跟屁虫叫江伟强。会场大门离她只有一步之遥，雨虽然停了但寒风更肆无忌惮了。

在机场的玻璃天窗上她只是远远一瞥，并没记清赵风陵的相貌，所谓的追踪完全只有凭一个名字及自己看似靠谱的推理。现在有两个问题要解决，一是寒冷、一是锁定目标，有将二者合而为一的方式吗？其实这并不难，克里斯汀敏锐的目光瞄到远处还在忙碌的洗衣店店员，一辆小卡车正巧从身旁驶过。机智如她，心生一丝愧疚，又要做一次为人不齿的事了。

倒霉的男店员被江伟强放倒在灌木丛中，他的工作服虽然单薄但用来抵御寒风已绰绰有余。克里斯汀娇小的身子并不能撑起这脏兮兮的衣服，如同睡袍般宽大，于是她又找了条带子将其束紧。她还顺手从脏衣物堆里捡来一顶鸭舌帽。现在的人可真风趣，连鸭舌帽也送来洗！

一顶帽子还不顶事，她还需要伪装道具，脏衣物看上去虽然别扭但别无选择，她随手挑了几件稍微干净平整的衬衫后匆匆离去，还不忘对着灌木丛中矫情一声“对不起”。

江伟强不解其意，同样矫情地道了一声“对不起”。

她的聪明再次派上了用场，装作洗衣店送货员顺利在周边的酒店里找到了赵风陵的房间。

“1028。”

克里斯汀并没有贸然探进，她首先在电梯里驻足，看似毫无目的性地待了5分钟其实是为了摸清这家酒店的基本规律，包括上下住客的年龄层次，清洁员工的工作方式，还有就是各个楼层的结构特点。没有类似赵风陵的人出入，克里斯汀回到一楼，这时江伟强气喘吁吁地从楼梯口跳跃出来，他已经摸清了紧急逃生通道的设置。

“走吧……”

“怎么！还要爬？小姑奶奶，饶了我吧，坐电梯上吧。”

“瞧你，还是特种兵呢。爬个楼梯都叫苦，还怎么保护我？”

“姑奶奶，算你狠！”江伟强暗自咒骂一声。

1028号房间外，房门紧闭，克里斯汀敲门的力道很大以确保里面的人能听到。她这番举动不是贸然探进，这是有意而为之的。在对方开门之前她必须得隐藏起来，然后再从阴暗处一瞟赵风陵的真容。

赵风陵拨通了电话，他祭出了最后一张王牌。

另一边一个沙哑的声音传来。“你得到你想要的答案了吗？”

“我对那些已经不感兴趣了。”赵风陵的口气很傲，“我见过了樱井茜，她丈夫的事件说实话我一点兴趣都没有了。”

“那太好了，我终于不用再被你纠缠了。”听这语气如悬石落地轻松自在。

“但是接下来你得来求我了！”赵风陵忽然话锋一转将矛头拉到自己身上。

“求你？”对方内心落下的石头又悬了起来。

“你见过樱井茜了吧？她的状况看起来是不是很差？拉着一张苦大仇深的脸！”

两人之间的对话夹杂了多种语言，像是故意，因为很多微妙用词双方都把握得很好，完全不像是两个不通言语的外国人的交流。

沙哑的声音停顿了下来沉默了片刻，似乎在回忆之前的种种。“好吧，算是我求你！”

赵风陵真想让对方看到自己得意的笑容，他内心激动不已。“机场发生的骚乱樱井茜大概没跟你们说起吧？当然不会说，那是她引起的，今晚有可能发生袭击事件！”最后几个字被他施加了强调音效，“还有一个叫藏矢川的日本警官你听说过吗？”

那一头没有答复，像是默认了。

赵风陵无所不用其极，好一招移花接木，他为本就迷雾重重的事件进展又增添了一抹悬疑。

对方听出了奇怪的意味，直截了当地问道：“你想要得到什么？”

“你也知道我的能耐，现在的会场可是暗藏杀机。让我进入会场，这已经不仅仅是我对千衣那一点点情愫这么简单了。我们都被卷了进来，接下来还有更多势力介入，你是想依靠中国人还是依靠你自己？”

“你不就是中国人吗？”语调波澜不惊，对方也在思忖。

听筒两端静默了十秒，“我们不要咬文嚼字了，你需要我，我能帮到你，前提是你要让演唱会顺利进行下去。”赵风陵用略带威胁的口吻说道。

“我懂了，你过来会场吧，我给你准备一张工作人员的通行证。”

倾斜的天平又回复平稳，两人已然达成共识组成了同盟战线。

赵风陵对对方的回答非常满意，最后一张王牌正是自己接近千穗千衣的最佳保障。

“会场东面有条小道，那里有个后门，在那等你。你需要多少时间？”

他看了下表，现在是 3 点 45 分。“15 分钟后，4 点整到。”

对方先掐断了通话，没再做进一步确认。

就在同时，房门被急速地敲了三下。

赵风陵裹紧大浴巾，神经紧绷起来，这次他学聪明了，挂上链条锁后只给门开一条 5 厘米的缝隙。门外空无一人，似乎是个恶作剧。这是最糟糕的局面，此刻到处草木皆兵。如果外面站着随便一个什么人他都不会像现在这样紧张，他早该意识到这里并不安全。

五分钟后，收拾整齐的赵风陵蹑手蹑脚离开了酒店。

酒店的漏洞，很多人意识到但都不会放在眼里，那便是保洁员手里的钥匙。凭克里斯汀的能耐，这简直小菜一碟，至于用什么方式取到的，不言而喻。打开 1028 号房间，室内异常凌乱，椅子上那件紫色礼服一下就吸引了克里斯汀的注意。她把玩了一会儿没发现可疑处便又放回了原位。这时，江伟强脚下踩到了一个线头，顺着线头他发现了调制解调器，背面有一个插座口，旁边的墙壁有被撬动的痕迹。特种兵上前一把扯开了塑料外壳，内里一条光纤被扯了出来。“小鬼还是个技术宅，居然偷网速。”

克里斯汀没有理会他，挪动起脚步朝窗帘靠床头柜一侧方位搜寻过去。那里有几个撕碎的塑料袋，袋子上贴着一张快递单，上头的信息全被处理过，毫无研究价值。“这就是紫蝴蝶用来包装‘礼物’的袋子了吧！”突然，克里斯汀猛一回头，意味深长地注视着那件礼服。“断翅的紫蝴蝶……断翅的紫蝴蝶……”口中念念有词。

“嘿，你看我找到了什么！”江伟强突然手舞足蹈地挥动着一张字条。

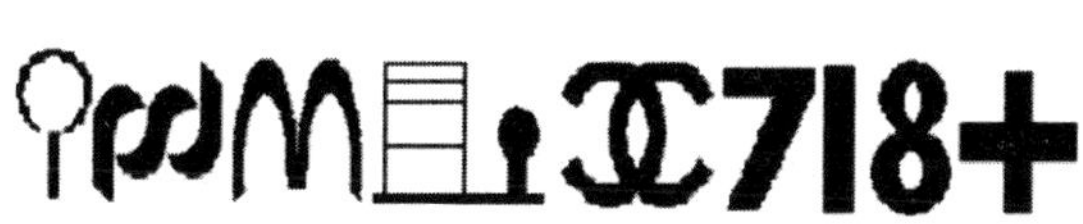

“暗号？他的房间怎会有这个暗号？”克里斯汀直感觉惊悚，“难不成他就是幕后的黑手，断翅的紫蝴蝶是他自编自演的角色？”

随后，众多神秘的信件被一一翻出。那是一个个日记片段，肉麻中透露着诡异。那令人唏嘘的文字或压抑或悲痛：

2.20 你的情绪出现转变，这是十多天来的第一次，原来今天你新认识了一个志同道合的朋友。你哪有什么志向，说白了就是歌迷，都是过眼云烟……

10.15 这是我们一起去日本的日子，你吵闹着要去看演唱会，但剩余的精力无法让你承受里面的喧哗，我就像个恶魔一样生生阻隔在你与梦想之间，我是不是太罪恶了？于是你要起小性子，我又茫然无措了……

6.15 身体状况越来越差，那个人又来看你了，我就躲在门外默默注视着这一切，忽然心生妒忌……但这都是我咎由自取，为了你我必须成为恶魔。

12.4 你的大日子快要来临了，这一次恐怕我也阻拦不了你了，但我实在不愿看到你就此失去生存的动力，哪怕是破坏你梦想的罪恶我也承担，原谅我，只要你的梦想一天没实现你就一天不会放弃活的希望。而我希望你活着。

6.31 现在我只有将你的名字镌刻在日日夜夜的思念里了。

12.5 被你发现了，你有恨我吗？我要化身紫蝴蝶守护你，将我的怨念发泄出去。

12.15 今天我也找到一个志同道合的朋友，我想请这位神秘人物见证我的壮举……

3.25 你的家族可真厉害，我也忍不住要为之而感到骄傲，或许我们都拥有疯狂的基因……

5.40 今天的病情不容乐观，我问了医生，他们也变成阻隔在你与梦想之间的恶魔了。如果你有怨恨就全撒在我身上吧，将你曾经对全世界的憎恶一齐向我抛来……

8.15 今天气色看起来不错，我也完成了最后一步计划。好久没看到他来了，我就说那是过眼云烟，他不配拥有和你一样的梦想。

3.45 我迷茫了，是不是真的该让你去完成梦想，我纠结了一整天，我愧对紫蝴蝶这个称号……

9.50 我听了一整夜的歌，反复吟唱，看着华美的礼服，我为它装上了翅膀，然后我又将它折断……

10.45 已经很久没有去你那里了，我一直在逃避，明天既是你的大日子也是我的，我已经融入了另一个人生中，或许在这之后我会坦然面对你的所有，如果你真的感到痛苦，我想我知道接下来该如何行事了。现在你感觉到我的自私与狂妄了吗?

9.35 这是最后了，想要说的已经全部表达了。如果你能发现我的所有，就请来阻止我吧。我就是断翅的紫蝴蝶。

克里斯汀内心跌宕起伏，她不知道这个断翅的紫蝴蝶到底有什么计划，也不明白这只言片语后究竟隐藏着什么阴谋。沉默中，急促的铃声突然响起，吓了两人一跳。

谁的?

不是江伟强，也不是克里斯汀。

铃声来自一件上衣口袋，那是赵风陵早间穿过的，现在被当垃圾一样扔在地上。

接还是不接？这不是值得深思的问题。克里斯汀明白，机会与危险并存。电话那头有她想要的情报。

“喂，赵风陵……”一个明显用机器处理过的声音传来。

“喂，断翅的紫蝴蝶……”

谁都没想到克里斯汀居然如此草率，江伟强以为她疯了。

电话那头停顿了几秒，显然被打了个措手不及。随即，一阵诡笑传来，尖锐刺耳。

“哈哈哈……有意思！克里斯汀，我还以为你在派出所睡大觉呢！警察都拿你没辙，倒是有点本事。”

“哼哼，这很不公平，你知道我的名字，而我却不得不叫你断翅的紫蝴蝶，谁会用这么奇葩的称呼？”

“你不用拐弯抹角，我是不会露出破绽给你的。”

此刻的克里斯汀表面上看平静如水，其实内心早已翻江倒海。就是这个人让她受了罪，就是这个人危害到千穗千衣。她再一次暗暗发誓，一定要将他揪出来。

“破绽你已经露了……想不到接听这通电话的是我吧？看来赵风陵并没有领你的情，你的礼物我代收了。”

“有意思，有意思！当然，如果这么轻易就退出了舞台，那我下面的表演可就寂寞了。也罢，送给赵风陵的礼物就当我给你的见面礼。顺便再告诉你，我可是个炸弹狂魔！解开第一个暗号，还有惊喜在等待着你。”电话那头突然掐断了通话。

面对嚣张犯人的挑衅，克里斯汀再也坐不住了，她浑身发抖，不是因为恐惧，而是兴奋。女孩儿坚定了眼神朝着 S 直辖市国际体操中心而去。

第10章

后门，赵风陵顺利潜入，神秘人恭候在铁皮焊接成的楼梯口，这里是紧急逃生通道。

“初次见面，La barba！”

“你是在讽刺我吗？”神秘人看上去很不高兴，缓慢地从阴影里走到赵风陵面前。

他简要地向神秘人叙述了一遍会场将要发生的大事件，头头是道并给出了相当多有理有据的证言。神秘人回忆起下午樱井茜与莫莉的异常举动心里不禁咯噔一下。

“现在你要去确认吗？”赵风陵心情相当愉快。

黑暗的角落里，与电话听筒里一样沙哑的声音说道：“我相信你的话，你的能耐很大，连樱井茜丈夫的事都知道，这些自不用说了。”

“那你打算怎么办？”

“我做不了主……”

一丝不和谐的意味让赵风陵感到对方有些异样。“你难道不该怀疑我吗？”

神秘人怔住了，并没有正面回答。“我不相信一个乳臭未干的小子能把我们玩得团团转，你无非就是想得到些好处，作为崇拜者你的行为已经很对得起这个称呼了。”

赵风陵还在玩味这话语。

“好吧，话到这份儿上，就让我真正做一些对得起这个称呼的事。”言下之意要让这个被称作 La barba 的神秘人带他去见千衣。

“现在我成了你的保姆，接下来还会变成你的翻译，希望我们的大明星不会对你的造访感到惊讶。”

赵风陵得意扬扬，兀自迈开了步子。“哈哈哈，怎么会是惊讶，当然是惊……”

那最后一个“喜”字尚未出口，神秘人恶颜相向，手中不知何时多出一条铁棒，照着赵风陵的脑门就是一闷棍。可怜的小记者同志，旧伤未愈，新伤又至。昏昏沉沉地倒在了湿滑的地板上。

定国路，市立大学对面，某栋建筑正被浓浓黑烟吞噬。这是 Z 杂志社。一个激愤的中年人正跪在水汪里哭天喊地，立时，他被消防官兵紧急拖离了现场。

奥迪 SUV 开上了人行道，郑百林快步走下，“封锁现场。”他对着几个提前赶到的警员下达着命令。

“已经在做了。”

“爆炸起因？”

“不好说，需要等待拆弹部队的进场。”

藏矢川跟在后面没有插一句嘴，只是安静地待在最南边的红色消防车旁，他甚至不知道这辆车就是临时作战指挥室。他注视着这栋大楼，火势已被控制，看不到火光，但还有黑烟不断冒出。书稿与杂志随风飘散，化作了雨中纸絮。日本警官随手一抓，捏到掌心已成灰烬。

市拆弹部队接过了消防官兵的班，他们紧急出动对内部调查提供了专业性指导意见。现场浓烈的火药味令谁都不好受，爆炸的源头在一张办公桌下面，果不其然，他们找到一个残破的显示器屏幕，这不是意外，是一起有预谋的炸弹“恐怖袭击”。

郑百林向藏矢川摆了摆手示意他进入作战指挥室。

“我们是来对了。现在让我们讨论一下Z杂志社和晚上演唱会的共同点吧。”

Z社社长也被请了进来，就是刚刚哭天喊地的家伙。

“能透露些吗？”郑百林没有具体指出，他什么都想知道。

“我该说些什么？”社长此刻有些跟不上节奏。

“好吧，我来给你开个头，这个爆炸发生在你公司……”

“是的，显而易见。”

“你觉得是什么引起的？”

“可能是瓦斯漏气，对了，公司里用来烧水的热水器老旧了，我早该让他们换的。”

“仅仅是这样？”郑百林冷笑一声。

“我也是受害者，同样是不明真相的群众。”

看着对方受惊吓的模样，郑百林无奈摇摇头，也不打算再绕弯，单刀直入讲述道：“是炸弹，有人在办公室安放了炸弹。你的这个员工可不那么令人省心啊。”随即郑百林将一份报告丢向藏矢川，后者还差点没接稳。

这份报告里有赵风陵所有已知或可查的社会资料，包括个人履历、兴趣爱好，甚至存款多少都一清二楚。

“赵风陵，说说他吧？”郑百林又面向这个胆小的社长。

“他？”社长很少去关注年轻后辈，苦思冥想也讲不出个所以然来。

“我真好奇你这公司是怎么运作起来的！”郑百林这是明显的挖苦，但他并未因为对方的支支吾吾而心生怀疑。

“实在抱歉。”社长一直没忘记自己是个受害者，他想找回些话语主动权，但一时半刻很难实现。

“你不可能一点都不清楚，毕竟你是他的领导。”一旁的藏矢川按捺不住了，提醒道，“最近他有什么反常的举止？又或者说有什么陌生的面孔经常光顾？”

“反常举止？陌生面孔？”社长拍着脑门回忆着，如果公司里的监控设备没被大火烧毁，他倒是可以一边看录像一边向警官们解说。此时此刻，他除了呜咽，什么用场都派不上。

“从这间办公室的分布状况来看，炸弹正巧是安装在赵风陵办公桌底下的，这点你怎么看？”

社长直摇头，他根本没意识到事态的严重性。“那小子才多大，会有仇人用这种方式报复？”

“我们不是傻瓜，怎么看都不是外人故意安置的。”

“你是说他自己？”

“从我们掌握的情报看很有可能，这小子大概遗漏下了一个炸弹，在偶然的状况下被引爆了，又或者他本就打算要炸了这间办公室。身为领导的你手下出了一个‘恐怖分子’，难辞其咎啊！”

藏矢川的这个想法是第一次提出，之前也没和郑百林讨论过。不过他们的见解倒是相同的，有理有据、符合逻辑。

紧接着藏矢川的问话，郑百林也问道：“他平时喜欢这个工作吗？你们对待年轻人的态度又是怎样？”

社长默不作声，似乎有些心虚。他也逐渐明白对方的意思，单位对员工的不关心，对年轻人的漠视令其感到绝望，日积夜累的压力也终会令其崩溃，而最终的结果就是对社会产生报复心理，这才导致今天的灾难。不过，他始终想不通这样一个青年怎会有如此能耐。这也是两位警官想不通的地方。

郑百林与藏矢川绞尽脑汁，梳理出一些情报来。

赵风陵的办公室被炸，有可能是幕后黑手专门针对他，有可能他就是主谋，由于疏忽造成了这个意外。赵风陵在机场的行为和态度让警官们相信后一个可能性相对较大，这也是到目前为止用逻辑能解释清楚的问题。但也不排除别的原因迫使赵风陵逃避警方的围捕，这样警方所认定的逻辑就毫无价值了。至此，另外一个纠结了很久的问题不得不再提上台面。克里斯汀在这起事件中又扮演了什么角色？樱井茜口中的中江又意味着什么？克里斯汀就是中江吗？

隐约中一股更大的力量开始介入，迷雾越来越浓，悬疑也越来越重。

郑百林当然不会轻易放过克里斯汀，相较于赵风陵，他更容易掌握这个女孩儿的行踪，因为每过半小时就会有一通详细的汇报电话打来。

这不，说着说着，手机又响了起来。

“喂，老秦……”

顺着定国路向东南，四条街道远，在与四平路的岔道口他们下了车，这段路程其实相当短，不过午间的一个小高峰堵了他们十五分钟。

“我们真应该用双腿。”郑百林对乘车的决定感到失望。向西，他们看到一个破旧的大门，里面是同样破旧的住宅楼。这里是大学城，不光是市立大学，包括附属中学、S 直辖市财大的学生都会到这里寻求价格合理、交通又便利的合租房。

随行的一个小警员打开了有些腐朽的木头门，这里基本没有什么防盗设施。

一进门便是一股霉味扑鼻而来，还伴随着隔夜的泡面味直让人作呕。这间屋子的采光很差，几乎是与阳光绝缘的状态。不到三十平方米的地方装下了卧室、客厅、厨房以及卫生间，这可真称得上典型的单身公寓了。靠东的一面墙上贴满了千穗千衣的海报以及写真照，郑百林这是第一次见到这位小天后，美艳自不用说，他甚至能从二次元的平面感觉出优雅气质。“难怪会迷得这些青年们神魂颠倒！”

藏矢川并没有听过几首她的歌，在其印象中，即使是属于那个年代的安室奈美惠也不曾关注过。

"平成天后果然与众不同！"郑百林不懂宅男追星族的心思，他甚至觉得这些人太过奇葩了。

藏矢川坐到了赵风陵的书桌前，说是书桌，其实它还兼作饭桌。一台老旧的笔记本电脑半掩着，电源没断，只是显示屏黑着。

郑百林来到他身后，不用想，电脑的桌面肯定是写真，画面上的千衣特别朴素，靠左跷着腿手撑桌板仰着头微笑，正右是花体字的"One life（一个人的生活）"，下面还有一行小字，他得凑近才能看清。

Only dreamer will see the dream!

（只有梦想家才会看到梦想！）

这行字是后加上去的。

"看来这是他的座右铭。"藏矢川迅速打开赵风陵常用的社交软件，他在仔细地一条条过滤着。"先生，你看这里有段信息或许对我们有所帮助。"他截取了一段聊天记录，用光标将它们覆盖标示出来：

赵风陵：我知道樱井茜的事情！

La barba：你是指她的哪件事情？

赵风陵：她丈夫的事情，我知道内情。

La barba：没有什么内情，我不知道你在胡说什么。

赵风陵：我这样报道出来好吗？

La barba：如果你想写就写吧，不会有人相信的。

赵风陵：你想清楚了？你也是知道真相的，这样会毁了她丈夫的名声的。

La barba：你想让她蒙羞？

赵风陵：没人想让她蒙羞，事实的真相就是这样的，你闭上了嘴巴不代表别人不会。

La barba：你想怎样?

赵风陵：我只是想和她本人确认事实，她若坚持我是不会报道出来的。

La barba：好吧，你等等。

La barba：明天早上大阪7点多的飞机，在国际机场降落。

赵风陵：谢谢!

La barba：小子，我警告你不要乱来。

"有意思。"藏矢川和郑百林终于知道赵风陵早间出现在机场的缘由了，果真还是与樱井茜丈夫的事有关。"这个 La barba 又是谁？"

日本警官显得异常兴奋，同时又有些羞愧。自己追查了大半年的案件居然在异国他乡一个不知名小记者的电脑里发现了线索，而且说不定会成为破案的关键证据，"我就说，樱井茜丈夫的死没那么简单。"

"恭喜你，藏矢川先生，纠缠你大半年的烦恼终于可以化解了。"

藏矢川摆了摆手，起身离开了电脑桌，先是在房间里踱步，而后靠着凌乱的床铺一屁股坐下。他整理出几个突破点。

首先，赵风陵知道樱井茜丈夫死亡的真相，他是如何得知的呢？通过电脑能察觉出端倪，他是个黑客，计算机高手。通过窃取网络邮件等方式窥视别人隐私。因为他是千穗千衣的狂热粉丝，自然会将一部分注意力聚集到樱井茜身上。其次，这个 La barba 也很可能是千衣经纪公司或团队里的一员，就在今天的会场里。他也知道樱井茜丈夫死亡的真相，但究竟是谁呢？谁都有可能，包括樱井茜本人。或许赵风陵也不知道这个 La barba 是谁，各自心怀不轨，互相玩着捉迷藏的游戏。这个想法一出，很快就被否决了，赵风陵是黑客，他肯定知道 La barba 的身份，这个名字很有可能就是他给神秘人取的外号。

藏矢川再细细一想，排得上号的包括主办人樱井茜，她的女儿莫莉、总导演稻垣一树以及化妆师清水由美子，除此之外，并无可疑之人。他感到幸运，搜查范围被大大缩小，离真相的距离也被大大缩小。一晃神，藏矢川的屁股咯噔一下，他从褶皱的床单里摸出一本书，准确地说其实是一本字典。英文的？不是。上面印着他们看不懂的字母，像罗马文字又像某个拉丁美洲小国专属的语言。藏矢川没在意，郑百林也同样不在乎这个细节。

郑百林从 La barba 身上察觉出的比藏矢川还要多，这条新线索意味着什么？是否可以理解为赵风陵本质就是坏的？他的情报窃取，他的威胁勒索仅仅是表面上看起来那么简单吗？他的目的是否还有更深层次含义？La barba，你到底是谁？

第11章

从酒店出来，克里斯汀与江伟强驻足在广场上，此刻越来越多的歌迷团体聚集过来，逐渐有点盛会的气氛了。远端，一个工作人员急匆匆跑来，将通行证递给了金发女孩，随后再引入会场休息室。这是由以前的体操运动员更衣室改造而成的，与演出相关的所有人员都有资格进入小憩片刻。克里斯汀被告知，樱井茜正独自一人待在里面。

“对了，特种兵哥哥，让我和阿姨单独聊聊吧！”

克里斯汀看江伟强的眼神很犀利，态度也有了微妙的变化。

江伟强很识趣，给自己找了个台阶下。“好，我在附近转转，看看有没有可疑的人物。”他的话有意无意地指向赵风陵。

门一开克里斯汀立时就被眼前的场景震惊了。

樱井茜在秦牧希离开之后意识一直没有清醒过。她的状况比在机场时还要糟糕。身体深陷在柔软的沙发里，思想意识则深陷在无尽的焦虑及恐慌之中。

“又出现了，中江。”那个如鬼魅般的面孔深深刺激着樱井茜脆弱的心灵。

诡异的微笑，似乎中江所有的计划已然得逞般。樱井茜则面色凝重，她都快忘记自己身处何处了。

休息室内的灯光忽闪忽亮，像极了恐怖电影里的惊悚场景。中江坐在樱井茜正对面，她口里喃喃自语着，不时表现出忧伤、喜悦、愤怒及哀愁。樱井茜能看清她的面容了，那是一个稍显苍老的年轻女子，消瘦如锥形的下巴将嘴唇向下拖拉，点滴的雀斑爬上面容，双眸黯淡无光，皱纹的折痕在额头映出，层叠有致。

“我认识你，我认识你……”樱井茜歇斯底里起来。

“你当然认识我，哈哈哈，我不仅存在于你的梦里。”

“你一直都在这里？”

“不管你在哪儿，我都会出现在你面前。”中江缓慢站起身，如同机械终结者般的步伐靠近了樱井茜，她将脸紧贴在对方面前。

樱井茜没有做出任何反应，她浑身都被汗珠浸湿。

“其实你内心难道不想吗？你一定是想的，你要去做，你要去做……”中江在蛊惑人心。

“我可不是你。”

“那我来帮你完成，我来去做……”她不断重复着，“你终究会成为我！”

随即又是那丧心病狂的笑声，回荡在樱井茜脑海久久无法消散。

克里斯汀赶忙踏上前，“你在抽搐，醒醒，醒醒，茜阿姨！”

深陷在沙发里的樱井茜被克里斯汀按住，随后又被紧紧抱住，湿漉漉的额头太容易打滑，樱井茜好几次撞到克里斯汀。

忽然，樱井茜瞪大了眼珠，眼白部分扩大的程度异常吓人。面对毫无防备的克里斯汀，将其推倒在地，力量之大异乎寻常，随后便又如同僵尸般骑坐在克里斯汀酸痛又无力的小腹上开始了疯狂的掐扯。

她那两只大手掐住了克里斯汀的脖子，克里斯汀在挣扎，通不上气并不能立刻削弱她手臂肌肉的力量，她明白这种状况再维持几秒自己可就凶多吉少了。

“茜阿姨……”她也不知道自己呼喊了多少次。

樱井茜最终消停了下来，这并非因为她意识恢复，而是因为气力衰竭。克里斯汀喘着粗气，内心充满了担忧。

许久，两人终于能够正常交流了。

“我在这个世界遇到的第一个好心人就是你，无论发生什么我都能去接受、包容，我知道你的本性，就如同我想成为的那样。”克里斯汀乖巧地搂着她亲爱的茜阿姨。

“我真的不知道自己做了什么，我被蛊惑了。”

“我知道，你肯定梦到了非常可怕的东西，你没有必要自责，那不是你的错。”

樱井茜将前前后后的状况向她叙述了一遍。

“平时的我大大咧咧，没有人会期待我能够帮上什么大忙，但是阿姨你不同，你总是这样信任着我。我想要回报每个对我好的人，我想要保护每一个我所在乎的人，当我下定这样的决心时我真的能够无所不能，很神奇不是吗？既然上天赋予了我这能力那我就一定不会辜负他的厚爱。心里想着什么我就一定要去做，纵使结局不尽如人意那也会比什么都不做要强得多。我不想后悔，阿姨，你呢？”

“你若真是我女儿该多好。”

“吱呀”一声，休息室的门被打开，出现的不是别人，正是莫莉。

她哭丧着脸，“我查到了……那个叫赵风陵的人是Z杂志社的，他的单位刚刚发生了爆炸。妈妈，我值得您信任吗？您情愿将所有希望寄托在一个刚成年的少女身上，也不愿试着让我帮您分担？是的，我是任性，喜欢偷懒，但对于千衣我可不比你们任何人关心的少。我在你心里就真的这么不堪吗？甚至不如这个未曾谋面的妹妹！”

“你在生什么气？谁又惹到你了？”樱井茜摆出庄严的姿态，瞪了一眼莫莉，女儿对克里斯汀的态度令她有些惊讶。

莫莉的脾气异常的倔，她不是那种用感性方式生存的女孩，不过关键时候她也会缺少理智。

“有事要发生了，有人要对演出动手，对吧？是冲千衣来的？你们瞒不住我，告诉我……”

此时樱井茜的语气转变了，变得让人无从亲近。“这不是你该管的事情，你只要做好自己的本职工作就可以了。今晚要用的钢琴有在打理吗？你的会刊发完了吗？需要我再重复叮咛一遍吗？”

“你一直都嫌我是个累赘，认为我只会调皮捣蛋，总是把我当小孩子……为什么一直瞒着我，这么重要的事情难道我就不该担心吗？你们把希望寄托在克里斯汀身上我不反对，是否有了她就可以抛弃我了？而我却一直傻乎乎地把你们当亲人来对待。是的，我是你收养回来的，但您跟我生母没有丝毫区别……”莫莉情绪已无法控制，泪如雨下，哽咽着说完这些。其实这并不是真心话，她只是气不过自己总被忽视。

“有了她就可以抛弃我！”这句话扎在樱井茜内心，完全没想到女儿会说出如此伤人的话，她越想越气愤，越气愤也就越冲动，终于忍不住上前一巴掌狠狠打在莫莉脸上。

这几天，樱井茜苍老了许多，整个人的神色、气质都与以前大相径庭，然而这个不懂事的女儿看不到母亲的憔悴，她哪能理解这是对她的保护和关心。樱井茜只不过做了她认为对的事情，她的自私却成了不折不扣的伤害。

莫莉内心正经历着天翻地覆的变化，她无话可说，只是捂着小脸任由泪花四散飘洒，随即夺门而出，留下同样不知所措的两人。

樱井茜在理智回来前并不知道刚刚那一巴掌的轻重，女儿撞到了她的肩膀，她想伸手去拉住可为时已晚。“莫莉……”空留着指尖悬停在半空注视着摇晃不停的门，身为母亲的所有无奈一下子变成沉重的大山压在身上。

克里斯汀理解樱井茜的良苦用心，她也能体会莫莉的苦楚。

“是我错了吗？”樱井茜的面容一下子又老了几岁。

“阿姨，我去找她吧，不用担心，一切都会好起来的。”克里斯汀的微笑让对方感觉很温暖，此时此刻，这是她唯一能做的事情了。

会场后台，休息室旁边就是男浴室，这里空间相对较小，被用作了临时的杂物储藏室。顺着走道向西望去，本来一间间供各国参赛队伍教练使用的研讨室如今全部变成了演出人员的准备室。

克里斯汀没有一间间进去询问，她明白莫莉一定在一个幽暗又僻静的地方。她寻着踪迹来到走廊最顶端，十二阶台阶平整地延续向下，一段、两段……这里的灯光相当昏暗，平时是没有人会用到这个楼梯的。再往下就没了光亮，金发女孩感觉自己已经在地下了。最后一阶台阶的右侧是个被链条锁锁上的钢板门，她不确定这通向哪，大概是地下车库……从门缝里没有透出丝毫光亮，或许这里面什么也不是，就一堵墙也说不定。

克里斯汀掏出手机用那微弱的屏幕亮光向前探寻着，地下相当阴冷，让人毛骨悚然。左侧的空间很大，与楼上的布局不同，这里没有隔开的一间间房间，只有一道门，门半掩着，她能听见一丝丝虚弱的抽泣声。

“果然，你在这……”换作任何一个时刻，闯入这里的人都会被这阴森恐怖的氛围吓住，女孩没有却步，她还真佩服莫莉的胆量。“嘿，小淘气鬼、爱哭鬼！”

莫莉就坐在门后的几袋垒砌而成的生石灰粉上，这浓郁的气味扑面而来，根本抵挡不住。克里斯汀捂住口鼻，另一只手举着手机躲避着蜘蛛网来到莫莉面前。

“你在生气吗？”她试图与莫莉交流。

莫莉根本没有说话的力气，一下子扑倒在她怀里，也不再抽泣了，就这样静静地一动不动。

“小可怜……”克里斯汀将她一把抱紧，还不时抚摸她那柔顺的秀发，这能让对方感觉心情舒畅，对付不听话的小孩这招屡试不爽。

“对不起，我说了过分的话，我其实一直期待着跟你见面，只不过……”

克里斯汀爽朗地笑出了声，这是对小姐姐任性的最好包容。许久不见的笑容也出现在莫莉脸上，只不过没有任何人看到，只有深邃的黑暗记住了这温馨一刻。

第12章

稻垣一树，那个留着小胡子的男人慢悠悠地从后台走出，一一检查过去，舞台装饰已经完工，灯光就绪，大屏分列两侧，乐器设备也接通了电源。这些都是从日本空运过来的，还包括一整套贵得离奇的音响设备。

“OK，演出前的最后一次校对完成……接下来的任务……”

一树拿出一沓被卷成圆筒状、类似台本的册子来，很厌恶地翻到第一页。

“见鬼，我都怀疑自己到底是搞艺术的还是搞代码的。”

那一沓小册子上写满了密密麻麻的数字和字母，那是今晚演出的流程和编排。

说具体点，就是操纵每一个灯光、音响和烟雾的指令。什么时候打探照灯，什么时候放 dj 慢摇歌，什么时候喷干冰，什么时候放串场音乐……这些都是编排好的。

他首先挑出控制灯光的那一串代码，做最后的核对：

L-B1-24 0:00-4:14 5S/7S

L-A2 L-A3 0:24-0:44 1:24-1:44 2:24-2:44 3:24-4:14

L-C1-12 0:00-0:24 0:44-1:24 1:44-2:24 2:44-4:14

L-D1-24 0:00-4:14 0.54S

L-E1-4 0:00-4:14

L-G1-10 0:00-4:14 0.3S

L-F1 4:14-5:10

L-A1 5:10-7:23

L-B1-12 5:10-7:23 5S

L-B13-24 5:10-7:23 0.7S

L-C1-12 5:10-7:23 1S

L-D1-24 5:10-5:20 5:30-5:40 5:50-6:00 6:10-6:20 6:30-6:40 6:50-7:00 7:00-7:23 1S

L-E1 L-E4 7:00-7:23

L-G1-10 5:10-7:23 0.3S

L-A1 7:23-7:38

L-G1-10 7:23-7:38 0.3S

L-C1-12 L-D1-24 7:38-8:00 8:30-9:30 9:30-10:00 10:30-10:49

L-A1 7:38-10:49

L-G1-10 7:38-10:49 0.4S

L-A1 10:49-14:03

L-B1-24 L-E1-4 10:49-14:03 10S/15S 2S/3S

L-A1 14:03-14:12

L-A1 14:12-17:01 0.1S

L-B1-24 14:12-14:22 14:32-14:42 14:52-15:02 15:12-15:22 15:32-15:42 15:52-16:02 16:12-16:22 16:32-16:42 16:52-17:01

L-C1-6 14:12-17:01 3S L-C7-12 14:12-17:01 2S

L-D1-24 14:12-17:01

L-F1 17:01-17:14

L-E1-4 17:01-20:24

L-F1 17:01-20:24

L-A2 LA3 17:01-20:24 6S

L-A1 20:24-20:27

L-A1 20:27-24:13

…………

L是英文灯光Light的首字母，A1表示主追光灯，当代码中出现L–A1这个指示时，主追光灯就会亮起。A2和A3则是辅助的。从A至F，它们有电脑摇头灯、回光灯、追光灯、柔光灯以及激光舞台灯等。后头的时间区间表示演出的进程，每首歌平均4分钟，在这个过程中还要设置闪烁间隔，快的有0.3秒一闪，慢的也有15秒一闪。

事无巨细，稻垣一树已经有点被压得喘不过气了。正在这时，被克里斯汀搀扶过来的莫莉让他精神一振，不怀好意地笑出了声。

“哦！麻烦，大麻烦。”

莫莉揉了揉泛红的眼睑，硬着头皮接下了这个校对台本代码的工作。她领着克里斯汀来到一个小房间，里面除了一架钢琴什么都没有。莫莉准备一心二用。

两个女孩并排坐好，莫莉轻敲键盘，一首*Amazing Grace*余音绕梁。克里斯汀完全不敢相信，这个小妹妹身体里蕴含着这么大的能量，她的美声让人赞不绝口。

末了，莫莉得意地冲克里斯汀笑笑，似乎在说，更震惊的表演还在后面呢！

莫莉是一个拥有绝对音感的天才调音师，凡是听过的音都能准确道出是几度几声。此刻，她坐在钢琴前可不是玩的，而是来调音的。

“单声部与多声部是表现音乐的两种形式，不同声部的交叉融合被称为和声，这是一个技术活，有的时候我也会临时客串千衣的和声角色。我拥有绝对音感，但不会兀自找到千衣利用自己的天赋提点建议，纵使有些许瑕疵我也认为这些是美好的，因为这是专属于一个歌手的特质，这些特质又决定了其风格。凡是声音都会有瑕疵，只不过实力派歌手唱出的歌更具有艺术讨论性，这些在专业音乐制作人之间流传比较广泛，当然千衣是属于他们喜闻乐见的类型，不然也不会有这么多歌迷为她的歌曲买账了。”

从左向右，88个黑白键被均匀又规律地分成7组，每一组12个半音。钢琴几乎囊括了现代音乐中最常用的全部音域，从最低的27.5赫兹到最高的4185.5赫兹，这“乐器之王”的称号可谓是当之无愧。

莫莉在调音的同时还在对着台本。克里斯汀好奇，虽然不懂，也假装着，点头摇头、点头摇头，看得不亦乐乎。然而，正是这看似不经意的浏览，克里斯汀记下了台本代码中的规律，为今晚拯救上万人埋下了伏笔。

低音区与中音区无异常，莫莉纤小的手指摸向了钢琴最后二十多个键。

万万想不到的是，一个拙劣的陷阱正等待着她。小字四组的f4白键上有了些许异样，并不是音色的问题，莫莉明显感觉到手指敲击时受到的阻力发生了变化。

克里斯汀也觉察到这不和谐因素，“怎么了？”

莫莉竖起左手食指放在嘴前表示安静，她的右手中指则慢慢地滑动到黑键上，按下去、按下去，心里这么想着，身体却极度夸张地抖动起来，手指迟迟未做出反应。

克里斯汀忽然按住她的肩膀，为的是让她镇静，但却吓了她一跳。

黑键没有问题，接下来是 g4 白键，莫莉越发坐立不安，她索性站起身来，顺带摆脱小妹妹搭在她肩上的手。她的手指有些偏离准心，已经按到了 g4 与 a4 的缝隙间，这一刻她更是敏感了，键盘沉重得按不下去。

按下去、按下去，她心里又在默念。

“啊！”一声惨叫外带几个高音按键声一同传到克里斯汀的耳朵里。

莫莉脸部表情异常丰富，之前哭红的眼角此刻又被渗出的泪花覆盖。她紧缩起袖口，右手抱拳状赶紧揣进怀里。

血迹从中指与无名指之间的缝隙流淌进手掌，白色的键盘上闪耀出一丝暗红色的光芒，红色的液体同样顺着铁铸的框架滴落在地毯上，与其一个颜色，虽然只有几滴，但还是改变了地毯的色调。莫莉不停抖动着胳膊，她的手冷极了。那长长的口子从中指中缝处一直延伸到指尖，中缝的那个刺孔很深，她本可以只被扎一下，可当时痉挛的状态使其产生抽搐，这才被划开一道恐怖的长口子。

这下她的嘴里都是血腥味了，她为强忍疼痛不得以将手指含在口里。创可贴不会起作用了，她需要的是绷带。她挪动起屁股小心翼翼地扒开键盘缝，这罪恶的源头竟是一枚闪闪发光的针头，细小但坚硬。

此情此景吓坏了不知所措的克里斯汀，她倒吸一口凉气，仿佛被扎的是自己。然而，伴随血腥她似乎还闻到一股薰衣草香味。“我的天，我们到底在经历些什么？”她无奈发出一声惊叹。

第13章

清水由美子急得焦头烂额，她翻箱倒柜，却怎么也找不出为今晚演出特意准备的紫色礼服。那是她的得意之作。幻想着千衣穿上的样子，紫色的花朵盛开在肩膀，一对翅膀迎风飘扬，如瑞文戴尔走出来的精灵女王，又如梦游仙境里走出的白皇后。

由美子，作为一个年纪轻轻就获得过国际化妆美容大赛冠军的女孩，她的人生道路可谓一帆风顺。她加入这个团队的时间仅次于樱井茜，曾经她的性情有些类似现在的莫莉，但随着后者的加入，她立时改变了这样的角色风格。说实话那段时间每个人都挺别扭的，直到莫莉完全融入才有所改变。她虽然是个技艺精湛的优秀化妆师，但这并不代表她也是一位具有卓越领导才能的管理者。一般而言，会有那么几个固定的助理或帮手帮衬着她，可事实上她身边的人都不是缺一不可的，反倒是更换得异常频繁。这些倒不打紧，作为千衣的专属个人造型、化妆师，她一个人是应付得过来的，至于其他的舞台演员则完全交由手下去处理了。

这间化妆间是会场内最为豪华、舒适的一间，东北角配备有独立的洗手间与试衣间，而在东南角，三面椭圆的挂镜在亮黄色小灯泡的围绕下紧贴在复合板上，被镀上亮堂堂的银色铝丝，展示架花枝招展，同样是紧围绕着小灯泡向外延伸，整个设计有些好莱坞式的浪漫风格意味。

由美子放弃了，那件礼服肯定被什么人穿去了，是千衣吗？不，她更怀疑是莫莉。

此刻，她正对着化妆台上的瓶瓶罐罐和一件梵圣便携式折叠双面镜发呆。思考着怎么考问莫莉这顽皮的女孩。

“魔镜魔镜告诉我谁是世界上最淘气的人？”看着虚幻空间里的自己她笑了。“我要用这面照妖镜让莫莉这磨人的小妖精原形毕露。”

梵圣双面镜闪出一丝光，由美子瞄到了背后墙上的一张海报，那是安妮海瑟薇，她很纳闷，一个体操中心在主办千穗千衣的演唱会，化妆间里怎会有美国影星的海报呢？这让她耿耿于怀。

嘭的一声巨响，化妆室的门被粗暴地打开，克里斯汀搀扶着莫莉跌跌撞撞地走了进来。

“由美子，急救箱！”

莫莉从一开始就知道这里有创伤药和绷带。

“我的老天，你这是怎么了？”

莫莉默不作声，直到由美子给她清洗完伤口并绑上绷带。最后结束，她用异样的眼神直勾勾地盯着对方。

“姐姐？”莫莉的语气有些消沉，木讷的神情给人一种病恹恹的感觉，不过这也正是她该有的状态，“我们之中就你一个人用薰衣草香水吧？”

这样的提问莫名其妙，由美子一头雾水，她也变得木讷了，习惯性地点了点头。

“告诉我这不是你做的。”

“什么？”

“你有做过这样的事情吗？”

"做什么？"

两人的对问渐渐有了些火药味，这种感觉完全出自莫莉的语气。

"我是该感谢你呢，还是要怀疑你？"

在事态变得不可收拾之前，克里斯汀突然按压住莫莉，示意点到为止。

后者紧皱着眉头，浑身上下充满了杀气。不消片刻，理智回来了，莫莉认真地道了一声抱歉。"就让我一个人承受吧……"

清水由美子完全蒙了。

尴尬只一瞬间，化妆室的大门再一次被粗暴地推开。一前一后，樱井茜与江伟强同时闯了进来。

"千衣呢？我到处都找不到她。"樱井茜一把搂过清水由美子，用期待的目光注视着她。然而，化妆师的回答让她失望了。千衣根本就没来这里。

"千衣不见了？"江伟强将这个惊悚的消息直白化，他似乎也有令所有人震惊并颤抖的消息。江伟强冲克里斯汀使了个眼色，举起在赵风陵房间找到的手机。

"断翅的紫蝴蝶又来电话了？"

江伟强点了点头，严肃中透露着镇定，他有些顾虑，这种威胁信息是否可以在公开场合说呢？

克里斯汀给出了确定答案："说吧，这里所有人都有权利知道状况。"

"断翅的紫蝴蝶发现警方正在包围会场，他威胁只要大部队进入，就会立刻引爆炸弹。"

"这个消息你有跟秦牧希汇报吗？"

"说了，秦警官本想带着大批人马冲进来，一听这个消息只能乖乖就范。他还在考虑取消演出的事情。"

一听这话，樱井茜不干了。"取消演出？不行。"她的语气斩钉截铁。

正当众人以为她丧失理智的时候，反倒是一句话将所有人都给怔住。

"千衣不见了！她会不会被这个幕后黑手绑架了？如果现在发布取消演出的

通知，千衣岂不是命悬一线？”

克里斯汀第一个读懂阿姨的逻辑，她在内心好好盘算了一下。断翅的紫蝴蝶之所以如此忌惮警方搜查会场，是因为他怕自己精心准备的“礼物”被粗暴没收。这种破坏他计划的因素是绝对不允许存在的。不然，发暗号挑衅警方，引导我们一步步走进圈套，这些行为就会成为没有意义的事情。至于千衣为何会消失，很有可能如樱井茜所说被断翅的紫蝴蝶绑架。这种状况下有一个矛盾，作为演唱会主角的千衣消失，演出自然会被取消。幕后黑手会想要这样的局面？不，他肯定预料到这些，千衣的消失只不过是迷雾弹，用于分散我们的注意力。换句话说，只要让观众入场，演出程序一切按部就班地进行，那千衣就一定会安全回来。千穗千衣是推动整起事件向前运行的发动机，断翅的紫蝴蝶可不想还没开始演出自己的计划就结束了。

克里斯汀把自己的观点讲明白，江伟强非常认同，紧急赶往会场大门，与秦牧希展开交涉。

一个人的安危和上万人的安危，哪个比较重要？秦牧希有自己的考虑。如果现在将歌迷们放进去，便是将他们绑在已经引燃的炸弹引线上。如果现在果断取消演出，便要牺牲千穗千衣这位大明星。事件的真相若被歌迷们知晓，他将成为万人唾骂的对象。

如何抉择？

继续演出还有一线希望找到炸弹，揪出背后的人。取消演出，一个鲜活的生命极有可能会因此消逝。

如何抉择？

两难之际，秦牧希的手机突然响了起来，克里斯汀为他做出了决定。

“警官，相信我。我能够破解密码，我能够救出千衣，请让演出进行吧！”

樱井茜做了最后布置，命令由美子在化妆室待命，让她心无旁骛地专注在自己的工作上。只要千衣一露面，就要为她梳妆打扮，做好开场准备。

随后是莫莉和克里斯汀，她从这两个女孩身上看到了坚毅的品质，将最艰巨的任务委派给了她们。曾经，也有类似的事情发生，千衣这个丫头为了舒缓压力，会在演出前偷偷溜出去散心。这次，往好的地方想，千衣很有可能瞒着大家偷偷跑出去玩了。对，就像早间的莫莉，自己摸鱼，让大家干着急。因此，樱井茜想让小姐妹俩沿着街道去寻找，无论结果如何，务必在 7 点之前赶回会场。

她自己呢？樱井茜有更艰巨的工作，她找来稻垣一树，配合着安保人员开始了检票工作。

5 点 30 分，天色已黑，体操中心前的广场上已经聚集了相当多的歌迷，不管是谁脸上都堆满了兴奋、喜悦之情，内心则是满满的幸福之感。建筑物的前端，就是“企业”号的舰桥部位，克里斯汀站在玻璃幕墙的后面注视着下方异常热闹的人群，她在想象着，那些互不相识的人无论性格、品行、地位等都被抛之脑后，随便遇见谁便能敞开心扉无所不谈。正所谓物以类聚、人以群分，社会中的点点滴滴在某一方面被无限放大，此时此刻，打破这隔阂的关键钥匙只是一个名字，一个让人听到便能会心微笑起来的名字——千穗千衣！

她也想和这些人一样，去体验迫不及待和兴奋不已的感觉。可现在，从她身上看不到喜笑颜开也听不到欢声笑语。

“走吧，我的好妹妹！”

莫莉领着克里斯汀走向紧急逃生通道，穿过体操中心东北方的小门，两人踏上了这条曲径通幽的小路。

趁着空当，莫莉问道：“刚刚在化妆室你为什么要制止我？那枚插进钢琴琴键里的针很明显就是由美子放的，她想要加害千衣。”

“加害，仅凭一根针？不，别傻了，这根针说明不了什么，g4 与 a4 的缝隙在高音区，千衣的作品中几乎没有乐符会运用那些琴键。薰衣草香水味也说明不了什么。我有一种感觉，隐藏在体操中心里的恶魔不止一个……浮出水面的是紫蝴蝶，但在泥沼之下的人更危险。”

“那这个躲在泥沼下的人究竟是谁呢？”

莫莉的提问让克里斯汀很难回答，金发女孩意识到最后可能会是一个悲伤的结局，因为这个名叫中江的恶魔必然就是千穗千衣身边的人。

再往前一段，小路明亮了，左侧羽毛球馆的大灯为她们提供了不少便利。莫莉能看清克里斯汀的面庞了，这娇俏标致的脸有种似曾相识的感觉。她一直都没意识到，原来自己的小妹妹与千穗千衣长得如此相像。心中产生一个疑惑，母亲为何想收这个姑娘为养女呢？

就好似千穗千衣的影子，莫莉明白自己在音乐上的才能可以匹敌千衣，克里斯汀在美貌上也不会输阵。难道樱井茜选择养女的标准就是……她不敢再往下想，如果这是真的，那她们俩该是多么悲哀啊。

拐角处，第一个难题出现了，莫莉再度忐忑不安起来，不过再紧张再着急，找人也要一步一步寻着线索走，若是走错一步就得从头再来。

莫莉就在连接左右两边的大道上徘徊着，“我们该怎么走？”

克里斯汀表现出的冷静一如既往地不符合其年龄特征。她四下搜索了一番，将注意力锁定在角落一位身披绿色军大衣的流浪汉身上。通过他的指引，女孩们得知就在不久前，一个形似女人的黑影从这个路口拐向了正东方向。

前路还很漫长，后路却已无踪影。沉默间又来到了第二个岔路口。这是个三岔路口，现在又面临两难的局面了，更糟糕的是此刻四周空无一人，无法再寻人问路。

“哦，我的好姑娘，你会往哪个方向？”莫莉直跺脚，“要么我们分头去找吧！”她的语气不像是在提意见。

“啊，原来还有这么一招。”克里斯汀转身正面对着姐姐，“那再下个路口怎么抉择呢？”

“凭运气吧。”

“如果能用能力解决的事情我是绝不会请求运气帮忙的。”

“现在还有什么办法？”

“千衣大概提前我们十五分钟离开，我们之所以会向北行进的原因是什么？”

出后门时克里斯汀给莫莉推理过一番。向南走就是广场，那里的歌迷决定千衣不会选择这个方向。所以，千衣会通过流浪汉所在的那个路口，这也是她们出了后门朝北行进的原因。

此时此地，南边是三泾南宅，一个住宅区，若拐弯顺着路直走就到武夷路。若直走向前，她们能够到达三泾庙。这条东西向与武夷路平行的道并不像后者那样光鲜，看上去倒有些落魄。

“东方发展银行。”克里斯汀像个老者般意味深长地叙述了这么一个名字。

这家银行位于岔道口的西南角，是个小的分理处。停顿了十几分钟的细雨又飘了起来，女孩们正好有了个好去处。

“你好，有见过这个女孩吗？”莫莉从手机里翻出一张千衣的照片，对银行的大堂经理说，照片是几年前有些婴儿肥的脸。大堂经理看后点点头。

“那太好了，你知道她往哪儿走了吗？”

大堂经理摇了摇头，“这些我不知道，或许我们行长知道些什么。”

莫莉和克里斯汀对视了一下，既感到疑惑又充满希望。

“她是个日本人，恰巧我们行长懂日语，所以……”这时，从防盗门内走出个五十多岁戴厚实老花镜的秃顶男子，“这就是我们行长了，你们可以问问他。”

行长在日本待过，所以懂得日语。

“行长先生……”莫莉同样亮出千衣那张有些婴儿肥的照片。

“是的，她大概十分钟前来过。”行长左手拿着公文包，右手勾着折叠伞，看上去迫不及待要下班的样子。

“她是一个人来的吗？她来做什么？”克里斯汀没有拐弯抹角，直截了当地问了。

“是一个人，她想兑换些人民币。”

两人随着行长的步伐已经走到了大门口。

“兑换人民币的业务好像只有人民银行能办理。”

“没错。”

“她要兑换人民币做什么？”克里斯汀自言自语问了一句。

“后来呢？你知道她往哪边去了吗？”

行长看起来有些烦躁，可是不解释清楚是打发不了这两个女孩的。“我给她兑换了人民币，是私人之间的兑换，至于她向哪去了我就不知道了。”

“先生，你真的不知道她是谁？”克里斯汀看着走出了好几米的行长莫名地问了这么一句。

行长同样莫名奇妙：“难道我就一定得认识吗？”

在莫莉看来是一无所获，不过克里斯汀可不这么认为，她用莫莉的手机搜索到附近的便利店，这才心满意足地向东走去。

被细雨滋润的两人这一段走得异常的快。第三个岔路口如期而至，这是个十字路口，寻找的难度加大。西南角是三泾庙，三泾庙对面，是一家24小时便利店。

莫莉首先冲进了店门，一声清脆的“欢迎光临”来自传感器中的电铃，紧随其后而来的克里斯汀再一次触发了这声音，正巧淹没了肚子里咕咕的叫声。

莫莉很天真，她进来的意义只是为了买一把伞。收银台旁的关东煮香气四溢，莫莉完全无动于衷，克里斯汀看着她傻笑着，她的脸皮还没厚到一定程度，只有咽着口水揉了揉肚皮。

“老板，你见过这个女孩吗？”结账的时候莫莉又亮出那张照片。

这是个中年妇女，她推了推鼻梁上的眼镜凑近了屏幕，很不巧的是，她是个脸盲症患者。“喏，不就站在你身后吗？”她说的是克里斯汀。

两个女孩都很无语。“不是不是，你看她的头发，黑色的。”

“黑色的？”大妈收完钱后又凑近一看，确实是黑色的头发，“刚刚有个黑色头发的女孩来吗？”她向货架里一个同样年龄的妇女问了一声。

那个店员很确定地回答道："没有没有。"

"不是，也可能是深金棕色的，我说的是刚刚来过的女孩，不是照片上的黑色。哦，我都被搞混了，她们是一个人。"

"小姑娘，别着急，慢慢说，慢慢说。"

克里斯汀看不下去了，抢过话茬。"有个女子来买过东西吧，大概十分钟前。"

"是的。"

这样得到的回答才是女孩想要的。

"是她？"莫莉还在纠结着这个问题，其实她心里已然确定了答案。

店员这次确认了："是她是她。"

"她买过什么？"莫莉负责问，克里斯汀负责翻找小票。

便利店的收银机打印出的小票几乎没有人会带走，长长的一条趿拉到湿滑的地上。

在雨伞记录下又是一条雨伞记录，同样打印出的还有一瓶柠檬水和地图。

"她是买的这些吗？"

"是的。"

克里斯汀满意地点点头微笑着离开了，她实在是受不了这关东煮诱人的香味了，想一想早餐后到现在都没进过食。

一会儿工夫，密布的乌云骤然发狠落下了倾盆大雨。

莫莉撑开伞四处张望着。"往哪个方向呢？雨怎么忽然下得这么急？"

克里斯汀的微笑就一直没消失，偶有豆大的雨滴激荡弹射在嘴角她都觉得是甜的。此刻寒冷成了最大痛楚。

"向东和向北都会越来越偏离会场，我认为到这里千衣会做出个决定。"莫莉说道，"她要么向南走到武夷路再拐回去，要么就原路返回。"

"原路返回？我赌是往南去了……"

"你不是说不靠运气帮忙吗？"莫莉斜眼瞄了一眼克里斯汀。

“走吧，这可不是运气，我来证明给你看。”

“等下。”莫莉的动作被叫停。随后克里斯汀的举动更是震惊了她，克里斯汀居然翻找起垃圾箱来。

“哦，这可不是什么好点子。”

在克里斯汀天真的想法里她肯定能找到和莫莉手上一模一样的雨伞包装袋，果不其然，决定性的证据就被压在标有“不可回收”字样的那个桶的底端，这里的垃圾很少，“我说什么来着，看，千衣从这走了”。

“可你怎么能确定一定是她呢，也有可能是别的路人丢掉的。”

克里斯汀站起身，借着雨水冲刷下小手。“雨是在十五分钟之前我们还在银行的时候开始下的，和我们一样千衣出了银行选择了直走，或许只是单纯的要避开歌迷们的缘由，她选择的是这条路，按照路程计算，那时她肯定会去便利店购买商品的，这也是她兑换钱的理由。”

“你的解释不无道理，那之后呢？”

“答案在小票的数据里，午后便利店只卖过两把雨伞，这两把雨伞的包装袋都在这里，其中一把被证实是卖给千衣了，这就没什么好疑惑的了！况且，这里四周都是居民区，雨天行人本就很少，不会再有其他人了。”

“如果确实如此。我们能安下些心，至少坐实千衣不是被坏人掳走的吧？”

“哈哈！”

两个女孩的笑声都有些牵强，她们加快了前行的步伐，或许在下个岔路口前就能追上了。就像小学生在玩探险游戏一样，路过M记快餐店时克里斯汀都不忍多瞄一眼，她最后还是没鼓足勇气让姐姐请她吃一顿，更何况她们是在和千衣赛跑。

雨停了，这怪天气总是让人捉摸不透，强劲的风吹散朵朵乌云，一丝月光洒落大地。

终于，焦虑不安被欣喜若狂驱散，紧张担忧被心旷神怡排解。黑色的风衣并无法隐藏起她那曼妙的身姿，飘逸的长发在风中摆动着，似乎真有奇妙的精灵在与她嬉闹，银色的光芒穿过指尖划过发丝在她的脸上跳跃着优雅的舞蹈。虽然还有一段距离，但那阵阵芳香却已迎风飘来，神采奕奕中充满甜蜜。她驻足在灰色的大街上，一柄小伞就像是含苞欲放的花蕾守护着这位娇小的花仙子。

第14章

6点整，秦牧希正站在会场西北角的十字路口边，十几辆特警突击车在马路两侧依次排开。他们的出现并未引起人群的恐慌和不安，因为歌迷们根本无暇顾及。

一个技术员垂头丧气地拿来“板砖”似的手机，他递给的是江伟强而非秦牧希。

“没有任何技术破解的必要，SIM卡属于一个未署名的人，这个人可能是世界上的任何一个人。”技术员停顿了下又继续说道，“指纹也只有两个，其中一个是特种兵江伟强的，还有一个大概就是克里斯汀。”

“手机你先收着吧，断翅的紫蝴蝶很有可能再打来电话。”

江伟强点了点头，他都懒得多做回复。

“对了，有没有发现赵风陵的踪迹？”

江伟强这次又摇了摇头。

“该死的，我该怎么汇报呢？”

一辆疾驰而来的国产越野车急刹在秦牧希的面前。车上，是两个熟悉的人。

林新茗比刘一轩要狼狈许多，鼻青脸肿，一脑袋绷带。但刘一轩也好不到哪去，少了那一抹属于特种兵的霸气。

“看到你们没事真是太好了。”江伟强上来寒暄一句。

“咳，倒霉。我们是从医院偷溜出来的，想必现在护士姐姐们正举着大砍刀要揪我们出来千刀万剐呢！”刘一轩用一句没正经的玩笑回复了同伴。

再看秦牧希，大叔被目前被动的局面所折磨，正一脸无奈地听着电话那头的训骂。

难道就这样坐以待毙？江伟强想问一问警方技术员在破译暗号上的工作进展，不料，旧暗号未解，新密码又到。

还是那部手机，这次换成了短信。只有六组数字：

100000

0

35

130

14

20

江伟强皱了皱眉，向秦牧希投去求救似的目光，然而后者已完全沉浸在自己的世界中，无法自拔。

电话那一头，时间再往前推移一点。郑百林与藏矢川相对而立。一个小警员忙活完，从赵风陵的房间里出来。

“报告领导，没有发现类似爆破物的东西，唯一值得说的只有这个……”

又是一模一样的暗号图纸。

小警员将字条递给郑百林后，拿着赵风陵的笔记本电脑离开了。这是郑百林的意思，要解析一个黑客的武器，只有寻求局里计算机高手的帮助。他有一种预感，关于樱井茜及她丈夫死亡的真相就在这台电脑里。

“郑局长，这样没关系吗？”

藏矢川的意思是指他们已经在这个小破楼里耗了太多时间，需要将精力转移到演出的会场了。

郑百林不慌不忙，递给对方一根烟，自己也抽了起来。“论统筹全局、运筹帷幄，他不如我。论现场指挥、调度与决策，我不如他。会场有他坐镇，我放一百二十个心。”

藏矢川对这个“他”不明其意，感觉既神秘又安心。

回到眼前，郑百林琢磨起这个暗号图来。这些图标似曾相识，但每一个都要花心思考虑一番。

它们代表什么？组合在一起指的又是什么？

藏矢川对这些虚的东西不感兴趣，在他眼里，密码暗号只存在于推理小说里，现实中的都是障眼法。因为当设置这些乱七八糟符号的人自己出来解答时，你会发现答案其实很low，并且弱智。他可不想将自己的智商降一个档次，去做些无用功。他的心思全在会场，全在樱井茜那里。于是，他寻来小警员，找到一份会场周边的地图。

“银行、快餐店、奢侈品、医院……”郑百林斜眼一瞄，突然跳了起来。答案就在这位日本友人的手中。他兴奋地拨通一个号码，开始了对“恐怖分子”的反击战。

第15章

与此同时，地点转变到会场东边两公里的马路上。

“羽毛球馆、东方发展银行、M记汉堡快餐店、居民楼、香奈儿……”克里斯汀越想越兴奋。

“Mai……”莫莉使出了吃奶的劲冲了出去，泪水不知不觉间滑落下来，她可真是个泪人儿。

这突如其来的一声呼唤着实吓了她一跳，她将两肩耸起，努力将头裹进高领的红毛衣里，像是做了坏事后被妈妈骂的洋娃娃，小心肝扑通扑通跳个不停。她又将雨伞稍稍撩起，弱弱地转过头来，那原本就很大的眼睛此时更是瞪圆了，金棕色的发丝依旧那样俏皮可爱，不过耳蜗的后面才是它们的归宿，优雅的手势顺势掠过闪闪发光的耳环，伴随着忧郁的神情她在余光中瞟到了这熟悉的身影，回眸时的微笑变成了灿烂的大笑。

“莫莉……”千衣垂下折叠伞将重心压低以应对莫莉的拥抱。

一切不安都被抛诸九霄云外。“你怎么一个人跑出来了？”莫莉的脸都快贴上了她的鼻尖。

千衣调侃起这邻家小妹一样的女孩。“本来是打算跟你一起出来冒险的，可就是找不到你，我就一个人偷跑出来啦！”

莫莉松开了拥抱她的双臂，回应道：“不重要了，见到你之后都不重要了。”

“对了，你是怎么找到我的？”

莫莉指了指十米之外的克里斯汀，千衣向她招了招手，克里斯汀这才缓慢挪动起脚步。

四目相对、抿嘴一笑，彼此被对方的可爱及美丽吸引，这是最纯粹的感觉，比起任何话语都有魅力。

这时莫莉注意到千衣手中怪异的长字条。“这是什么？”

字条上没有留言，只是一串怪异的图形及数字：

“我是跟着这张暗号图跑出来的，现在卡在第四个图像上，我还特意买了地图来分析……”她从黑色风衣口袋里掏出湿漉漉的周边地图，另一边深深的、鼓鼓的口袋里塞着的是柠檬水。

“这是什么意思？”莫莉问道。

克里斯汀自不用说，一眼便看出了其中的端倪，但她并未道破玄机。这个表现机会当然是留给千衣的。

“笨哪！”千衣充满童稚的语气解释道，“第一个看起来像气球又像棒棒糖的图形其实是一把球拍，会场后面就是羽毛球馆，很容易想到的。”

“原来你是出于这个缘由向北走的，算我们误打误撞了。”

“其实这些是路标，第二个标志我也不认识，但有位好心的银行行长为我解答了疑惑。”

“不，不，那个男人肯定不是好心，你一定是被坑了。”莫莉是指她在汇率上被坑了。

千衣很是惊讶，她们居然也见过这个行长。“这是东方发展银行的图标。”

“原来如此，难怪看起来这么眼熟，所以你是顺着这些图标走到这的？”

“没错。”第三个也就没必要解释了，傻瓜都明白。

“那第四个是什么呢？”莫莉下意识地转向了克里斯汀，似乎肯定能从她那得到答案似的。

克里斯汀摇了摇头。

“啊，我真的好想知道。”千衣跺了跺脚，“干脆去找第五个香奈儿吧。”

“好啦，我们赶紧回去吧，不然我妈和一树大哥可得急疯了。”

看得出千衣还是有些依依不舍。

克里斯汀说道：“让我来吧，等找到最后的答案我把惊喜带回去。演出也快要开始了，这样晃荡也不是办法。”

莫莉认为这是个好主意，总之能安全带着这调皮的大歌星回去才是上上之策。

“看来也只有这样了……”

千衣被莫莉拽得死死的，硬拖着往前。湿润的晚风吹拂而过，蓦然回首，那散乱的金色发丝下隐藏着一双神秘又深邃的眼。情不自禁，千衣内心又泛起一丝涟漪。

黑暗之中克里斯汀缓步向前摸索着，她手头没有任何可以用来照明的东西，手机电量也已经撑不住了。

她能嗅到潮湿空气中夹杂着腐朽木头的霉味，逐渐，眼睛适应了这黑暗，从不锈钢门缝里窜进来的是路灯光亮，这线条在偌大的仓库里四散开来。

挂锁、链条锁、密码锁，这些从来都不是难题，解开这些有的时候靠的是技术，不过更多的是运用智慧。

她不仅是在和黑暗做斗争，仓库里的气温甚至都到零度了，一排排纸箱绵延至深处，有垒得高高的，有乱七八糟胡乱堆砌的，还有散乱在通道上专门用来绊脚的。老鼠咬破的货物飘来了阵阵兰花香气，没错，这是她要找的仓库。2009年香奈儿公司新推出的一款女士专用香水就是这个味道，回想起自己简陋的梳妆台，这一款算是唯一拿得出手的奢侈品了。

她提起十二分精神，吱吱的鼠叫变为吱呀吱呀的木材松动声，她已然迈上了楼梯。这个仓库里有个小高层，每一个大型仓库都会被设计成这样，因为这样可以充分利用空间。那腐朽的霉味正是出自楼梯的扶手。她担心脚下随时有可能被踩空，每一脚都是一轻一重的循环往复。一丝强风从门缝里吹进，呼呼如厉鬼的哀号声伴随着链条锁敲击不锈钢大门发出的声音，令人心寒。

克里斯汀除了能听到鼠类、木材、强风等声音，她还搜寻到电子器械内发条的嘀嗒声，这不是手表、石英钟等类似物件的嘀嗒声，也没有那么洪亮，她都怀疑自己是发生了幻听。

就在踏上最后一节台阶的时候，她的眩晕症犯了，这个病是晚间刚得的，病因则为饥饿。待回过神来，她踉跄着倒退了几步，烂木柱头也帮了个大忙，帮她稳住了重心。不然栽下去可就惨了。

绷直着的神经一直维持高度紧张状态是会让大脑缺氧的，她喘着大口的粗气，面色铁青。无限的黑暗足有让人窒息的魔力，迷茫者的内心是无法承受这沉重压力的，正因如此女孩的代谢率疯狂飙升。黑暗中待久了就会对点滴亮光有着独特的敏锐感，暗红如恶魔眼眸一般的光亮进入她的眼眶。

这是一个货物纸箱，亮光是从缝隙里透出来的，嘀嗒声也是从这里发出来的。她冲上了二层的平台，这里的货物相对较少，就像刻意等待着克里斯汀的到来，她全然不顾这里的危险，单膝下跪，小心翼翼地打开纸箱，又一股恶心的霉味扑鼻而来，顿时她不淡定了，石化般杵在那里。嘀嗒嘀嗒声像在抽泣，混杂在女孩扑通扑通的心跳声中，催命的倒计时来到数字5。

“作孽啊，作孽啊！”

显示屏上暗红色的光亮照亮的不是女孩一马平川、荣享富贵的人生，她终于明白这发条声代表着什么了，这是恶魔的脚步引领着转瞬即逝的无奈、无助与不甘。

“轰隆”，四周的空气急速凝聚，死神披着火焰、踩着混沌来到了她的面前，震动是他的气息，惊雷是他的吼叫，空洞眼窝里散发出的怨气将女孩紧紧围绕，一瞬间就让她抽搐到动弹不得。黑暗夺去的不仅是视觉，所有感官包括听觉、嗅觉、触觉、味觉在内一同伴随着迷离与失重坠落而下。

原来火焰灼烧面庞的感觉就是毫无感觉，她根本感受不到任何肆虐而来的疼痛感，这是生命终止那刻人类最后的弥留了。可她的手还是不愿放弃那虚无缥缈的希望，伸展在这广阔无际的黑暗中……

第16章

“我死了吗？”

许久不见的乳白色光亮刺痛她的眼，睁不开，可眼皮却上下抽搐着，闭闭合合，除了一片白茫茫她找不到任何具象的物体。

“原来我真的是死了。”

天堂就是乳白色的，任何缥缈虚无的意识都是无形的，这一切都是如此真实。

克里斯汀闻到了一种熟悉的气味，类似84消毒水又好似煤酚皂。

克里斯汀有些犯恶心，这是被折磨得惨兮兮的胃带来的副作用。

她不确定此刻是否还是处于弥留之际，毕竟死亡从来没有人准确地描述过。她有了触觉，亚麻布及涤纶的舒适感虽不能让其纵享丝滑，可这也比湿润粗糙的烂木柱头要有触感得多。

“我还活着！”克里斯汀坐起身，听觉让她确信了自己还活着。

“可怜的姑娘！”秦牧希如释重负般瘫坐在医院的椅子里。

克里斯汀虽然已恢复，可她脑海里的时间概念已不复存在，她凭着强大的意志力用单手支撑起那瘦弱的身板。

“好点了吗？”秦牧希问道。

克里斯汀点头，嘴角没了微笑，水分为其惨淡的小黄脸增添了些弹性。忽然，她神经一绷，歇斯底里地大叫起来。

“炸弹，炸弹爆炸了！”

“放心，已经没事了。你是怎么找到那个化妆品仓库的？”

“是你救了我吗？”克里斯汀答非所问。

“是的，是我找到你的，我们警方破解了暗号……”

“我也在追寻着暗号。”

秦牧希将椅子拉近床头开始倾听她的叙述。

被护士脱下的脏衣服随意地搭在床尾的护栏上，秦牧希顺着克里斯汀手指的方向掏出了白色羊绒衫胸口口袋里的图纸，除去那件不见了的外套，克里斯汀浑身上下就这一处口袋了。这也是在机场时她将除手机之外的所有的东西都留在外套口袋里的原因。

“羽毛球馆、东方发展银行、麦当劳、武夷花园居民区、香奈儿……武夷路南边有一个大大的香奈儿霓虹灯，我是循着它找到那个仓库的。718，这是门牌号。我撬开了大门锁，在黑暗中上到一个小高层。”

“其实你完全没有必要进去，这些图形只是路标，你要找的应该是最后一个……”

“没有必要进去……”女孩越来越有劲了，“有一种魔力在推动我，我能清晰地感觉到，那里面有我想要的答案。对了，炸弹呢？”

秦牧希从脚下端出那个“爆破物”。“这个恶作剧可真是没品到极致了。”

虽然没什么杀伤力，但内里毕竟用到了火药，震动及冲击足以使那块潮湿腐朽的木头地板坍塌。最后那类似火焰在脸颊上划过时的感觉其实是崩裂而出的彩带抽打到的感觉。不然怎么说充满了讽刺意味呢！

"仅仅是这个？"克里斯汀意识到没那么简单，一定还有什么是她疏忽的，心头总被某种不好的预感折磨。

"仅仅是这个，这就是一场单纯的恶作剧。从体操中心出发，经过羽毛球馆、银行、快餐店，最后到这个医院，没错，图形中那个十字就表示妇幼保健医院。体操中心是777号，我们绕了一个大圈，最后又回到了会场。"

"不对，没这么简单，按照暗号图的规律，炸弹应该被设置在医院，它怎会出现在中间的香奈儿仓库呢？"

"得了吧，这才不是炸弹。"秦牧希虽然这么说，但内心也不明白女孩提出的这个问题，他低头看看这个"玩具"，一个大大的刀刻"G"字母赫然显现。

这些都不重要了，秦牧希明白该到收网的时候了。因为恶作剧被拆穿，千衣也平安回来，这一天陪女孩玩的萝莉与大叔游戏是时候画上句号了。他苦涩一笑，像在嘲讽，同时还举起了枪。

"克里斯汀，你再次被捕了。"

面对秦牧希突然神经质的巨变，女孩一点都不惊讶。她知道那把92式5.8毫米口径手枪里根本没有子弹，它们正躺在机场的大理石地砖上睡觉呢。

"你一点都不惊讶？"

"你们的欲擒故纵之计我早就看穿了，我只不过将计就计，配合你们演了一出戏罢了。"

"我不明白，我们怎么露出破绽的？"

"ISS，就如同你们表演的那样，我第一次听说这个组织也是一头雾水。我留了个心眼，回忆起你说的那个犯罪心理例子，意识到这很可能是你们面对特殊犯人所采用的策略。好一出双簧戏，你们自始至终就没有当我是无辜的。破绽很多，首先是机场的那个抓捕行动，太过小儿科，仿佛就是为了让我要你们而设计的。如果说派出所里的第一幕戏是要让我打入这个小分队内部，那机场的第二幕戏则是建立起信任。做戏便要做真，在警车上，江伟强和刘一轩冲你发难，那个时候我差点信以为真，不得不说，这两个特种兵很有表演天赋。只是你们这个危机小组的总指挥太想当然，给你们下达了死死的命令，必须有人时刻监视着我。在会场的地下车库，当江伟强说想去探望出车祸的同伴时，你回绝了他，让他记得自己的使命。这一刻，我对警察彻底失望了。为什么我能接到林新茗的电话却接不到茜阿姨的？因为你们做了屏蔽。不仅如此，我试图调开江伟强，或许他也发觉出蹊跷，适时避开了我。还有，我很难想象一个不知名派出所底下的一个不知名警官可以掌控大局，居然有权利决定是否取消演出。真是滑稽可笑。郑百林还嫩了点，连我都对付不了，更何谈断翅的紫蝴蝶？”

被克里斯汀这么一道破，惊讶的该是秦牧希。他深深地察觉到，眼前的这个小女孩不简单。但他并没有轻易放弃危机小组所坚持的观点。克里斯汀就是他们要抓的人，她就是幕后黑手。然而，此时此刻，本该品尝胜利带来的喜悦，却怎样也提不起精神。正如女孩所说，案件还远远没到结束的时候。于是，老谋深算的他决定赌一赌，反将克里斯汀一军。看看她接下来面对炸弹是什么态度。

“你说得没错，都是我们的计策。”秦牧希收起了枪，僵硬的老脸上勉强挤出一丝微笑。“在赵风陵的房间就是最好的证据，当时江伟强与你一起接听了来自真正犯人——断翅的紫蝴蝶——的电话。从那时起，你的嫌疑就被洗清了。”

看着眼前这个面不改色心不跳的男人，克里斯汀再度感受到压迫，秦牧希同样用了一招将计就计。女孩有一个地方说错了，这个警方成立的危机小组并不嫩，果真老道。因此，接下来不仅要跟断翅的紫蝴蝶斗智斗勇，还要处处提防这个糟大叔。

“游戏还没结束，这个暗号图有问题。如果只是路标，中间的718就是多余的，能理解到香奈儿就一定可以找到最后的医院。而这个紫蝴蝶为什么要多此一举呢？难道是为了好玩？不，这个 718 是障眼法，他用仓库里的假炸弹故意迷惑我们。”

克里斯汀的这一番推理让秦牧希灵光一闪，抛开所有个人情绪，大叔警官对女孩刚刚那一番话还是很认同的。“718 可以连在香奈儿后面，为什么不能接上妇幼保健医院呢？”

“聪明，大叔！妇幼保健院，718 号病房。”

7 楼，718 号病房。床榻与周遭空无一人，微风吹拂起丝丝窗帘，在乳白色节能灯的照耀下摇曳起阵阵虚影。

又一道密码出现在两人面前。

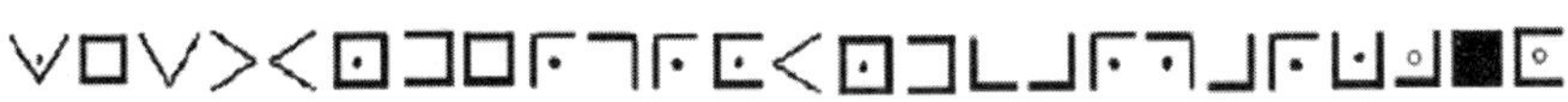

第17章

临近7点，还在广场上游荡的歌迷陆续爬上阶梯，通过一道又一道严厉检查，朝着自己憧憬的女神更近一步。正下方往西，地下停车场内，江伟强的面目异常恐怖，其神情体态像极了布鲁诺·冈茨在电影《帝国的毁灭》中所扮演的希特勒。“……west underground car park 106……”口中还念念有词。他明白已经没有时间了，从秦牧希打来紧急电话到现在已经过去了10分钟，然而危机还没有解除。

地下停车场被S直辖市警方的精锐部队——城市拆弹防爆破特别小组围得水泄不通。一盏大功率探照灯打亮一角，对准的是一辆宝马3系小轿车。

在探照灯外是一圈手持盾牌的防爆特警，个个严阵以待。内里，两个身着厚厚防弹服的拆弹专家不时瞄一眼电子闹钟，他们在与死神赶时间。

这是一个C4定时炸弹，引爆时间被设置在7点整。从体积与重量判断，爆炸半径不超过10米，损害有限，但要炸毁这辆宝马却绰绰有余。如果说仓库里第一个假炸弹是恶作剧，那这个就是不折不扣的开战警示了。

随着一声欢呼，专家成功在7点之前拆除了引爆装置，剩下的，只要将这个塑胶炸弹交给军队，就能确保安全了。

紧赶慢赶，克里斯汀与秦牧希踩着一路水汪赶到了地下车库。幸亏他俩及时解开暗号，通知江伟强，这才化险为夷。大家松了一口气，露出了欣慰的笑容，但只一瞬，又同时恢复到紧张的状态。

拆弹专家摘下头盔，满脸汗。"现在可不是放松警惕的时候，我在炸弹里找到了这个。"

江伟强从专家手里接过一团纸，迫不及待地打开，然而只一眼，他彻底认输了，做摊手状，无可奈何。

专家继续汇报道："除此之外，我们还在炸弹的塑料外壳上发现一个刀刻大写字母'P'，这或许是犯人留下的提示。"

"字母P？"秦牧希暗暗嘀咕一声，回忆起仓库里的那个假炸弹，同样有个英文字母"G"。难道断翅的紫蝴蝶在给它们编号？

"这是C4塑胶炸弹，军方专用，民间很少搞得到。我建议往这方面查查。"

专家最后给出的这个建议耐人寻味，潜台词就是犯人很有可能有军方背景。但换个角度去想，C4炸药并不难制造，它的稳定性很强，只要有原料，民间也能生产。秦牧希立刻给郑百林拨通了电话，提议对方通过炸弹原料这一线索深入追寻。

江伟强将新的暗号图纸递给秦牧希，后者甚至都没瞄一眼，转手给了克里斯汀。

"我很好奇，你们是怎么发现这颗炸弹的线索的？"

金发女孩有些得意，先不忙破译新暗号图，抽出一两分钟显摆了下自己的学识。她将在医院病房里找到的密码展示给众人看。

有的人轻蔑一笑，有的人丈二和尚摸不着头脑。

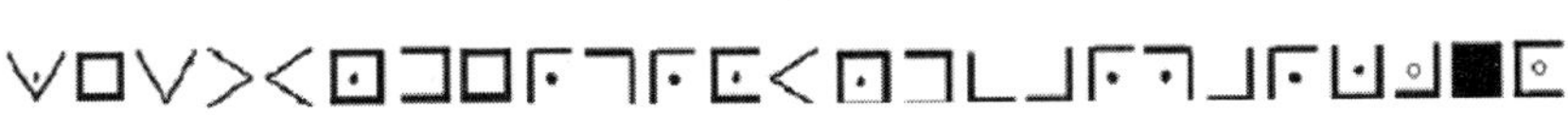

"这是著名的猪笔加密法，懂得人一眼便能道破其中玄机，不懂的人琢磨到

天荒地老也不一定能破解。所以，与其说是个密码倒不如说是个提示。”潮湿阴冷的地下车库让虚弱的克里斯汀感觉很不自在，她挪了挪步，走到探照灯下，希望通过强光获取些热量。

Pigpen cipher！猪笔密码！这是一个流传于300多年前的暗号密码，相传是个荷兰人发明的，具体来说无从考证。在共济会大行其道的那个年代，那些有神论者正是通过这一方式传递秘密讯息的，因此其著名程度可见一斑。

“我是这样理解的，这可能是猪笔加密2.0版本，这个自以为是的犯人擅自做了些添加。”

女孩靠上小轿车的后备厢，草草地画了一张解答图纸。

英文的26个字母被均匀地分配进四个框格中：

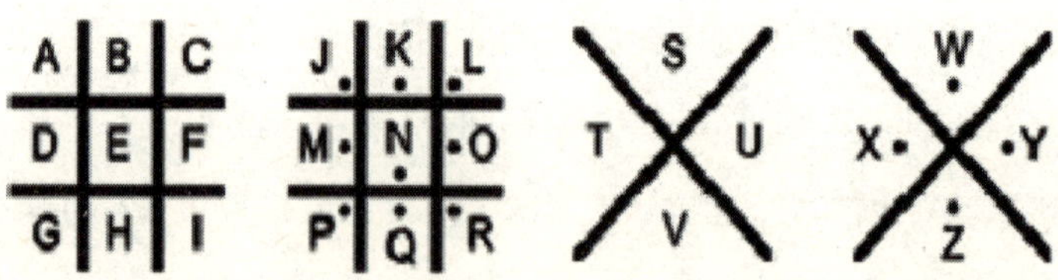

“最后三个是关键。”克里斯汀接着说道，“猪笔中并未包含阿拉伯数字，从0到9还需要十个图形。这就是暗号中点变为圈的原因，他要传递的信息还有数字。”

郑百林反问道：“他完全可以用字母来表示这些数字啊？”

“那样就太没挑战性了。”克里斯汀又画出一个潦草的九宫格。

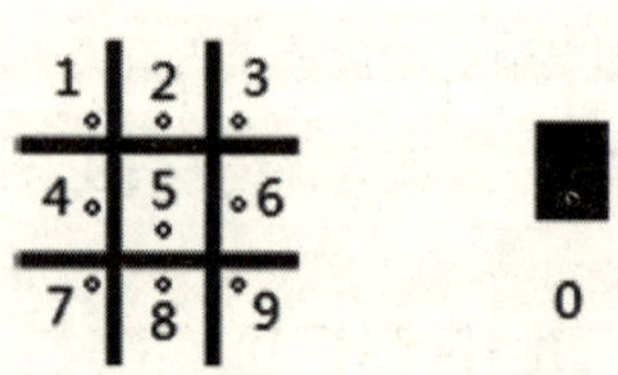

“而且0这个数字在中文里就是〇，我听说过有这样的姓氏，他们的身份证

中都是用黑色小方块表示的。”

“所以最后三个数字就是106，也就是106号停车位。”

“没错，west underground car park 106！”秦牧希指着106号位置上停的宝马车为这个密码做上最后的解答。

广场上多了一份肃杀的气氛，刘一轩知道，检票口已经不再需要他的帮忙与监督了。林新茗作为刘一轩的难兄难弟，今天算是过了一把当警察的瘾。在缺兵少将的情况下，林新茗这个小伙子还是很值得人信赖的。此时，两人正屁颠屁颠冲向地下车库，等待领导的进一步工作安排。

“好了，我们都不属于纸上谈兵类型的警察，我们需要的是行动力和决策力。演出还没开始，危机也尚未解除。现在，从炸弹里又扒出一个晦涩难猜的暗号密码，不仅如此，通过幕后黑手留下的手机，还有六组神秘数字不明其意……”

秦牧希的战斗动员掷地有声，很有腔调。

刘一轩与林新茗的到来不仅增添了气势，同时还带来了一个好消息。

“秦警官，安排进会场的便衣们都已就位，正秘密地排查观众席、舞台、走廊、洗手间……虽然人手与时间有限，但这是我们目前所能做到的所有了。”

“很好。我现在在考虑一个问题，此时此刻非彼时彼刻，我们是否可以集中兵力先确保观众席的安全，然后再开辟出一条绝对安全的逃生通道，让观众疏散呢？”秦牧希的提议似乎别有用意。

克里斯汀听了很不舒服，反问道：“你是后悔做出让观众进场的决定吧？自始至终你一直都反对继续进行演出。”

“这也是没有办法的事情，哪知道千穗千衣是自己偷溜出去的，并不是被紫蝴蝶绑架的。当时做出这个决定，多少考虑到这位大明星的安危。碰巧不巧，让真正的幕后黑手得逞了。这就相当于用上万个人质换一个人质，这么浅显的道理，我居然被你一通电话就给蒙蔽了。”

秦牧希的攻心术可真老练，当时真正做出让观众进场这个决定的原因确实是克里斯汀的一通电话，但并非如他所说是相信金发女孩。以他的立场考虑，认定克里斯汀就是幕后黑手，那通电话就是不折不扣的威胁。他没有那么大权力决定一个人的生死，他清楚地知道，如果不按照指示来，千衣和上万歌迷，他一个都保不住。

然而此刻这一番话，有些怪罪克里斯汀的意思，实际上是在传达一个信息，他有破釜沉舟的勇气，哪怕是将上万人绑在炸药的引线上，他也有信心赢下这场对决。

除当事人之外，旁人并无法听出秦牧希提这个建议的隐藏含义。这不，林新茗还打岔，说道：“这是个行而有效的方法，退一万步讲，即便发生了灾难，我们还能通过这开辟出的安全通道解救更多的受难者。”

秦牧希望着克里斯汀不说话，克里斯汀同样如此。

焦虑与不安中，江伟强手中的电话突然响了起来，来电号码是断翅的紫蝴蝶。

“喂……”

江伟强这个“喂”字音才发到一半，那头气势汹汹地发难道：“你们还想叫停演出？你们想疏散观众？你们想搜查会场？去吧，如果在你见到横尸遍野时还能如此安然自得那就去做吧！”

对方没给江伟强插话的时机，随即挂断了电话。

正中下怀。克里斯汀缓步走到秦牧希身侧，压低了声音说道：“怀疑我是没用的，我不可能当着你的面的同时再打来威胁电话。”

“这可不好说，我怎么听都觉得那是一通录好的电话。你难道不觉得太巧合了吗？我们正在谈论这个话题，电话就到了。这说明什么？说明这个犯人就在我们之中。”

听秦牧希这么一说，克里斯汀倒得到一个提醒，确实太过巧合。有什么合理解释吗？难道紫蝴蝶就在这些人中？还是说这里每一个人的谈话和动作都在幕后黑手的窃听和监视下？

秦牧希突然转头，声音提高八度，冲江伟强命令道：“给这个紫蝴蝶回短信，就说这个对决太不公平，我们得到的提示不足以陪他玩完这个游戏。”

江伟强一头雾水，这样做真的合适吗？

“不要有顾虑，这个犯人很自大，他希望看到警方向他示弱。”

一环接一环，一刻都没有停歇。对，在秦牧希看来，示弱又怎样，他已然没有回头路可走。

不多久，如他所愿，敌人发来一个提示：

下一个炸弹将在演出开始的同时爆炸！

“见鬼，这算什么提示？”江伟强感觉这就是不折不扣的挑衅，是对警方刚刚示弱行为的最好蔑视。

“不，这就是提示。”林新茗不以为然，他兴奋地解释道：“演出预定在7点30分，如果这是个定时炸弹，我们连一秒钟的工夫都耽误不起。但，如果演出被延迟了呢？下一个炸弹将在演出开始的同时爆炸，我们的关注点应该放在这个‘同时’上。换句话说，我们不会取消演出，但也不用如约定准时开始演出。这会为我们争取大把时间。”

“虽然有些小聪明的嫌疑，但不无道理。”秦牧希没有选择，只能相信林新茗的推理。

接下来的任务就是，破解暗号密码。

克里斯汀将那张纸对准探照灯，这一看彻底改变了她的世界观，这也太宏伟了，她感觉自己的脑细胞在不断死亡。

20	8	5	2	15	13	2	23	9	12	12	2	5	4	5	20	15	14	1	20	5	4
1	20	20	8	5	19	20	1	18	20	15	6	20	8	5	19	8	15	23	14	15	23
25	15	21	8	1	22	5	6	15	21	18	19	25	13	2	15	12	19	6	9	14	4
20	8	5	14	21	13	2	5	18	20	8	5	1	21	4	9	5	14	3	5	9	19
20	8	5	11	5	25	9	8	1	22	5	7	9	22	5	14	25	15	21	19	9	24
20	9	16	19	20	8	5	18	5	1	18	5	20	8	18	5	5	5	12	5	13	5
14	20	19	12	5	6	20	20	5	13	16	5	18	1	20	21	18	5	12	21	13	9
14	1	14	3	5	22	15	9	3	5	6	9	14	4	20	8	5	12	1	23	1	14
W	W	W	W	W	W	W	4	25	15	21	23	9	12	12	!	!	!	!	!	!	!
!	!	!	!	!	!	W	11	14	15	23	8	15	23	20	!	W	W	W	W	W	W
!	!	!	!	!	!	W	15	4	9	19	1	18	13	20	!	W	W	W	W	W	W
!	!	!	!	!	!	W	8	5	2	15	13	2	2	5	!	W	W	W	W	W	W
!	!	!	!	!	!	W	3	1	18	5	6	21	12	9	!	W	W	W	W	W	W
!	!	!	!	!	!	W	20	23	9	12	12	1	12	19	!	W	W	W	W	W	W
!	!	!	!	!	!	W	15	5	24	16	12	15	4	5	!	W	W	W	W	W	W
!	!	!	!	!	!	W	1	14	25	20	9	13	5	7	!	W	W	W	W	W	W
O	O	O	O	W	W	W	15	15	4	12	21	3	11	4	!	!	!	7	7	7	7
O	7	7	7	7	7	7	5	1	18	11	18	9	19	20	O	O	O	O	O	O	7
O	7	7	7	7	7	7	5	14	9	8	1	22	5	1	O	O	O	O	O	O	7
O	7	7	7	7	7	7	12	23	1	25	19	2	5	5	O	O	O	O	O	O	7
O	7	7	7	7	7	7	14	8	5	18	5	20	8	5	O	O	O	O	O	O	7
O	7	7	7	7	7	7	16	21	18	16	12	5	2	21	O	O	O	O	O	O	7
O	7	7	7	7	7	7	20	20	5	18	6	12	25	23	O	O	O	O	O	O	7
O	7	7	7	7	7	7	9	20	8	2	18	15	11	5	O	O	O	O	O	O	7
O	O	O	O	O	O	O	14	23	9	14	7	19			7	7	7	7	7	7	7

“哦，我的天啊！为什么是我？”克里斯汀瘫坐在地，露出了绝望的眼神。

第18章

与此同时，会场内，候场室。千衣化好了妆，看上去只是抹了些粉，她一直都是这样半素颜式的状态羡煞众人。为什么会这么美？底下人议论最多的便是这个话题。开场第一套黑色吊带连衣裙是由美子极力推荐的，裙摆上布满了类似鱼鳞般闪闪发亮的鳞片，在灯光的照耀下异常灵动。

千衣站定，身边的和音提醒她此刻的时间，还有 7 分 36 秒。

“Get smile！”她示意各位聚拢，小手兀自摆到了面前，自不用说众人心领神会。

“Go！Best party！”

众人一齐将手抛向天空，所有的紧张被兴奋替代，一切迷惘都将淹没在美妙的歌声里。

千衣闭上双眼又深吸了一口气，向前迈出了在中国最重要的一步。

无奈、烦躁、焦急汇集在樱井茜杂乱无序的步点里，她在想，这是凑巧吗？

“等等。”她一下从身后超越所有演员们，“千衣，突发状况……”

站在舞台口作为催场员的莫莉注意到这一状况，也愣头愣脑地冲上来想问个清楚。樱井茜阻隔在中间："有一个应援团还未到，西侧的二层看台上还空着一片。主办方想征求一下你的意见……"

正巧此时莫莉的手机震动起来。这是来自妹妹克里斯汀的指示。"千万别让千衣上台，听到了吗？"

总会摆出一副呆萌表情的千衣在某些事情上会很木讷，但她并不傻，"这次演出对我来说意义非凡，我想把美好留给每一位支持我、喜爱着我的人们，我希望再回首时大家心里都能得到满满的感动，而不是……遗憾！"最后两个字说到了每个人的心坎里。

樱井茜此刻豁然开朗，她知道该怎么做了，并且立时付诸了行动。"各位，抱歉了，看来我们的演出要推迟了……"她的一盆冷水浇灭了演员们刚燃起的斗志。

千衣同时也深鞠一躬，随后便径直走进了化妆间。

莫莉忧心忡忡，悄悄躲到一个角落，询问着克里斯汀究竟发生了什么事。

"应援团堵在路上是事实，或许真就是巧合吧，无形中给了我们一个延迟开场的借口。如果演出开始，灾难便将降临。在此之前，请相信我，我能够守护这场演出。"说罢，克里斯汀兀自掐断了电话。

望着台下一张张被幸福填满的笑脸，莫莉怎样也挤不出哪怕一丝欣慰之情。

"只能将希望寄托给你了，克里斯汀！"樱井茜无奈，晃晃悠悠回到了只属于她一个人的休息室里。她被这危机压迫得有些喘不过气来，紧闭起双眼，思绪回到了晚春的日本。

伊豆半岛，北部温带季风气候带来的雨雾天气让人痴迷。这里保留着日本最朴实传统的生活方式，温泉、海鲜、樱花让人流连忘返，说起樱花这是樱井茜最向往的典雅与平静，每当漫步在粉红色的花海中时她都有种置身于天堂的奇妙感觉。当然这种感觉里必不可少的要有自己的丈夫，他们没有子嗣，但他们已安排妥当今后享受天伦之乐的准备，她就是莫莉。

“有什么心事？”丈夫察觉到她嘴角细微的颤抖。

“我想为我们的家庭添一个小天使。”

“这可不是你第一次这样说。”

这里的生活异常清闲，丈夫是个专职小说作家，喜欢描绘纯情少女那懵懂的爱，对，这感觉就像川端康成笔下的舞女，韵味中更多了一份山口百惠那娇小的可爱，他是属于那个年代的，作品中由此引申出的特有笔触无可厚非是他成功的关键。

“我还不曾知道这位小天使的名字。”

樱井茜神秘兮兮，欲言又止。

两人这是今年第三次来到修善寺，不过这次是有目的性的。潺潺的流水、翠绿的青松、细润的雾气，仿佛置身仙境一般，这里总是有魔力，不用担心它留不住女孩的心。

“她会从东京都搭乘新干线到三岛，再由箱根铁道来这里，算算时间也快了……”

“你这样让我措手不及。”

“措手不及？既然如此就让它变成惊喜吧，妙不可言不是吗？”丈夫的目光刻意回避着她，他思绪里只有一个女孩，这个女孩同样是妻子所在乎的人。深藏于心底从不曾表露，因此他也承受着异于常人的、莫名其妙的压力。

樱井茜如果多瞄一眼此刻的丈夫，或许之后的悲剧就不会发生了。

修善寺门前的台阶上，那个小天使正安静地站着。樱井茜小跑了起来，穿过红色栅栏围起的小桥老远便叫了起来。

丈夫并未意识到她的特殊性，他一直以为自己不可能再对任何女孩提起一丝丝兴趣，他瞧见了克里斯汀，那个背影似曾相识……

门口一侧被风吹起的红色旗帜挡住了视线，他的注意力被“南无大师遍照金刚”几个字吸引。

樱井茜已然来到面前。这件事她还未对莫莉说起，就在拥抱的一瞬间她内心荡漾起一丝愧疚之情。

男人想错了。就在风停的一瞬间，那个娇嫩又稚气的面容十足地吸引了他。

“千衣？”

毛毛细雨在为女孩送别，她们穿过一处古老的红色鸟居，漫步在天城山脚下的林荫道上，一旁标识牌上“国有林”的汉字吸引了女孩的注意，准确点说其实是它们旁边贴满的小标签引起的兴趣。樱井茜为她拍了最后一张照片，相机里的内存所剩无几，翻看着有舞女雕像、河津七泷、旧天城隧道等名胜风景，不过遗憾的是其中唯独缺少了樱井茜丈夫的身影。

“怎么样？喜欢上这里了吗？”

女孩清逸的神情给出了答案，这已不能用非常形容了，她日思夜想极度憧憬的生活方式及人文正是如此。这是这几天玩转伊豆所留下的深刻印象，她似乎能联想到漫画作品中那样的温馨画面。妈妈升起袅袅炊烟煮着酸甜辛辣可口的咖喱；女儿走在浅滩边嬉戏着水花；父亲叼着烟斗肩扛着鱼竿侃侃而谈他一下午的收获；一家人其乐融融地围坐一起，仰望着星空、品味着醇香，然后安然地入睡。不过这一切是属于另一个女孩的。

“跟我们一起住吧。”

她深深鞠了一躬，满怀感激地说道：“我始终不曾忘记自己的名字，即使命运里连灵魂也丢失了我也会记得的，我叫克里斯汀，这是我的人生……属于我的传奇才刚刚开始！”

樱井茜无奈地回到了家，她的不舍溢于言表，在送走克里斯汀之后疲惫一下子灌注全身。这几天她并未关心过自己的丈夫，虽然她是如此深爱着他，但她似乎从来就没有抵达过其心灵深处。

她在为千衣工作，她的一生都将为其奉献，潜移默化之下，丈夫的心思也发生了翻天覆地的变化。与每一个喜爱上千衣的人相似他也有一个契机，在每一个孤寂的写作夜晚，他都在幻想着书中的人物该是如何的完美，这是非常难的一件事，内心异常痛苦。他一直创造不出这样一位人物，直到现实中碰到了千衣，这个瞬间让人铭记。日积月累间，他的人格开始了分化，他沉浸在虚构的小说世界中无法自拔，现实中他同样是个伪装能手。他喜爱上佛学，参悟过《法华经》、游历过高旻寺、研修过禅宗，这些附加的信仰超出了他承受的范围，他时常处于崩溃的边缘。

樱井茜的深爱是她自以为是的深爱，她从未真正拥有过，一直以来她的内心都是空洞的，满以为丈夫的出现能够填满，但这样的年华里并未发生质变。紧接着千衣的出现，她逐渐变得贪婪，她开始奢求更多。上天给了她最后一个好运，莫莉的来到真正给她的人生添上了色彩。可这样的色彩中唯独缺失了克里斯汀。

当神不再眷顾，厄运便会接踵而至。她错失的美好终将变身恶魔，于是中江出现了。当踏进家门的一瞬间她就知道自己走到了命运的尽头。

丈夫凄惨又哀怨的面容低垂而下，手头显示屏中的空白页再也描绘不出女神的骄傲。他的脖子被罪恶缠绕着。中江就站在面前，满脸的猩红仰视着垂吊着的男人，他已经骨瘦如柴，但这一切都不重要了，死亡即是终结。

中江缓慢转过头。樱井茜的目光呆滞了，脑海也空洞了。

“你夺走了我的挚爱。”

“不，你们也夺走了我的挚爱。”

“哦，我的丈夫……”

“他已经不属于我了。”

“你是谁？”

“我叫中江，我要复仇，向那个女人复仇！”

“中江！”

清水由美子的思维并不缜密，她对休息室内发生的事情还一知半解，对未知恐惧的理解似乎还停留在之前莫莉那诡异的态度上，以至于到现在她都无法正视对方的目光。隔阂的产生也许只要一句话、一个动作，但融解隔阂的方式却要付出更多更伟大的爱。她在思考着是否要这样做，每当迷失自我、陷入迷途，她总喜欢与身边的长者交流，具体到某一位大概自始至终都是樱井茜了吧。

她驻足不前，静默着、叹息着，她已然来到休息室的门前。门是半掩着的，透过缝隙内部右半边的区域一览无余。

清水由美子看到了她不该看到的事情。

樱井茜所坐的位置恰巧位于房间右侧的正中央，距离这条细缝有 4 米远。

清水由美子始终未敢迈前一步，内心惊悚又令人作呕的情形着实让她惧怕不已。颤抖的身躯久久无法平静，眼前抽搐着的茜阿姨让她以为休息室内被施了魔咒，在看不见的虚无空间里黑魔法师们正在拿她献祭。

急转直下，樱井茜回复到正常，然后瞪圆了恶狠狠的眼珠注视着门口的缝隙。

这恐怖的一幕吓得由美子一屁股端坐在地，她也不知怎的心里想着就只有逃跑了。

“中江！”

第19章

此刻时间已经过了预定开场的7点30分，会场内“平静”如旧。

“为什么是你，这是什么意思？”秦牧希的眼睛里透露出的全是迫切。

克里斯汀未搭理，屁股有些受不了冰冷水泥地传来的刺骨寒气，转而蹲下身子半跪在地从容地琢磨起那些数字来。

“我有些印象，等等，等等。让我想一下。”秦牧希说道。

一番痛苦的挣扎，好似便秘的人在怨恨地球引力。终于，“我真佩服我的记忆力。”他拍了拍脑门兴奋地说道，“早间在审讯室就见过，姑娘，你的座位号不是2排5座吗？”

“是的。”克里斯汀想念着她那件黑色欧风外套，以及口袋里所有的一切。“我送给了那位俄罗斯美女空姐。”女孩站起了身，她这个动作本意只是想保存体力，但越发麻木的脚令这适得其反。

“这个暗号图非常简单，看似复杂其实不然，人们的思维定式才是最大的障碍。往往想的太玄妙便会忽视放在眼前的玄机。很明显，里面有个2和5。”

克里斯汀靠上了宝马车，她在后备厢上的平坦处奋笔疾书着。

“各位请看……”

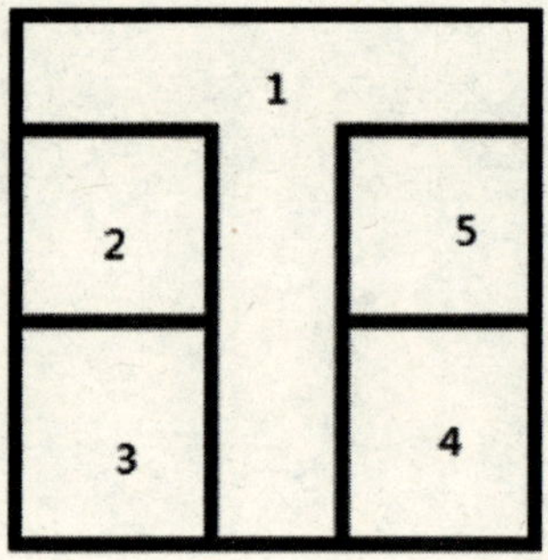

她将暗号密码图分成了五个区域。“各位，这个矩阵是否有些眼熟？它像不像演出的内场舞台。”

顺着女孩的思维，众人都在点头。

“区域 1 是 T 台，其他的是观众席。”

“倒像那么一回事。”秦牧希对照着原图端详起来。

“2 和 5，没错，我看到了。”

区域 1 部分的数字虽然杂乱但也隐约能看出 T 台的轮廓，江伟强瞬间便猜到这图形表示炸弹被藏在了内场的舞台与观众席之间。

“W”“O”“7”“！”四个字符串联起那两个不祥的数字。

观众席里给出的数字自然指的就是座位号了。

“这是对我的挑衅。”克里斯汀还有疑惑，对手为什么要用毫不相干的数字、字母和标点符号组成这个暗号呢？

秦牧希有些激动，万万没想到，自己所认定的幕后黑手会将矛头指向她本人。但回过头来再一思考，这正符合克里斯汀的性格。或许她就是想让警方以为，一切都是冲着她来的，她自己就是无辜的。

“不对，这是冲千穗千衣来的！”秦警官一步上前将粗大的双手搭在克里斯汀的肩上，凝视着她。“那个位置离舞台非常近。”

20	8	5	2	15	13	2	23	9	12	12	2	5	4	5	20	15	14	1	20	5	4
1	20	20	8	5	19	20	1	18	20	15	6	20	8	5	19	8	15	23	14	15	23
25	15	21	8	1	22	5	6	15	21	18	19	25	13	2	15	12	19	6	9	14	4
20	8	5	14	21	13	2	5	18	20	8	5	1	21	4	9	5	14	3	5	9	19
20	8	5	11	5	25	9	8	1	22	5	7	9	22	5	14	25	15	21	19	9	24
20	9	16	19	20	8	5	18	5	1	18	5	20	8	18	5	5	5	12	5	13	5
14	20	19	12	5	6	20	20	5	13	16	5	18	1	20	21	18	5	12	21	13	9
14	1	14	3	5	22	15	9	3	5	6	9	14	4	20	8	5	12	1	23	1	14
W	W	W	W	W	W	W	4	25	15	21	23	9	12	12	!	!	!	!	!	!	!
!	!	!	!	!	!	W	11	14	15	23	8	15	23	20		W	W	W	W	W	W
!	!	!	!	!	!	W	15	4	9	19	1	18	13	20		W	W	W	W	W	W
!	!	!	!	!	!	W	8	5	2	15	13	2	2	5		W	W	W	W	W	W
!	!	!	!	!	!	W	3	1	18	5	6	21	12	9		W	W	W	W	W	W
!	!	!	!	!	!	W	20	23	9	12	12	1	12	19		W	W	W	W	W	W
!	!	!	!	!	!	W	15	5	24	16	12	15	4	5		W	W	W	W	W	W
!	!	!	!	!	!	W	1	14	25	20	9	13	5	7		W	W	W	W	W	W
O	O	O	O	W	W	W	15	15	4	12	21	3	11	4		!	!	7	7	7	7
O	7	7	7	7	7	7	5	1	18	11	18	9	19	20	O	O	O	O	O	O	7
O	7	7	7	7	7	7	5	14	9	8	1	22	5	1	O	O	O	O	O	O	7
O	7	7	7	7	7	7	12	23	1	25	19	2	5	5	O	O	O	O	O	O	7
O	7	7	7	7	7	7	14	8	5	18	5	20	8	5	O	O	O	O	O	O	7
O	7	7	7	7	7	7	16	21	18	16	12	5	2	21	O	O	O	O	O	O	7
O	7	7	7	7	7	7	20	20	5	18	6	12	25	23	O	O	O	O	O	O	7
O	7	7	7	7	7	7	9	20	8	2	18	15	11	5	O	O	O	O	O	O	7
O	O	O	O	O	O	O	14	23	9	14	7	19			7	7	7	7	7	7	7

“傻瓜，我被幕后黑手利用了，我敢肯定这既不是冲我来的，也不是冲千衣去的。只不过是个烟幕弹。我在这起事件中起到的作用，仅仅是陪这位高智商的犯罪分子玩耍，他希望我用智慧破解他的暗号密码。就像一个闯关游戏，我破解的关卡越多，游戏设计者越有成就感。”

秦牧希对克里斯汀的辩解不置可否，他也在思考，隐约之中开始怀疑危机小组给出的观点？或许克里斯汀真是上天派来拯救苍生的天使。

“事不宜迟，我们还是赶紧行动起来吧！”江伟强对他们讨论针对谁这个问题感觉很无语，这些都是细枝末节，主要矛盾在找出那个炸弹。

时间一分一秒地流逝，确实不容他们再多做一刻停留了，众人行动了起来。

唯有克里斯汀慢慢悠悠。这张暗号密码图远没有想的那么简单，如果只是2排5号这个座位，那剩下的内容该如何解释呢？她更多的注意力放在了数字密码上。“没意义，没意义，令我们无奈的敌人可不仅仅是时间！”

秦牧希在进入会场的时候并未做出夸张的举动，他暗地里思忖着那个断翅的紫蝴蝶很可能正注视着 2 排 5 号座位的一举一动。

“不行，我们不能贸然行事。”这关键时刻倒不像其行事风格了。正欲冲将上前的江伟强被他一把摁在了跟前。

“时间不等人！”

“那个人很可能认识我们，凡是警察的身份都存在风险。”

江伟强一听也不由得收住了向前倾的身体。

僵持之间，克里斯汀愣头愣脑地超越了众人，主动揽下了这个寻找炸弹的任务。

“我觉得还是让当事人来比较妥当。”秦牧希顺水推舟，如是说道，“找到炸弹就不动声色地把它抱出来……”

“好好好……”就在答话的一瞬间，克里斯汀打了个哆嗦，全身像被电击了一下。她找到破解数字密码的方法了。

命中注定这个炸弹都会及时被克里斯汀发现。

现在最怕的是什么？不经历一波三折的离奇剧情警官们还真会得意忘形。本来一脸轻松的克里斯汀此刻深锁着眉头，焦虑地从自己的座位向西侧奔去。警官们就知道事情远远没有这么简单。他们急了，也顾不得那么多紧随其后奔跑了起来。

一众人冲上了台阶。

西侧二层看台上。25 排 25 号座位，一沓会刊被某个粗心的工作人员遗漏下，观众们不得不自行分发。

一对情侣坐在一侧，女孩并不是歌迷，只是个陪同。她看上去有些困乏，不时用鞋子摩挲地板，摩擦产生的热能在上面映出一道黑线，不过很快就消失了。“真悲哀。”男生则在抱怨位置，因为 25 排已经是在最顶端了，离舞台十万八千里远。千衣的演唱会票很难买，此刻，他们不得不通过舞台两侧的大屏幕来欣赏女神的风姿了。

正对面的聚光灯直射过来，男生感觉有些刺眼，不自觉低下了头。脚下被纸张包裹得严严实实的正方体露出的一个角吸引了他的注意力。毕竟是男生，他有足够大的力气将物件拖出。

女生则在一边提议，“拆开看看……”

危险正一步步逼近，没人知道拆开后会发生什么。

但懦弱的性子告诉他不要这么做，天生如此，多一事不如少一事。“还是算了！”

“胆小鬼。”女孩一把推开男友。

远处，楼下，从走廊直通顶层西边大门的阶梯上有一波来势汹汹的人马，为首的飘逸金发耀眼极了。通过斜侧上角，精力充沛的秦牧希超越饥肠辘辘的克里斯汀向这里狂奔而来。

女孩一惊，男生更是吓得腿直发抖。

“那个男人在冲我们过来，我们闯祸了？”

“闭嘴！”女孩虽不以为然但撕扯到一半的手还是停住了。

年轻的情侣歌迷被一声呵斥震慑住，女孩更是一屁股瘫坐在地，这才发觉物体内正传来有序的嘀嗒声，缝隙中还有一丝暗红色的光亮。她有些害怕了。

秦警官急忙脱下了外套准备盖住这颗炸弹。克里斯汀见状有些慌张，她拼尽全力在狭窄的枫木地板上一个滑铲，以一种足球运动员标准吃红牌的动作放倒了秦牧希。

这可不是公报私仇，有足够的理由支持她这么做。紧随而到的众人也在四周异样的目光中放慢了脚步。

“我这把老骨头。”秦牧希硕大的头颅刚一抬起便又吓了小情侣一跳，两人蹬着脚向后挪动着，就像见着鬼一般。

克里斯汀第一时间抱起炸弹，尚有一半被包裹物覆盖的地方她特别在意，生怕再生是非。

小小的插曲并未引起观众们的猜疑，克里斯汀瘦弱的身体也不知哪来的能量，她竟然托举着足有其四分之一体重重量的物体急速竞走着。

时间早走过 7 点 30 分，炸弹平静得一切如旧。一个偏僻的角落，克里斯汀找到这个光亮度十足的地方将炸弹安置下来。十几名警察团团围住。稻垣一树接到通知赶了过来。

“各位，冷静！这是个条件引爆炸弹，我需要那六组数字……”说罢克里斯汀小心翼翼地揭开那半边包裹物。

“条件引爆？”

“没错，同时也是个条件解除炸弹。”克里斯汀示意众人后退，“现在最重要的是光照度……”

透过被撕扯开的缝隙，显示屏上的信息一览无余，这个看似复杂的炸弹并没有倒数计时，只是闪烁着红红绿绿的光点。

显示屏中并排着两行光点，上下各三个，上面是红色，下面为绿色，红色一列已经有两个不再闪烁，绿色一列的三个还在不停闪耀。这情景让克里斯汀一阵恶心，她是见识过的，此刻甚至还抱有一丝侥幸心理，希望这颗炸弹一样是个假的。

江伟强凑上前一看，第一反应居然是回忆摩斯密码的解码图示，不过几秒之后他才发觉这个想法是多么愚蠢。

“这是什么意思？”

克里斯汀有个习惯，她喜欢在纸张上画出图形或者写下内容再做解释。

35 lux 100000

20 dB 130

0 ℃ 14

“就是字面上的意思……”女孩估摸着这颗炸弹拆解起来还是有些难度的，

遂又皱了皱眉头。“就在各位兴冲冲离开地下车库时我解开了图形上的数字密码，一下子豁然开朗了。2 排 5 号是我的座位没错，但那里并没有炸弹。我就猜到是这样，因为根本就不是冲我来的。犯人给出又给我留下了提示……”说着，克里斯汀将攥在手心里还带些胶水的小字条展示给众人，这是在她的位置底下找到的：

Repeat the two figures

“重复这两个数字，这个坏蛋真会折腾人。”

“有什么意义吗？为何要多此一举？”秦牧希自问自答，“这个幕后黑手想让 2 排 5 号上的观众去找炸弹，没错，就是克里斯汀你。然后，他又想炸死坐在 25 排 25 号上的观众……快去查一查是什么人买了那张票。”

“不用查了，我大概已经猜到了，是赵风陵。但这也太巧合了吧！我俩的座位号居然有这样的联系。”

秦牧希明白，一定有人在座位的分配上做了手脚。还有，这个断翅的紫蝴蝶很有可能伪装成工作人员，在架设会场的工作中秘密完成了自己的任务。这是一个突破口，他紧急命令手下调查这几日在体操中心里工作过的员工。

回到正题。克里斯汀拿出之前画好的缩略图解释道：“区域二三四五是观众席，里面隐藏的数字带领我们一步一步找到了这个炸弹。然而，大家根本没有在意，这颗炸弹必须得放在那片区域。赵风陵会坐上 25 排 25 号座位，这一切都是必然。”

此时，警方从主办方那里得到反馈消息，那张票确实是卖给了一个叫赵风陵的人。

“断翅的紫蝴蝶这个称呼，第一次听说是在赵风陵收到的一条神秘短信上。后来，我和江伟强潜入他的房间秘密搜查，碰到紫蝴蝶打来威胁电话。试想，如果没有我们的出现，一切按部就班，这通电话就会被赵风陵接到，自然而然，幕后黑手的真正目标便可确定就是赵风陵，而不是我又或者是千衣。”

秦牧希与江伟强认同地点了点头，听女孩继续推理。

“这个必然还有一个说法，就是光照度……这一点待会解释，先看一看作为区域一的T台，那里面填充的数字吧。”

秦牧希早让手下将那一长串数字列出，方便破译。殷切般递给了克里斯汀。

“没有任何拐弯抹角的地方，超级简单，就是单纯的字母与数字切换……”克里斯汀扬起了眉头定睛一看，又在小字条上画了个表格。

a	b	c	d	e	f	g	h	i	j	k	l	m
1	2	3	4	5	6	7	8	9	10	11	12	13
n	o	p	q	r	s	t	u	v	w	x	y	z
14	15	16	17	18	19	20	21	22	23	24	25	26

“喏，其实复杂的并不是破解数字密码的方法，给这些蹩脚的英文断句倒花费了不少工夫。”

女孩接下来随意圈了几个圈，所有语句一目了然：

The bomb will be detonated at the start of the show.

Now you have four symbols.

Find the number.

The audience is the key.

I have given you six tips.

There are three elements left.

Temperature

Luminance

Voice

Find the law and you will know how to disarm the bomb.

Be careful, it will also explode anytime.

Good luck, dear Kristen.

I have always been here.

The purple butterfly with broken wings.

“炸弹将会在演出开始时被引爆。现在你有四个符号。找到这个数字，观众席是关键。我已经给了你们六个提示，还剩下三个元素，温度、光照度、声音。找到其中的规律你就知道怎样解除炸弹了。当心，它也会随时爆炸。祝你好运，亲爱的克里斯汀。我一直在这里，断翅的紫蝴蝶。”她用流利的中文直译了过来。

“原来如此，简洁明了……英文是26个字母，这暗号图上的数字最大不超过26，很容易联想。”

“祝你好运，亲爱的……”女孩重复着最后的问候语，“Lux可不是力士洗发水，勒克斯，是光照度的单位名词。同样的dB为分贝，摄氏度大家都看得懂。”

“这也对应了密码中的温度、光照度和声音三个元素。”江伟强顿悟，虽然很不情愿但智商被女孩压制却是不折不扣的事实，他的思想仿佛也正在转变。

克里斯汀按着自己的节奏继续解释道：“林新茗的推理是正确的，这颗炸弹并不是定时在预定演出时间七点半引爆的，只要不开场或许它永远也引爆不了。没错，一开始我就是这样认为的。所以这是一个条件引爆炸弹，这个犯人也说了它随时都可能爆炸。最关键的是找到这个条件的三个元素所在，以及六组数字提示。”

光照度：引爆条件 lux 小于 35，解除条件 lux 大于 100000

声音：解除条件 dB 小于 20，引爆条件 dB 大于 130

温度：解除条件℃小于 0，引爆条件℃大于 14

秦牧希又一次专注在克里斯汀的那张小字条上。六个数字的对应分布看似毫无逻辑，但结合实际这却是最完美的分配方式。

“最让人纠结的是 0、14、20、35 这四个数字，因为它们之间靠得比较接近……”

江伟强也在脑海里变换着数字排列的顺序，很快他就放弃了，因为他实在不懂勒克斯这个物理知识。“还能怎样组合？”

克里斯汀做了一回物理老师。“光照度的数值可以大到无穷，举了例子，夏季中午太阳光照的勒克斯数值能达到十的九次方之多。可这个数值也会小到无限接近 0，黑夜便是在 0.001 至 0.02 数值之间……”

“因此，100000 只会是光照度的上限数值喽。天啊，姑娘你的物理老师一定非常喜爱你。”

“当然，所有的老师都喜欢我！”

“按照你的说法，100000 应该就是解除或引爆炸弹的其中一个条件了。”秦牧希为了不让话题跑偏连忙说道。

“你这话说得很别扭，其实所有的数字都是条件，100000 在我看来是解除炸弹的一个条件。”克里斯汀猛地抽动了下身子，她的小细腰几乎是要 180 度旋转过来的，她在人墙的一端找到了一脸迷茫的稻垣一树。

这位日本型男终于有派上用场的时候了。

克里斯汀并不怯生，“先生，你是演出的舞台导演吧？”

他没开口，只是微微一点头。

“灯光归你管？”

稻垣一树略有所思，他中文懂得不多，不知道一伙人刚刚热火朝天讨论的是怎样的话题。“是的。”半天才挤出这个回答来。

“能帮我们找来一盏大功率的聚光灯吗？”克里斯汀僵硬的脸上挤出一丝微笑，“如果樱井茜阿姨在这她也一定会让你这么做的。”

稻垣一树看着面前这似曾相识的笑容终究是被打动了，他很识时务，知道这些人是有多着急，解释肯定是要等到各位的愁容消失才会得到。

“刻不容缓……”

稻垣一树已然跑出了五米开外。

走廊的这端，众人还在等着克里斯汀的解释。

“言归正传，100000必然是属于勒克斯的，那这个元素的引爆条件又会是哪一个呢？”克里斯汀自问自答道，“首先0可以排除，即使是在最昏暗的地方也无法满足这个条件，况且内置的光感传感器自身发出的亮点就说明问题了。”

“确实。”一位拆弹专家从撕开的缝隙中看到类似的装置说道。

“14、20、35、130都有可能。通过提示可以猜到，演出一开始，会场的灯光就会全部暗下来，令勒克斯数值低于某个数，从而触发引爆条件。再做个参照，阴天室内的光照度范围在5至50，室外为50至500。做个排除法，首先将130剔除，因为正常情况下那个座位底下的采光度在100至300左右，如果勒克斯指数低于了130，那这个引爆条件就已经被启动了。”

克里斯汀用经验推算出的数据并不靠谱，但谁又能给出准确数值呢？

回想起女孩刚刚的举动，真正的含义原来如此。“这么说来炸弹被放置在25排25号座位的意义仅仅是为了更好地采光，以确保在开场之前不至于触发光照度低于35这个数值？”秦牧希捏紧了手中的外套，忽然非常感谢女孩那一脚绊倒，不然稀里糊涂地被炸上天可就太冤了。“130被排除，剩下的14、20和35都有可能是勒克斯的引爆数值，如何确定是35呢？要知道这个传感器至今都未接收到这个区间范围内的光亮。”

“还是利用排除法。”话不多的林新茗兴奋地道了一句。

克里斯汀趁机喘了一口气，接下来的推理叙述转移到林新茗和秦牧希身上。

“现在，我们把焦点集中在噪声上。130无可厚非是属于噪声的，它是声音的引爆条件。换句话说，只要会场内超过130分贝，这个引爆条件就会被启动。”

秦牧希接着说道："对，人一般说话的声音在 40 分贝左右，这与 35 已经非常接近了，试想噪声若低于 35，那在观众入场前很轻易便能达到，但 20 可就不一定了，基于这一点我确定噪声解除炸弹的条件要低于 20 分贝。"

"这里，噪声的解除条件也有可能是 14 这个数值。但结合实际，S 直辖市气温很低，试想，如果温度的引爆条件是大于 20 摄氏度，那很难实现，但要达到 14 摄氏度就很容易了，这也从侧面印证 20 这个数值是噪声解除炸弹的条件。"

这一点克里斯汀深有体会，可不要小看了 S 直辖市的寒冷，纵使是在会场内也能感受到丝丝凉意。这里的温度根本达不到 20 摄氏度，但要稍稍高出 14 摄氏度。

秦牧希和林新茗这是对照着克里斯汀写下的答案再陈述一遍罢了。目前已经推理得到的答案是：光照度大于 100000 是解除条件，噪声低于 20 是解除条件，噪声高于 130 是引爆条件，温度大于 14 是引爆条件。

35，自不用说，当然是光照度的引爆条件。

克里斯汀插了一句话。"我想有两个条件已经被触发了，显示屏上的红点只有一个还在闪烁。"

"这两个被触发的条件是温度和声音。"林新茗补充道。

江伟强不解，问道："温度可以理解，超过 14 摄氏度就被启动，但声音可不那么容易达到 130 分贝啊。按照犯人的设想，这个条件应该会在演出开始时被通过音响传出的歌声触发。"

"你忘了吗？推迟演出的决定会通过独立的麦克风传达，这个麦克会跟音响设备产生排斥作用，会发出尖锐刺耳的噪声。"林新茗给出合理的解释。

"更准确地说是话筒中产生的爆破声，甚至都能达到 170 分贝。这是幕后黑手所无法预料到的，这个条件在演出开始之前就已经触发了。"克里斯汀补充完整。

已经有两个条件被启动了，剩下一个光照度，如果此刻勒克斯低于 35，那一切都完了。

“我们得加紧完成它的解除条件。还有最后一个数字0，这属于温度，我们要想办法让炸弹里面的传感器感应到周遭的气温降到了冰点以下。如何是好？”林新茗焦急地直跺脚。

“有什么方法吗？”秦牧希看向了克里斯汀。

“液氮气化，远低于0摄氏度。”

“液氮，现在到哪去找这些？”

“再或者试一试大量的冰块。”

“这个办法可行！”

刘一轩此刻终于派上了用场，带着一半人出去玩了命的找寻冰块。

接下来是光照度和噪声。

“有什么办法能让会场静下来吗？”一旁警方的技术人员找来一个分贝测量仪，目前的指数维持在50左右，其中绝大部分源于飘荡而来的串场歌曲。

一时间众人沉默了下来，指数也降到了35左右，显示器上的小绿点并没有停止闪烁。就在焦急等待与无可奈何之时，走廊另一端，稻垣一树扛着个大聚光灯赶来了。

克里斯汀并没有给他喘息的时间，紧接着又下达了一条指令。

“先生，还得请您帮忙！我们需要一会儿的安静，能暂停下音乐吗？”

时间来到7点50分，炸弹显示器中下方的一个小亮点停止了闪烁，众人悄无声息地注视着它勾人心魄的指示灯，几秒过后大家都像如释重负一般大喘了一口粗气，又是几秒过后随即恢复了紧张的状态。

聚光灯足够应付100000勒克斯了。

并不宽敞的走廊里温度骤升，克里斯汀虽然很向往温暖但她着实受不了被直照带来的炽热感。她从稀松的人缝里钻出，硬是撑大了小嘴吸了一口气。

一分一秒流逝的不仅仅是时间，还有会场内所有歌迷的焦急等待之情。

秦牧希已经汗流浃背，花尼格子的衬衫湿了一片。他蹲在地上一边用外套紧捂着看似为声音接收装置的部位，一边斜着眼睛瞟着分贝仪。“23……24……浑蛋！”

克里斯汀来了点精神，她重新蹲回秦牧希的身旁，“走开，走开……你的心跳声太大了，从现在开始不准呼吸！”

无奈的秦牧希居然照做了，分贝仪似乎心有灵犀一般，数值降到了又一个新低点——21。还差一点，还差一点。

走廊里安静得让人想要自杀，就在这关键时刻分出去的一半人陆续赶了回来，显示屏上的数值开始了起伏，众人又是一阵抓狂。

所有人的时间观念都被抛弃，许久，静谧之中忽地炸开了锅，个别警察居然蹦跳了起来，眼角里噙满了泪花，有捶胸顿足的、有手舞足蹈的、有互相拥抱的，甚至还有摊趴在地的，总之如释重负这种感觉真是美妙。

所有的小绿点都停止了跳跃，这意味着胜利女神的微笑终向他们展开，炸弹显示器上显示出一行文字，简言之就是一个英文单词：

Congratulations

“恭喜！”只有克里斯汀一个人注意到这些。

一旁准备大显身手的拆弹专家围了上来。“让我们再看看接下来会发生什么吧。”

第 20 章

郑百林在前，藏矢川在后，两人在 S 直辖市南郊的某个化工厂里快速踱着步。他们之所以会在这儿，是因为秦牧希给出的搜查方向，从炸弹的原料入手。

“先生，您好。我是这个厂的负责人。我可以很负责任地说，厂里的生产与作业一切按照国家规定，科学安全。并不可能有塑胶炸弹的原料被遗弃或被人偷窃……”

第七个，他们扑了个空。这一片化工产业园里的企业几乎快跑了个遍。仍一无所获。

“不要放弃，还剩最后一家。”郑百林打气道。他刚刚获得一个消息，会场里，秦牧希领导的危机小组成功拆除一个条件引爆炸弹。这是一个非常能鼓舞人斗志的消息。

与此同时，市局的电脑高手同样传来一个好消息，他们已经攻破赵风陵电脑的部分防火墙，收集到一些情报。

那是一段段不堪入目的追求信片段，内容极度露骨。

“原来如此……”藏矢川发出一声长叹，“樱井茜丈夫的抑郁症病因被我们找到了。”

郑百林呵呵一笑，打趣道：“是被赵风陵找到的。”

“这小子居然在追求千穗千衣！而且给人的感觉已经有些神经错乱了。”

“这是畸恋。”

“没错，身为一个有妇之夫，居然将魔爪伸向了自己妻子的艺人，真是龌龊。”

“有提到原因吗？”郑百林追问。

“貌似是由于写作压力巨大，分不清现实与虚幻，将自己作品中的人物与千穗千衣进行融合，最后深陷泥沼，无法自拔。”

“哼，典型的变态心理。他还真成了女神的俘虏。现在想想，这个中江会不会就是樱井茜她丈夫？”

藏矢川一知半解，他在思考着郑百林的猜测。谁说中江就一定是现实中的人物？会不会是樱井茜的丈夫因爱生恨，由畸恋制造出的一个化身呢？这个化身就是为了针对“不解风情”的千衣而来的。这样樱井茜的态度就好解释了，她一定也知道了其中的内情。难不成是她在与丈夫的对峙……哦不，是在与中江的对峙中杀害了他？樱井茜深爱着他，这不可否定，因此她才会一直无法摆脱中江，这个中江就存在于她的脑海里。她对千穗千衣感到亏欠，同时又对丈夫感到不值。那些信件和照片，其实都是樱井茜丈夫一手制造的……不，照片有可能，但信件存在逻辑缺陷……藏矢川越想越觉得恐怖，自己追寻了大半年的案件越发扑朔迷离。

8 点 05 分。体操中心的西北角，也就是警方车队停驻的十字路口，秦牧希正指挥着手下搭建临时指挥室。

“我需要接通会场内的监控系统，当先任务，完成后再以其为中心接通附近两个街道的监控系统。”

“好的，警官。”技术员们开始了忙碌，“准备连接交通运输处。”

“很好，卫星航拍系统能够连接吗？”

一个女技术员愣了一下，“不，警官，我们没有这个权限。”

“权限我会提供，尽管连接。”

“可是……”女技术员有些为难，“光是申请就得耽误很长时间，再说S直辖市的天气可不敢保证卫星航拍的效果。”

秦牧希并未因此而犯愁，因为他手上握有万能钥匙。事无巨细，他的性格决定所有一切准备都得面面俱到。

指挥室是用迷彩帐篷搭建而起的，在钢筋混凝土围绕的都市里异常显眼。好在大批的特警已然封锁了附近的街道，将市民的恐慌降到了最低。

“开始即时视频通信，我需要各相关部门负责人连在线上，将他们堆在最右边的屏幕上。”秦牧希的面前除了一排忙碌不堪的手下就只剩这些不会说话的液晶显示屏了，“会场内的画面还没接通吗？”话音刚落，最左的几个画面有了变化。“很好，将主舞台正面的影像调到最中间，声音功放模式只允许这一个在线。”

“是的，先生。交通运输局局长已经在线，公安局局长、气象局局长等正在连接当中。”

“将这些音频统一转接到我的耳机上。先生们，我受临时危机小组最高总指挥郑百林局长的委托现场指挥，我想我们遇到的麻烦远比预想的要糟糕……”

画面中的人物七嘴八舌。

“我不指望各位能够给出有价值的、建设性的意见，毕竟各位对这起事件知之甚少，我唯一想得到的是在你们权限范围内最多的职能支持。我们已经找到了三个炸弹，接下来还会有更多。演出已无法阻止，因此，做出最坏的预想，当灾难降临时，我希望各位能尽可能……”

他的话还未说完，公安局局长打断了他的发言。

“秦警官，这个事情我有所耳闻，真的已经上升到黄色预警的程度吗？”

“我想是的，先生。”

“我很相信你和郑百林的能力，你们已经成功排除了三个炸弹，这值得表扬。我希望你们再接再厉……”公安局局长承诺，给予秦牧希足够的权力以应对此次事件。

“警官……”帐篷外，拆弹部队的专家兴冲冲地闯了进来，“果然，事件还没有结束的意思，我们又找到一个暗号图纸以及炸弹内部的诡异字母‘A’。”

郑百林瞄了一眼暗号，确实又是一个他无从破解的棘手密码，他缺少的可不仅仅是发散性思维。“给专家们吧，还有，复印一份传给克里斯汀，那个女孩一定能够解答的。”

第21章

克里斯汀解决了她所能解决的问题，她没有跟随秦牧希一干人去西北角的指挥室。预感告诉她千衣会有大麻烦，这才马不停蹄地奔向了后台二楼的化妆间。门外，莫莉憔悴的面容注视着妹妹，一把扑进了她怀里。

时间已悄悄走过八点，这第四颗炸弹是定时的、遥控的或是条件引爆的都无从得知，过了这个整点能稍微喘口气是一件让人欣慰的事情，不过也仅此而已。

莫莉长叹一口气。

“怎么了，你对我没有信心了？倒也是，我对自己的小肚子是没信心了，饿死了。”

“不，我在担心妈妈。或许你也知道我父亲。”

“我见过……”

“他有双重人格！”真是语不惊人死不休，莫莉一股脑儿地将肚里的苦水倒给克里斯汀。“我的父亲最爱的两个女人，一个是母亲，另一个便是千衣了。他一定是受不了这精神的压迫才会想要自杀的。他是一个诡异的人，精神病、妄想症，就差变成个变态狂了。哦不，说不定他已经变成了变态狂。”

克里斯汀回忆着早前与这个男人的一面之缘，完全想象不到如今会在此听到这样一番评述。然而她更想象不到的是自己就是那一剂催化剂，蝴蝶效应最初的那次扇动翅膀就是她在修善寺门前的那一次回眸。

“你和千衣长得很像，然而父亲又见过你……他是因为你才自杀的。”

克里斯汀不知道小姐姐想要表达什么，她有些不高兴了，反问道：“你是说我害死了茜阿姨的丈夫？”

“不，我不是这个意思。他的死并不可惜，是他自己不珍惜罢了。但时至今日我突然意识到，千衣一直在用大爱感化他，而他已经走火入魔，无药可救。我开始怀疑他并非自杀，我不知道母亲在那次事件中扮演什么角色，但她一定知道些真相。我听过一个叫中江的名字，这是一个恶魔，无论她是谁她一定就在这个会场里，我的预感越发强烈。不仅如此，她就在我们身边，我能感受到这邪恶目光的注视。”

“别胡思乱想。”

“你以为我这是痴人说梦……”莫莉情绪稍有些激动，身旁正巧走过一个工作人员，于是她又压抑住内心的那股劲恢复到平常状态，“不，我能肯定，妹妹，你能感受得到那个徘徊在我们身边的恶魔吗？救救我吧，救救千衣，救救妈妈！”

恰在此时，时好时坏的信号打断了这“感人”的场景。克里斯汀收到了来自作战指挥室的密码暗号：

$d^1c^1b\ g^1a^1b^1d^1e^1\ \ g^1\ \ f^1$ 6（5）

$d^1c^1d^1\ \ bc^1bc^1bb\ d^1f^1\ \ d^1\ \ d^1c^1bc^1$ 2

$f^1e^1f^1b^1f^1\ \ f^1e^1d^1e^1\ \ f^1e^1f^1d^1c^1d^1c^1b^1a^1b^1d^1c^1b^1a^1b^1a^1f^1$ 4（9）

$d^1c^1d^1\ \ bc^1bc^1bb\ d^1f^1\ \ d^1\ \ d^1c^1bc^1$ 2

$f^1e^1f^1b^1f^1\ \ f^1e^1d^1e^1\ \ f^1e^1f^1d^1c^1$ 1

$f^1e^1f^1b^1f^1\quad f^1e^1d^1e^1\quad f^1e^1e^1f^1d^1c^1\quad 7$

$c^1f^1f^1\quad c^1\quad d^1g^1\quad a^1\quad b^1e^1\quad e^1$（2）

与此同时，清水由美子避开了二楼嘈杂的人群，她选择的逃跑路线是东边的铁制扶梯，向上，三层几乎没有人。

“我为什么要跑？”她在拐角处停下了脚步平复了下心情。

身后，樱井茜杂乱的步点敲出的夺命追魂音不断迫近。由美子扭头一瞧，樱井茜那扭曲的面容甚是恐怖，她有些后悔多看了这一眼，哭丧着脸又拼了命地奔跑起来。

樱井茜近乎癫狂的状态全是被名为中江的女人逼出来的，她有些分不清虚幻与现实、过去与现在了。

“不，我得跑！”铁制扶梯伴随着震动传来“嗒嗒嗒”的声响，没过一会儿这个声响变成了两倍。

三层的灯光并未亮起，由美子正奔向无尽的恐惧，她已经没有回头路了。这里的房间异于二楼，每一间都是被玻璃幕墙包围起来的。她奔跑时带起的风吹起阵阵灰尘，吹破层层蛛网。

体操中心很少会用到这里，靠里一侧的房间里传来并不微弱的光亮，说的更准确些这光亮来自于会场的照明。透过封闭的玻璃，由美子见到一排长桌椅，紧靠在褪了色的墙边，高度与联排的窗户底端对齐，乍一看像是解说席。她来不及思考，不顾一切，选定了这里。

慌乱中，清水由美子被一块长方柱形的木块绊倒，膝盖磕破了皮，直觉告诉她自己的腿部一定惨不忍睹了。小腿根部有极大的可能被木块上突起的铆钉划了一道口子。

樱井茜在扶梯的半截处停下了脚步，但口中那个不祥的名字并未停止重复，只不过此刻的语气中少了那种狂怒。她的意识同样在徘徊，驱动她如此行为的全是这记忆片段，用本能来形容并不恰当，在樱井茜的理智中她还知道自己并不是一个疯子。

对比了梦境中那一直不敢注视的面容，她的嘴角扬起一丝得意的微笑，“难怪我会觉得如此熟悉，原来你就在我眼前！”

清水由美子钻到长桌肚子里颤抖着，小腿根的疼痛传遍全身。樱井茜从第一间玻璃幕墙外走过，径直向前。光线由暗变明、再由明变暗，正中间的位置，她打开了这一间房间的门，就在由美子隔壁。透过半截高的窗户她看见西侧看台上密密麻麻的人群正涌向那空旷的方阵，底下不时传来歌迷的欢呼声，这叫声甚至能淹没背景音乐的音量。

“好久没有这样的感觉了。”樱井茜似乎忘却了自己真正要做的事情，她的视力并不是很好，但那一张张喜出望外的笑颜却能够清晰地刻画进她的脑海，她已经好久没有如此迫不及待的冲动了。她的思绪飘到了观众席，想象着自己就是其中的一员。

“快开场时的感觉该是多么美好。”

她放下了一切，不再纠结于清水由美子，不再理会噩梦中的中江，这里能让她平静，心如止水、超凡脱俗。

转变来得有些突然，但这就是意识模糊不清中的樱井茜。

由美子厌恶这样的自己，“我到底做错了什么？我为什么要逃避？樱井茜她是魔鬼吗？”

所有问题的答案其实都在她的转念间。脑海中第一个想到的当然是千衣，一种不祥的预感涌上心头。“千衣，千衣……”女人的直觉是灾难萦绕的撒旦同样也是救苦救难的观世音菩萨，这样一个夜晚，女人的直觉同样左右着众人的命运。

她壮起胆子钻出了桌底，意料之外，黑暗中她碰到了一团肉乎乎的东西。

随着“啊”惊叫一声，赵风陵从昏迷中醒来。

“La barba，你这个浑蛋，你这个浑蛋。”

清水由美子恐惧极了，她不明白这里为何会有一个人，她脑子一片空白，想都没想，一脚又重重地踹到这位可怜小记者的肚腩上。

后者发出一声闷沉的哀号，然后脑袋又被由美子敲击，再度晕了过去。

清水由美子急忙逃开。门口，布满灰尘与蛛网的玻璃前后，两张同样扭曲到恐怖的面容突然浮现，樱井茜并没有心理准备，她一个踉跄向后倒退了一步，清水抓准时机一把推开厚实的拉门，正巧砸在樱井茜的胸口，后者被这巨大的冲击带动摔倒在地。

由美子没有理会这声惨叫，油然而生的使命感驱使着她，目前需要拯救的不是自己，不是樱井茜……而是千衣。

克里斯汀与莫莉有一会儿没开口了，她们依靠着的门忽然就被拉开了，“千衣！”门外的两人异口同声叫喊道。

门内的姑娘有些诧异，她不明白此刻是怎样一个情况，更何况两个人相拥的一幕更是让她不忍直视。

莫莉用最自然的方式化解了尴尬，她的动作非常流畅，几乎是瞬间远离了妹妹的身体。

“怎么了吗？”克里斯汀关心地问道。

“看看时间也要开始演出了，我在找我的柠檬水，唱歌前不喝一点总感觉怪怪的。”千衣说道。

“在黑色的风衣里，就是早前在便利店买的那一瓶水，之后就一直放在了口袋里。”

“在休息室，我这就去给你拿来。”话音刚落，莫莉便跑开了。

此刻，走廊里传来了热闹的喧嚣，工作人员、舞台演员们都忙碌了起来。演出真的要开始了。

克里斯汀向门内踏了一步好给来来往往的人群让出更宽敞的一条道，千衣同样后退了一步。

莫莉提着黑色风衣回来了，口袋里沉甸甸的柠檬水被她拧开一个小口，才喝了不到三分之一。时间在这一刻凝结，千变万化在克里斯汀面前交错，莫莉的手停在空中，塑料瓶中的淡黄色液体还在冒着气泡，在女孩大拇指的用力挤压下荡起一层涟漪。

跌跌撞撞跑着的清水由美子终于要赶上莫莉的背影了，门框的死角处伸出的那只手已然握住了塑料瓶。

千钧一发之际，由美子一把抢夺过塑料瓶，一口气将它们饮了个精光。一众人都看呆了。

樱井茜的及时赶到帮了大忙，她几乎是“强行”拽出千衣的，“莫莉，你是催场员，快带千衣去候场。”

时间不等人，演出再拖下去可大事不妙，这道理自不用说，千衣内心很清楚。回眸那一瞥她似乎看见了自己，似曾相识，曾经的自己也是这样吗?

“她的声带发炎了……”

由美子此刻已然失了声。

“这样不行，得送她去医院。”

清水由美子的神智是清醒着的，她着了魔似的疯狂排斥着樱井茜的搀扶，她想说话可一个字也发不了，只得不断地摇头。

由美子的真正恐惧是樱井茜，但没有一个人看破。

樱井茜对此全然不理，一把便抱起清水由美子。“克里斯汀，剩下的就交给你了。”说罢，急速离开了化妆间。

克里斯汀呆立着，许久才从地上捡起那半瓶柠檬水，她将瓶口凑近鼻子，似有一股酸酸的味道散发而出。她明白这不是柠檬的酸味，这是造成由美子失声的罪魁祸首。

稻垣一树已经就位，导演室的控制台上，密密麻麻的按键、控制钮不比清水由美子桌上的瓶瓶罐罐来得简单，总之就是复杂。首先是灯光，稻垣一树将会场内的灯光调暗，但并没有打开支架上的 LED 灯。其次是背景音乐，会场内一下子安静下来，随即传来一阵唏嘘，几秒后转变为狂呼。歌迷们疯狂地呼喊着！一波一波的声浪响彻夜空，这架势同样看傻了在显示屏前的秦牧希及公安干警们。

千衣再次来到众人中间，这一次的情绪调动已经显得无关紧要了，乐手们在前一步先于众人走上了舞台，莫莉站在入口处的位置与每一个人击掌鼓劲，和声姐姐们同样欢快地与其拥抱。舞蹈演员紧随其后，黑暗中她们按照地上的荧光标贴找准了自己的位置，pose 已然摆好。

千穗千衣浑身都在躁动、内心更是狂跳不止，可迈向前的步伐却坚定有力，没有一丝犹豫不决。

“我的人生是如此坎坷却又是如此美妙，这是属于我的舞台，属于我的传奇还在继续！我是一个来自日本千叶的小女孩，我就是千穗千衣！”

第22章

8点24分30秒，千衣已然站定，她也有一个自己的特制造型，很酷，两脚稍息，右手拿着的话筒低垂在臀侧，左手高高举起，食指直指苍穹。感动十周年，千言万语全在这一个姿态里了。

10、9、8……她在心里倒数着。

升降机运作了起来，内心短暂的一个起伏很快平息，她深吸了一口气，顶端从背后照射而出的激光闪耀着，流光溢彩，头顶一颗六角星形的光影在左耳际忽闪忽亮。

伴随烟幕而起的还有 *Baby I Like* 的前奏曲，第四遍时舞台的灯光全部亮了起来，七彩光线四处照射着，顶棚的主追光灯打在千衣脸上，那可爱娇小的面容透露出的灿烂笑容顿时引爆了全场的沸点。千衣将左腿向内一扣顺势向前一屈，动作异常妩媚，右手一次翻甩铿锵有力，第二次翻甩精神抖擞，第三次抡圆从上直下顺带着微抖香肩慷慨激昂。腿部左右摇摆起来跟随着下方的舞者跳跃着同样的动作，灵魂正在不断升华。

这样的场景对于克里斯汀来说太有纪念意义了，她及时赶到莫莉身边，从舞台斜后方注视着眼前的一切。舞台上的女神守护着台下成千上万的歌迷，而谁又能守护她呢？

“人终是要有信仰的……”

一曲终了，紧接着《Mi corazon》的前奏响起，时间也悄悄走过 8 点 30 分。不知不觉中一切都安然无恙。

“莫莉姐，钢琴房……”克里斯汀指着手机屏幕上的密码如是说道。

“怎么？你明白其中的含义了？”莫莉略有些小激动。

克里斯汀做无辜状，两手一摊，“我们不能局限在这里，不管从哪个方面，换个环境、换个位置、换个角度去思考，这样才能激发出我们的潜力，说不定奇迹会悄然降临！”

“不，你肯定解开了密码！”她看出了妹妹是在卖关子。

《Mi corazon》之后是《Revive》，两个女孩想要的曲调并不是这个。

突然间，莫莉蹦了起来，兴奋的心情无法用语言来形容。“妹妹，是歌，是歌！绝对乐感，我也能帮上忙了，我也能帮上忙了！”莫莉恍然大悟，同时又挖苦自嘲了一句，“见鬼，一个音乐天才怎会看不出这个密码的含义呢！那还算什么天才。”

克里斯汀其实并没有解开密码，她只是找到了破解方法，正如莫莉所说，这个会场里恐怕只有她能帮上忙了。

那个铺着红地毯的房间，门关上或者不关其实并无多大区别，黑色的大家伙依然静悄悄地等待着能将它升华的那十根指头。现在莫莉不弹李斯特，不弹肖邦，更不弹巴赫，她只想弹奏千穗千衣。

钢琴曲响起，非常别扭，一段一段，只有几个、十几个音符，同时莫莉还在不断重复着方才成型的旋律，她在不该加入休止符的地方加入了休止符。一连两三遍，这曲调如雷贯耳，正是经典名曲《Secret of My Heart》的选段。

“会场里有多少人是因为这首歌喜欢上她的不言而喻，就像歌中所唱到的那样，我心中的秘密你是否已然知晓？”

“答案在歌词里。”克里斯汀想象不到断翅的紫蝴蝶居然会用这样绝世经典的曲子做密码。真是讽刺。

莫莉摩挲了下右手拇指与中指，她又弹奏了一次，这次速度很慢。“什么意思？”

“答案在这旋律里？”

$d^1c^1b\ g^1a^1b^1d^1e^1\ \ g^1\ \ f^1$ 6（5）

$d^1c^1d^1\ \ bc^1bc^1bb\ d^1f^1\ \ d^1\ \ d^1c^1bc^1$ 2

$f^1e^1f^1b^1f^1\ \ f^1e^1d^1e^1\ \ f^1e^1f^1d^1c^1d^1c^1b^1a^1b^1d^1c^1b^1a^1b^1a^1f^1$ 4（9）

$d^1c^1d^1\ \ bc^1bc^1bb\ d^1f^1\ \ d^1\ \ d^1c^1bc^1$ 2

$f^1e^1f^1b^1f^1\ \ f^1e^1d^1e^1\ \ f^1e^1f^1d^1c^1$ 1

$f^1e^1f^1b^1f^1\ \ f^1e^1d^1e^1\ \ f^1e^1e^1f^1d^1c^1$ 7

$c^1f^1f^1\ \ c^1\ \ d^1g^1\ \ a^1\ \ b^1e^1\ \ e^1$ （2）

代码即是乐符。

克里斯汀在脑海里回忆着这歌词和密码。这些旋律是乱序的。不过看得出第二段与第四段是重复的。密码中每一段后面标示的数字是关键，克里斯汀想象着它们表示的含义，似乎已经猜得八九不离十了。“是歌词没错，每一句都是一个提示，后面的数字排列起来就是答案。”

莫莉弹奏着第二段与第四段，这是《Secret of My Heart》这首歌的开头，起的调子虽然很别扭，但细听后还是能品味出其中独特的韵味的。

“数字表示的是乐符吗？在这个乐符处唱出来的歌词就是提示？”莫莉问道。

“太麻烦了，如果我是紫蝴蝶我肯定将数字表示为这句歌词相对应的文字，还有几个后面加括号的数字大概是另一个信息。”克里斯汀解释道。

“确实。”莫莉也在皱眉回忆着，“旋律只是提示它是属于哪一句歌词而已，然而现在的麻烦是我们还无法分清这些对应的歌词到底是哪一句。”

“第一句不是有了吗？”克里斯汀用手机搜索出完整的歌词。

どんな言叶（ことば）に变（か）えて

$d^1c^1d^1$ bc^1bc^1bb d^1f^1 d^1 $d^1c^1bc^1$ 2

“数字2表示的就是平假名‘ん’。”

“是的，有点头绪了，这大概是一个词语，指示着炸弹安放的位置。”此刻的克里斯汀显得相当无奈，在音乐方面的造诣仅此而已。“我们没有完整的曲谱，这可不是一件容易事。”

他们需要的是绝对乐感。莫莉双手拍了拍脑袋努力让自己镇定下来。“只有我能够办到了，哦不，我绝对要办到。”

克里斯汀满怀期待地注视着这唯一的希望。

首先是第一段：

d^1c^1b $g^1a^1b^1d^1e^1$ g^1 f^1 6（5）

“……すべてを见せるのが怖くて……”很快她们便找到了对应的歌词。

“第六个是‘せ’……然后是数字5……”

这里的汉字“见”在日语中的发音为“み”。

“很好，接下来……”克里斯汀将得到的解释一一记录下来。

许久。

“答案已经出来了，我们甚至都不用排序。”于是克里斯汀又在纸上整理了一遍，关键词都被加粗表示了出来：

d^1c^1b $g^1a^1b^1d^1e^1$ g^1 f^1 6（5）

すべてを见（み）せるのが怖（こわ）くて

$d^1c^1d^1\ \ bc^1bc^1bb\ \ d^1f^1\ \ d^1\ \ d^1c^1bc^1$ 2

どんな言叶（こどば）に変（か）えて

$f^1e^1f^1b^1f^1\ \ f^1e^1d^1e^1\ \ f^1e^1f^1d^1c^1d^1c^1b^1a^1b^1d^1c^1b^1a^1b^1a^1f^1$ 4（9）

あきらめる位（くらい）なら信（しん）じて

$d^1c^1d^1\ \ bc^1bc^1bb\ \ d^1f^1\ \ d^1\ \ d^1c^1bc^1$ 2

どんな言叶（こどば）に変（か）えて

$f^1e^1f^1b^1f^1\ \ f^1e^1d^1e^1\ \ f^1e^1f^1d^1c^1$ 1

真实（しんじつ）は手（て）に入（い）れられるはず

$f^1e^1f^1b^1f^1\ \ f^1e^1d^1e^1\ \ f^1e^1e^1f^1d^1c^1$ 7

だけどまだいつまでも変（か）わらない

$c^1f^1f^1\ \ c^1\ \ d^1g^1\ \ a^1\ \ b^1e^1\ \ e^1$ （2）

君（きみ）に伝（つた）えられるだろう

莫莉首先看到的是592对应的“みなみ”，这是括号里的暗号，意思为南方、南边。“接近了，接近了，我们有一个方位了……”

624217

せんめんしつ

“盥洗室！”

断翅的紫蝴蝶可谓煞费苦心，“这种表达方式可真特别。”莫莉也感觉非常别扭，“不清楚是在几楼，先从一楼找起吧。”

她的话音未落克里斯汀已经不见了踪影。

时间在8点46分32秒处凝滞，然后悠扬婉约的抒情曲调响起，推动着命运的时光之轮前行着。

克里斯汀奔跑着的同时将信息传递给了外面守候的秦牧希，他能想象到那些密码专家焦头烂额的样子，不是千穗千衣的歌迷是无论如何也解答不出的。恰在此时，响起了《风のららら》的歌声。

伴随着旋律，她看到前方一片宽广无际的油菜花田，风轻抚而过，脚踏车的铃音被头顶掠过的滑翔机声响覆盖。在阳光明媚的乡间小道上独自一人享受着这午后清闲的美好时光。她多么希望这些幻想是现实。

第23章

江伟强脚踩在坐便器的水箱上，他瞧见了顶部天花板有被撬开过的痕迹。一楼男厕的最里间，离他头顶不过四十厘米的地方就是白炽灯，这里热量有些高，汗珠已然冒出。底下几个壮汉稳住了他的腿部，其中一个手中的金属探测器还在嘀嘀叫着，他们不确定搪瓷的水箱盖是否能撑住江伟强的重量。此时，他们在找炸弹。

林新茗站在门口张望着，他的内心不时掠过一丝凉意，他意识到这里的事情肯定不会如此简单了结的。忽然，里面的男人们一阵哗然。

“我们每个人都在被牵着鼻子走，一步一步走向深渊，稍有不慎便会坠入炼狱，我们身处的境况难道还不算炼狱吗？不，地狱里可听不到这优美的歌声。”克里斯汀听着悠扬的歌声自言自语着。她挤开了众人来到江伟强身边。

“先表扬一下。”

“先生，不必向我道谢，该谢的应该是莫莉。”

“莫莉？”秦牧希不解，他在这并没有找到第二个女人。

江伟强递下来的炸弹与之前找到的大同小异，仅是看体积便能对其爆炸威力猜想个大概了。他并没有从水箱上下来，还在摸索着，可天花板之上除了灰尘什么都没有了。

炸弹的显示屏上干干净净，没有亮点、没有文字，什么都没有，用看的甚至都发觉不出它是在运作的，只有微弱的发条嘀嗒声。

“现在已经 8 点 51 分了。”秦牧希提醒着众人，“不管怎样先将炸弹运出会场再说。”

“难道我们不能在这拆除吗？拆弹部队已经轻车熟路了。”江伟强可不想浪费时间。

“看来是没那么容易。”克里斯汀的语气突然转变。

炸弹的底部，她发现一部用透明胶带粘着的手机，从 USB 接口处伸出的一根数据线径直穿进炸弹的塑料外壳缺口，缺口已经有些松动了。克里斯汀将其对准光亮的地方，小小的手机触摸屏让众人的困惑进一步升级。

正中央一个倒数计时显示的时间不到十分钟，对应现实，毫无疑问这颗炸弹被设置在 9 点引爆。右上角的电量已经进入红色警戒线的 3%，它随时随地都有可能关闭。这里的关闭可不意味着解除危机，它意味着丧失一切希望。女孩用食指轻触了一下，本来略显黯淡的屏幕一下子光亮十足，她不禁打了个寒战。画面有了变化，倒数计时向上转移，正中央留下一个四位的空格，这是设置的密码解锁功能，可区别于一般的智能手机，它下面给出的不是数字九宫格，而是英文的全键盘。

克里斯汀挠了挠头，她必须在不到十分钟的时间里找到答案，否则……

众人一片沉寂。“我们强拆吧，难道还有提示吗？之前从三个炸弹中找到的字母还不够派上用场。”秦牧希失望地看向江伟强，又看向克里斯汀。这一次伴随炸弹被发现的什么都没有，没有提示也没有下一个炸弹的密码暗号。

克里斯汀一屁股瘫坐在地，从背后看她似乎是放弃了，从背后听她又好像在啼哭。江伟强坐在马桶上，他是唯一能够看到克里斯汀面容的人，那神情不再让人陶醉，只剩下了绝望。与女孩经历了这么多，他的观念正发生天翻地覆的变化，似乎打从心底已经认可了克里斯汀，知道她不是警方追捕的犯人。

“已经结束了，一点办法也没有了，我不想逃避，就让我死在这里吧。”

电量 2%，倒数 4 分 57 秒。

“现在就放弃还太早了！”江伟强起身，“死亡不该由你来承担。”随即他便抱起炸弹冲开人群向外面跑去。

一时间大家都愣住了，秦牧希与林新茗面面相觑，然后紧随其后冲了出去。

克里斯汀终究还是被这巨大的压力击溃，肩上的担子有多重，前行的路便有多不易，是自己给的期望太大还是能力仅此而已？

盥洗室不再嘈杂，克里斯汀能够听到会场内的歌声了。

“答案就在你内心，最重要的是你如何选择……”虚无缥缈中一个悠扬的声音传来，随后转变为那最爱的旋律。

《Secret of My Heart》的调子响起，现场一阵惊呼，如晴天惊雷将克里斯汀震醒。她擦去面容上的泪痕，赶紧奔向了会场。

“我还不能放弃。提示一定有，断翅的紫蝴蝶一定给出了，不然这一切都没有意义。”

前方，千衣站在舞台正中央，她每次唱这首歌的时候都会站立不动，将话筒搭在支架上，无论年龄的增长、无论造型的变化，不变的都是那颗心，就站在那里。台下是空无一人也好，座无虚席也罢，每当这个旋律响起所有事物都会变得美好起来。

“是啊，我就站在这里……我就在这里，与你同在！”

克里斯汀此刻五味杂陈，她颤抖不已的手紧接着拨通了秦牧希的号码。

“喂，警官。我知道答案了，我也知道谁是断翅的紫蝴蝶了。”

黑色的塑料外壳被拆散，安稳地躺在被用作垫子的帆布上，如果这些物质有生命，他们绝对不敢想象自己是被用在炸弹上的。还是之前的那个拆弹员，提着其中一片外壳来到秦牧希面前，这一段到作战指挥室的路并不漫长但也累得他气喘吁吁。

“警官，果不其然，似乎这些炸弹都被设置了精密的算法，不解开暗号密码强行拆卸会立刻爆炸的。”

“是的，这个罪犯一直都在和我们比智力游戏，可这并不是一场公平的比赛，好在我们也不落下风。”

拆弹员惊奇对方竟然将这种事件比作游戏。“还有……”他将重要的物证递给领导，“同之前一样，这里也有个字母。”

W

“现在有些头绪了，这些字母一定属于某个被打散的单词。”专家说道。

秦牧希打断了他的推理，“你可犯了大忌，若一个观念在脑海生成，你会有点小成就感，逐渐它会根深蒂固，你会对其深信不疑，这样一定会陷入无法自拔的境地，想要再跳出这个怪圈可就难了。”

道理已经明了，拆弹员耸了下肩，嘴角抽搐了下。“这是你们的工作，看来我是班门弄斧了，希望我提的建议对你们有些帮助。”

事实是确有帮助，密码破译专家们已经忙碌起来。

“好了，专家们，现在我要求你们全部变成她的粉丝。”

秦牧希站在临时指挥室外面，稀疏的发迹又湿润了，可他并不怀念会场里的温暖。他在等待着，他有好多问题需要得到解答。“你们谁能解释一下那四个字母的含义？”随即又转向林新茗，“小鬼，为什么是莫莉？”

“鬼才知道，逮到了可有她好受的。”

显示器前的技术员用平和的语气插了一句。“这是一刻钟前的景象，这个女孩从后门出来了。然后，这是武夷路某个店面前摄像头捕捉到的画面，她朝东面走了，再接着之后顶头十字路口的摄像里我们并没有发现她的身影，她在这一段里消失了。”

“她会去哪儿呢？”

“医院！”门帘外克里斯汀说道，“你们一定是在等我的解答吧？”她缓步而入，其实真正迫不及待想要知道答案的只有秦牧希一个人。

“莫莉就是断翅的紫蝴蝶。”

虽然各位心里已然知晓，可这一句话着实还是震撼到了众人。“那我们还在等什么，现在就去抓捕。”秦牧希说道。

克里斯汀不紧不慢竖起手掌打住了这行动。“先生，我知道警察们很擅长做这些，不过现在有更合适的人选已经上路了。”

指挥室里唯一瞧不见的人就是刘一轩。

答案很快就会揭晓了。

“它的含义可远不止莫莉这么简单。”克里斯汀的脸上全是消沉。

MOLI

这四个字母就是答案，它解除了手机屏幕上的锁定设置，同时也解除了炸弹的定时爆炸。

秦牧希来到克里斯汀面前，“你其实并不相信她就是紫蝴蝶对吧？”

好似一语惊醒梦中人，克里斯汀忽的有种释怀感。她揉了揉眼角：“警官，你不也是吗？不然何必还执着于破译那些字母？”

“确实，傻瓜都看得出来这是栽赃陷害。若是反其道而行之，那她这想法也太儿戏了。”

克里斯汀接着补充道：“演出还在继续，事情还远远没有到结束的地步，断翅的紫蝴蝶一定还有更深的打算。”

“快说说你是怎么找到这四个字母的。”

克里斯汀终于露出一丝微笑：“还是千衣给了我灵感，这种高深莫测的感觉你们无法体会。”她翻开之前从宝马车底的炸弹里发现的暗号图纸，手忙脚乱中她不得不挤开一个技术员，在对方的办公台前忙活。

“从中破译的文字还记得吗？如果只是知道个大概意思那可不妙，他在跟我们玩文字游戏，有一句话我捉摸不透，其实是一语双关。”

两个大男人就站在其身后，也不打扰她自顾自地解释，克里斯汀的表达能力是很突出的，她所说的这句话是：

I have always been here.

“我一直在这里。就像千衣唱那首歌时一样，最经典莫过于一直站在那里，就这样唱到天荒地老。所以我说这么高深莫测的解释你们也体会不到……‘我一直在这里’，在哪里？紫蝴蝶就在这个暗号密码图纸上。”她将褶皱的白纸抚平，举过头顶，正好与两位男人的视线平齐。不过她是倒着举起的。

四个加粗的字母、数字与符号就是谜底：

WO7! → MOLI

“起初我认为这是最后的炸弹了，断翅的紫蝴蝶不成功便成仁。但现在回想起来或许是我太天真了。”克里斯汀的屁股抵着工作台半坐在上面，“我们还有下颗炸弹的提示吗？”

“没有。”秦牧希脱口而出。

“第五个炸弹一定会有，不出所料被设置在10点引爆，而且很有可能还在会场里。”

“难道我们真的走投无路了？”秦牧希摇晃着脑袋瓜子，忽然，他手机的一阵“惊叫”差点吓出心脏病来。来电显示让他有些失望，不是断翅的紫蝴蝶，而是刘一轩。

“喂，警官，医院里没有找到莫莉……也没有发现樱井茜和清水由美子。”

20	8	5	2	15	13	2	23	9	12	12	2	5	4	5	20	15	14	1	20	5	4
1	20	20	8	5	19	20	1	18	20	15	6	20	8	5	19	8	15	23	14	15	23
25	15	21	8	1	22	5	6	15	21	18	19	25	13	2	15	12	19	6	9	14	4
20	8	5	14	21	13	2	5	18	20	8	5	1	21	4	9	5	14	3	5	9	19
20	8	5	11	5	25	9	8	1	22	5	7	9	22	5	14	25	15	21	19	9	24
20	9	16	19	20	8	5	18	5	1	18	5	20	8	18	5	5	5	12	5	13	5
14	20	19	12	5	6	20	20	5	13	16	5	18	1	20	21	18	5	12	21	13	9
14	1	14	3	5	22	15	9	3	5	6	9	14	4	20	8	5	12	1	23	1	14
W	W	W	W	W	W	W	4	25	15	21	23	9	12	12	!	!	!	!	!	!	!
!	!	!	!	!	!	W	11	14	15	23	8	15	23	20	!	W	W	W	W	W	W
!	!	!	!	!	!	W	15	4	9	19	1	18	13	20	!	W	W	W	W	W	W
!	!	!	!	!	!	W	8	5	2	15	13	2	2	5	!	W	W	W	W	W	W
!	!	!	!	!	!	W	3	1	18	5	6	21	12	9	!	W	W	W	W	W	W
!	!	!	!	!	!	W	20	23	9	12	12	1	12	19	!	W	W	W	W	W	W
!	!	!	!	!	!	W	15	5	24	16	12	15	4	5	!	W	W	W	W	W	W
!	!	!	!	!	!	W	1	14	25	20	9	13	5	7	!	W	W	W	W	W	W
o	o	o	o	W	W	W	15	15	4	12	21	3	11	4	!	!	!	7	7	7	7
o	7	7	7	7	7	7	5	1	18	11	18	9	19	20	O	O	O	O	O	O	7
o	7	7	7	7	7	7	5	14	9	8	1	22	5	1	O	O	O	O	O	O	7
o	7	7	7	7	7	7	12	23	1	25	19	2	5	5	O	O	O	O	O	O	7
o	7	7	7	7	7	7	14	8	5	18	5	20	8	5	O	O	O	O	O	O	7
o	7	7	7	7	7	7	16	21	18	16	12	5	2	21	O	O	O	O	O	O	7
o	7	7	7	7	7	7	20	20	5	18	6	12	25	23	O	O	O	O	O	O	7
o	7	7	7	7	7	7	9	20	8	2	18	15	11	5	O	O	O	O	O	O	7
o	o	o	o	o	o	o	14	23	9	14	7	19			7	7	7	7	7	7	7

第24章

“警官。”克里斯汀随即转身面向秦牧希，“你现在还在坚持危机小组认定的观点吗？”

秦牧希不明白她的意思，这是要摊牌吗？

“这个断翅的紫蝴蝶既然将矛头对准了赵风陵，同时又在陷害我，但他为何要多此一举再陷害莫莉呢？”

这里没人明白为什么，只有克里斯汀看出了端倪。

“既然能在会场座位席及洗手间内安置炸弹，这个犯人肯定混进了布置会场的工作人员中，也就这几天的事情。我可以肯定地说，今天之前我都待在Z市，有充分的不在场证明，你们只要调查一下很快就能确认，从而洗清我的嫌疑。”

克里斯汀说得很有道理，秦牧希早就派人去调查那些工作人员了。他得到一个模棱两可的反馈，似乎确实有一个神秘人物在这些天不断进出会场，至于这个人是不是克里斯汀就不好说了。还有一点，他也在怀疑断翅的紫蝴蝶并不是一个人，如果是合谋的犯罪，一切逻辑都无从谈起。

“好吧，纠结这个问题也无济于事，你总会有千般理由坚持自己的观点。此刻，我想说的是，下一个炸弹的提示很有可能在莫莉手里。”

“莫莉？为什么？”众人异口同声。

“用于解除洗手间里那颗炸弹的提示，‘MOLI’这四个字母就是答案。这个乐符密码只有拥有绝对乐感的莫莉能破解，因此下一个炸弹的暗号密码也很有可能会通过她传递给我们。”

“你说得似乎有点道理。”

“不仅如此，莫莉很有可能与断翅的紫蝴蝶正面接触过，他们在这个会场里共同待了几天，同时幕后黑手也清楚她有绝对乐感这个能力。所以……”

“这一点我不同意。”秦牧希立刻反驳道，“这个背后的人心思缜密，处处留心提防，我可不认为他会轻易将自己的真面目暴露给案件的主要当事人。”

至此，指挥室内回归平静，没有人再答上一句话。

一阵震动，克里斯汀收到了莫莉的来电。

“喂，妹妹，我找不到母亲和由美子姐姐了。”

显然，她对那瓶柠檬水还耿耿于怀。

“先不急，你在哪儿，我们去找你。”

“我在化妆室，千衣快要休场了，我得代替由美子来帮千衣补妆。”

“很好，我们一会儿就到。”

有了明确的目标，一行人又踏上了回会场的路。

另一端，郑百林和藏矢川终于有了突破性的进展，在不断的逼问下，化工园区的最后一家企业，一位生产车间组长道出了实情，“老板不让我们说，毕竟丢失炸弹原料这种事影响很大，被媒体传出去我们的生意就该到头了。”

“简直混账，你们可知道，你们的自私已然让上万人深陷危难之中了？你们的老板呢？”

“他在医院，陪自己的女儿……警官，这不能怪我们老板，谁料到会发生这样的事情呢？为了维持女儿的生命，他不能让工厂陷入停产和被调查的窘境中。”

“他女儿得了什么病？”

“绝症，恐怕是没些日子可活了。”

“烧钱给女儿续命，看来还是个模范父亲！”郑百林一声挖苦后便不再多言。

他两人又有了新的目的地——医院。

此时，藏矢川岔开话题，问道：“赵风陵的电脑还有什么新情报被挖出？”

郑百林平复下心情，坐上车，向同伴做了个简短介绍。

“找到一些炸弹的设计图及体操中心的平面图，还有一些关于灯光的研究资料。”

“灯光？”

“对，还涉及什么勒克斯、光照度之类的……”

“所以，这个赵风陵就是幕后黑手？”藏矢川倒吸一口凉气，感觉真相来得太过容易。

郑百林同样有这个感觉，所以他立时给否定了。

“很有可能是真正的幕后黑手转发给他的，算是一种挑衅行为吧。”

再回到会场，歌声逐渐清晰，第一个小高潮《Secret of My Heart》的最后一个调子刚休止，电子琴手便迫不及待地弹起了另一首同样经典的曲调——《Time After Time》~花舞う街で~。异于其他作品，这首歌对于克里斯汀而言具有另一番特殊意义，只可惜她不能专注地欣赏完了。

这曲唱罢千衣退下了舞台，她开始了第一轮换装，给歌迷们一段细细回味的时间是必要的。

稍事休息，千衣将头发扎起，身着一条橘黄色连衣礼服缓步来到黑暗的舞台中间，琴音响起的瞬间微弱柔和的灯光也亮了起来，映衬着《Stay by My Side》的抒情。

台下观众们还看不到她的面庞，不过胸口那可爱的蝴蝶结却在丝滑香肩的阴影下蠢蠢欲动。这是由美子出事前为其备用的礼服，以代替消失不见了的紫蝴蝶装束。

I want to know
从什么时候开始
注意到自己的心意
是偶然的开始
是与你相遇的时候
…………

光线逐渐亮起。当人们的眼睛能够捕捉其他色系时这才惊奇不已，原来千衣穿的是一件纯白色连衣裙，胸口淡黄色的蝴蝶结一如既往地展翅飞翔着。没错，伴随着歌声，这才是歌迷们想要的那种纯情。

第25章

莫莉早已等候在此。化妆室的门是敞开着的，由于演员们都在台上激情演出，这里一个人也没有。其他的工作人员？他们都挤在一楼的过道上，没有人会傻到来这里晃悠。

“我的大救星们，可急坏我了……”莫莉像个怨妇似的跺起脚来。

克里斯汀将身体放空，随着重心舒舒服服地摔落在沙发里，瘦小的身子占据了大块地方，弹性十足的真皮坐垫晃悠着将清凉传递到她每一根毛孔的深处。

秦牧希实在看不惯她的懒散，这哪像是一个嫌疑人该有的姿态！他用脚轻轻碰了一下克里斯汀的小腿，催促道：“快起来，坐正了！”

克里斯汀捂着咕咕叫的肚子，揉着还有些痛的鼻梁，没好气地说了一声，“坐正就坐正。”

“母亲她们到底发生什么事情了？”莫莉迫不及待。

“先不谈这些，你有收到什么奇怪的电话或短信吗？”秦牧希单刀直入，他并不想被其他事情拖了时间。

“奇怪的电话或短信？”莫莉一怔，捂着额头大呼一声，“确实，有一条祝贺我的短信，还让我转达给妹妹一条消息。”

消息？克里斯汀皱起了眉头，伸手接来了莫莉的手机。他们有下一颗炸弹的线索了：

> 只有你，克里斯汀，才能够解答。这是专门为你准备的密码暗号，能有你这样的对手真是幸甚至哉。
>
> 不曾早些认识你，抱歉未能送上一份生日礼物，就让它代替我迟来的心意吧！

她一字不落地读完，回忆着生日礼物，突然一种惊悚直冒上心头。难道紫蝴蝶选中我的原因仅仅是那个生日礼物？她如是想到。于是又紧急将手机屏幕向下滑，一个技惊四座的密码图再次展现在众人眼里。

“好吧，聪明的大脑都聚齐了，谁能解释下这是个什么玩意儿！”林新茗真想对着手机屏幕上的方格子啐了一口唾沫。

专属于克里斯汀的密码，这是她的生日礼物。

M	Y	Y	I	U	F	B	M
S	A	R	る	M	し	A	L
B	E	T	D	ら	I	I	S
あ	V	Y	へ	か	L	D	風
は	P	け	W	A	た	W	し
E	E	ら	R	C	I	D	の
F	E	N	A	ら	S	C	O
A	U	E	Y	T	A	T	E

秦牧希问道："怎样，你一眼就看破玄机了？"

克里斯汀像泄了气的皮球一样深陷在沙发里。

这就是回答，众人其实并不抱太大希望。

"除非这是你设置的密码，不然鬼才破译得出。"莫莉无奈地说道。

没有人能给出建设性意见，这番状况下只会出现一种情景，就是沉寂。除非有哪个不识趣的小傻瓜硬要打破这静谧，不然谁也不想从虚幻中醒来，现实实在是太折磨人了。

完美犯罪！世界上真的有完美犯罪吗？对应起目前氛围的曲调正是《*Perfect Crime*》：

Perfect crime 心灵的犯罪

告诉我为什么 打破封闭的门 突破悲伤 在此终了

Perfect game 无法自拔

Go away 黑暗的虚无

…………

"糟糕。已经唱到这首歌了！化妆室必须得空下来，千衣快要下来了。我可不想你们这一群大老粗影响了她的演出……"莫莉对秦牧希一干人等下了逐客令。

莫莉需要一个人帮衬着完成对千衣的补妆工作，因此克里斯汀被小姐姐留了下来，令其受宠若惊。林新茗与秦牧希、江伟强三人被莫莉告知所有的房间都为闲人莫入，因为接下来的休场时间这里会一团糟。

三人无奈，但也好，趁机赶回指挥室，有很多情况需要向密码破译专家和技术员们交代。

"警官，趁这个空当我们梳理一下到目前为止发生的种种奇妙遭遇吧。"林新茗说道。

“从哪里开始？怎么开始？”秦牧希也有此意。

“我不清楚，也不敢班门弄斧。但我看过很多悬疑小说、影视剧，不知道是否能做参考？我知道时间是个非常关键的因素，类似不在场证明之类的，还有诡计、骗术，说不定无意间我们已经掌握了些线索！”

秦牧希不知道对方在打什么主意，但集思广益，这倒不失为一个好办法。

他们穿过一道双开门，继续前行着。

“其实，我一直怀疑这个人就在我们这些人中，从一开始的际遇，每个人都是巧合，参与其中。又或者说是有意安排的。当然，也包括我。”说到这儿林新茗苦笑了一声。

“有道理，我也有这种感觉，我们在被人引导着，一步一步走在对方的算计里。”

秦牧希脑子里有了一个框架，是按照人物分列的，他提议在讨论之前大家一齐思考假设一番。三人的步伐也因此慢了下来。

最后，秦牧希给出一个重点，将视线放在了赵风陵这个人物身上。

“他在哪儿？”

“说起来自从离开酒店后就一直没见过这小子了。”江伟强努力回忆着，确定自己的记忆没错。

“他是否一直躲在背后操纵着一切？”

林新茗做了反驳，“按照克里斯汀的说法，赵风陵应该是那个被紫蝴蝶针对的人，他是否有可能已经遭了毒手？”

“如果是早早遭了毒手，那这个紫蝴蝶设计这些暗号密码又是为了什么？不就是为了让赵风陵在一个又一个炸弹中体验被针对的恐惧吗？”江伟强如是说道。

秦牧希以为，所有的暗号与密码都是循序渐进的，炸弹也是，你中有我我中有你。从一开始的假炸弹到盥洗室里的大炸弹，威力一个个变大，暗号密码的难度也一个个升级。其中牵扯的人物更是众多，似乎每个人都有秘密，每个人又都有嫌疑。

“林新茗，作为局外人，你怎么看？”秦警官转向青年，希望年轻人的思维能给出一些启发。

“我们不妨假设一下，这整起案件中出乎意料的地方，然后再推翻这些意外，按照紫蝴蝶事先设计好的进程来演练一遍。”

这是一个好想法，秦牧希与江伟强洗耳恭听。

“事件是从那个图形暗号开始的，幕后黑手将它寄给了警方，又给了赵风陵，甚至千穗千衣都有这个暗号图。为什么要这么做呢？因为这个开端很重要，他希望有人找到答案，为此他不惜偷塞一部手机给赵风陵，用威胁或诱惑来引导他走上这条路。可是，我不认为赵风陵有能力破解这些谜题，这个时候就该轮到克里斯汀出场了。试想一下，如果没有早上的第一个意外，克里斯汀应该会前去机场接樱井茜，而那时赵风陵也在，这将成为两人相遇的契机。”

“确实，如你所说，克里斯汀被警方抓捕，错过了与赵风陵的相遇。紧接着是第二个意外，幕后黑手给赵风陵的电话碰巧被克里斯汀接通了。这个时候对方会怎么设计下面的游戏呢？”江伟强做了个过渡。

“其实是殊途同归，紫蝴蝶将克里斯汀牵扯进来，本意是要用她的智慧来引领这场游戏，虽然赵风陵中途脱离了游戏，但剧本已经写好，必须得有人解开图形暗号，一个一个找出炸弹，以此来彰显他的智慧。顺水推舟，我们走到了如今这一步。”

“莫莉的突然出现有什么看法？”

林新茗稍作思考，并没有太多想法。

“或许正如克里斯汀所说，莫莉的出现仅仅是她拥有绝对乐感，整个会场唯有她能破译那个乐谱密码。”

“不，我觉得并不是这么简单，要知道她还是樱井茜的养女，她与所有事情都有牵扯。”“对了，郑百林局长说到过的 La barba 又会是什么人物？据他推理，这个人很可能就是会场里的某个负责人。会是莫莉吗？要知道她们这一家子都有把柄在赵风陵手里。”

众人面前是一片混沌，仿佛越是讨论，越是迷茫。

不知不觉间，三人已经绕过了广场，能看到临时指挥室了。

秦牧希低头瞄了一眼手机，上面显示的时间距离 10 点整已经没多长了。紧接着，屏幕一晃，一条短信让他进入了锁眉沉思的状态。

第26章

“警官！”

指挥室里一阵压抑，并不像各位想象中的大家忙活成一团的样子，三五成群的技术员拨弄着台面上的按钮、摇柄；密码破译专家围成一团热烈讨论着；监视员目不转睛地瞪着一个又一个带有雪花、波动不断的显示屏。这些场景都没有发生在指挥室里，很怪异，没有那种紧张感，大家都站立而起，从眼神中看到的是绝望，是悔恨，是无尽的哀愁。

“各位，怎么了？世界末日到了吗？”

刚刚那个喊警官的密码破译专家上前一步，高度近视让他不得不贴近纸张。“我们无能为力，世界上没有人能破译这个密码。”

“是的，世界上没有一个人，但除了克里斯汀！”林新茗不合时宜地吐槽了一句，然后立刻意识到自己缺乏严肃性。

“这是紫蝴蝶的原话，看来只能期待那个女孩了。”秦牧希接过草稿叹了一口气。

说起克里斯汀，他们回到了起点，差点遗漏了这最该分析一番的人物。

“你们有想过一件事情吗？”秦牧希示意众人都坐下，“她为什么会这么聪明？”

“你指的是谁？”江伟强说道。

“你想到的是谁？”秦牧希反问道，“这就是关键所在，今天最大的巧合就在于此。”

众人不解这位警官所要表达的意思。

“对不起，我一度怀疑过自己的立场，看着克里斯汀解开一个又一个密码，排除一个又一个危机，我真的以为她就是上天派来拯救我们的天使。可我始终还是不能相信克里斯汀会有如此大能耐，除非她能透析一切、知晓万事，但这根本不可能。如果她就是紫蝴蝶，自导自演这一出神话剧便能有合理解释了。”

“警官，你真的这样认为吗？”身后的林新茗边瞅着秦牧希边问道。

“过来，孩子，说一说你们早上的相遇。”

林新茗内心一阵反复，他也开始怀疑了，“她拿着我的手表找到我，用推理讲述着手表里的故事。我被她的智慧迷倒，又因我们都是千衣的歌迷，所以潜意识里我是非常信任她的。难道真的是被安排好的？我们的相遇？”

“有什么是非你不可的理由吗？”秦牧希把他拉到灯光下，三人围桌而坐。

“不，我猜不出，我很平凡。或许我只是个跑腿的。我帮她传过话，机场里她救过我。或许从那时起她的计划就变了。”语气俨然已经将克里斯汀当作犯人对待了。

“是的。仔细想想，如果没有机场的节外生枝她该如何引申出这个惊天危机呢？又该通过谁展开这个庞大计划？”

林新茗倒吸一口凉气，他明白这是一出三人行的戏码。如果克里斯汀真是这所有事件的幕后黑手，他自己就会变成见证者，见证着赵风陵被无情玩弄。

“很天真，很天真！她紧随而至，注视着在座各位的一举一动，猪笔加密法只是个幌子，没有人会怀疑她懂得这些，她很自大、非常高傲、表现欲旺盛，这已经不是我们一次两次重申这个细节了。她成功地骗取了我们的信任。”其实后面的话语秦牧希已经组织完毕，他故意停顿了下等待着对面的林新茗回应。

林新茗镇定下来，他还是选择相信女孩，“先生，我对你所有的假设都持否定态度，可唯独你说她有些傲慢自大我非常认可，或许是她那异乎常人的智商让其太过自负了吧！”

“这还不够，地下车库里她表现得太过淡定，或许是故意的，那个密码暗号图纸怎么可能在短时间内破译出来，况且那些数字对应的字母……按照她的说法光是断句就要好一会儿工夫。”

江伟强添油加醋道：“那肯定是事先准备好的喽？”

“最让我惊讶的是观众席上的那颗炸弹，凡人能够做到这个程度吗？三个元素、六个限制，超级巧妙的逻辑思维，毫无破绽、没有失误，我们在不知不觉中被她牵着鼻子走，胜利的喜悦冲昏了我们的头脑。然而盥洗室里的炸弹在最后一刻传送来的密码更是匪夷所思。你会相信那些屁话，什么我就在这里，密码图纸里的莫莉？那种牵强我是不相信。”

“警官，那么接下来的这颗炸弹，这个密码会如何发展？”江伟强提到了众人最关心的问题。

秦牧希正襟危坐。“看着吧，最后时刻她肯定能解开暗号，炸弹一定会被我们发现，这就是她的行事风格。”

江伟强不这么认为，他提出一个假设，“如果这就是最后一颗炸弹了呢？她还有必要告诉我们密码的答案吗？她应该很希望看到这最后一个炸弹爆炸，然后躲在背后嘲笑我们警察的无能”。

秦牧希哑口无言，他知道不能坐以待毙。

“警官！”那个专家又试图开口搭茬了，“虽然我们无法破译，但已经找到方法了，还有一些巧妙的设置被偶然发现。”

三人都很好奇，既然找到破译的方法那为什么会无法破译呢？这句话本身就是一个矛盾。

“先不用急。这是一个八乘八的幻方。”

专家拿着新出版的《失落的秘符》继续说。“这本书……富兰克林八阶幻方，作者用数字标志着每一个图形，在混沌中开辟出一条通往光明的路径。”

“这是同一个道理吗？”

“是同一个道理，但区别在于幻方本身。”专家转而将秦牧希攥紧在手心的字条铺平。

“幻方本身？等等，谁能给我解释一下这个名词。”林新茗终于忍不住了。

秦牧希用最言简意赅的词汇组合解释起这个数字游戏。“1 至 64，64 个数字分布在八乘八的方格里，不重复、不遗漏，每一行、每一列、每一个斜角加总之和都是一个数字……”

“是 260，先生！”专家提醒着。

秦牧希向他翻了一个白眼，示意他别打岔。

“不仅如此，它还能分成四个小区域，四乘四的小幻方里加总之和则为 520，两倍。还没完，四个角上的数字与中心的四个数之和也为 260。”

“好神奇！”这番赞叹是真心的，林新茗并不知道富兰克林八阶幻方还有更玄妙的设置，专家将草稿纸转了个向，指着其中一个展示给林新茗看。这就是著名的富兰克林八阶幻方。

52	61	4	13	20	29	36	45
14	3	62	51	46	35	30	19
53	60	5	12	21	28	37	44
11	6	59	54	43	38	27	22
55	58	7	10	23	26	39	42
9	8	57	56	41	40	25	24
50	63	2	15	18	31	34	47
16	1	64	49	48	33	32	17

“知道九宫格吗？如果你小时候奥数课能画出一个来，恭喜你，你现在就能制作八阶幻方了！”秦牧希冲林新茗笑了笑。

“警官，别开玩笑了。”他居然示弱了。

“不是富兰克林八阶幻方，那会是哪一个呢？还有，偶然发现的巧妙设置是什么？”

专家又指向紫蝴蝶发来的那个暗号密码图。

M	Y	Y	I	U	F	B	M
S	A	R	る	M	し	A	L
B	E	T	D	ら	I	I	S
あ	V	Y	へ	か	L	D	風
は	P	け	W	A	た	W	し
E	E	ら	R	C	I	D	の
F	E	N	A	ら	S	C	O
A	U	E	Y	T	A	T	E

最显眼不过那个繁体汉字，由于字数限制，“風”这个汉字没有用日文假名表示。“吃一堑长一智，先生您之前批评过，我们也不敢怠慢，于是开始了对千穗千衣的研究。正好有一首歌，巧合就在于此。”正是《风のららら》，显然，他们找到了这个组合。“不仅如此，除去这五个及所有字母，剩下的，你猜是哪一首歌？”

“别瞎扯……”

剩下的有：る、し、あ、へ、か、は、け、た、し。

あしたへかけるはし。

《明日へ架ける桥》。

“看来真得表扬你们一番呢！然后呢，这有什么意义？其他的表示什么？”

“我们已经尽力了，剩下的字母一定也还是歌名吧。”

“八阶幻方、歌名、克里斯汀！”林新茗头都大了，他注视着眼前的密码又看了看时间，离整点还有十几分钟。

“我终于明白了，只属于克里斯汀的密码，只有她能解开的密码。这是她创造的八阶幻方！”林新茗顿时直立起身，他惊讶的程度远超过人们的想象，似乎秦牧希刚刚的猜测有了一丝可信度，他迷茫了，他动摇了，他开始了怀疑。

真的错了吗？他选择相信女孩是一件愚蠢的事情吗？这个午后的际遇难道都是虚幻？他得不到答案。

“最终你还是没有用到钢琴！”莫莉在帮千衣梳着头发，一旁克里斯汀在打着下手。“曲目都是既定的，这样真的好吗？还是说你手法生疏了？”

“我不知道，茜阿姨取消了钢琴弹奏，有的歌会唱，也有直接删除的。”千衣嘟囔着嘴说。

“什么？是茜阿姨要求取消的？”

千衣点头。

莫莉感觉到一丝不安，那无法正视的问题终究还是摆在了眼前。透过妹妹的语气她分明感受到了母亲在被怀疑。

克里斯汀与莫莉对瞄了一眼又移开话题，负责补妆的工作由克里斯汀完成，莫莉此时正在挑选礼服。

千衣褪去了那身黄白蝴蝶礼服，回到转椅上时才将内心的疑问问了出来：“由美子，她怎么了？”

克里斯汀泰然自若地回道：“她只是闹肚子，这会儿虚脱着呢。”千衣虽然呆萌但不傻，她看得出其中的蹊跷，她之所以没有挑明是在尊重别人。

灯光似乎有些暗淡，克里斯汀忘了开梳妆台的台灯了，补妆工作虽然已经结束，但她还是忍不住将其全部点亮。

“这台前灯好久没打开了，之前换装时就关着。”

克里斯汀嗅到了些硫黄味，她不确定这是不是某瓶化妆品变异产生的味道。

千衣突然转变了话锋：“很辛苦吧，这样一个人坚持过来？如果和茜阿姨一起生活会很麻烦的，因为你要应付一个调皮捣蛋的姐姐。”说时千衣脸上露出了调皮的笑容。

将这位大明星再度送上台，莫莉和克里斯汀同时叹了一口气。

“接下来如何是好？”

“你闻到了吗？”克里斯汀的直觉再次提醒她危险即将降临。

“什么？”

嘭的一声，电光石火之间克里斯汀甩开转椅，一把搂住莫莉，手劲之大瞬间在其臂膀上印刻出红手印。随即一个翻转身体将全部重量压向对方，桌上的瓶瓶罐罐左摇右晃。

只听一声尖锐的声音，伴随着花火灯泡炸裂开来，这是圆镜最上方的那一颗，肆意飞溅的碎片刺入克里斯汀的手背。

又是一声尖锐的声音，这次声响更大，是两颗同时碎裂。

克里斯汀护住了莫莉，但莫莉也没好受到哪去，随即连珠炮似的炸响使她们犹如置身战场一般。

一轮结束，消停了下。第二轮紧随而至，这次不是炸裂，是圆镜在震动过程中松动开来，顺势前趴整个倒在两人上方，一半砸在桌上，一半砸在克里斯汀的背上。

莫莉只看到大块玻璃顺着两侧落下，耳朵由于轰响出现了耳鸣症状，伴随而来的是一阵晕眩，她还未来得及感受疼痛便被眼前的惊悚吓得手足无措了，点滴的血液坠落，然后一道暖流划过面容，紧接着点滴变成了流淌。莫莉不由得抽泣起来，那嘶哑的吼叫令人痛彻心扉。

这个姿势缔结下两人一生的羁绊，就这样维持了几秒，克里斯汀故作坚强地问了一声：“还好吧？”莫莉仰着头，面容已经扭曲，她极力展开双臂为克里斯汀的坠落做好铺垫。

“妹妹，妹妹……”

“姐姐，姐姐……我没事，我没事……”

许久过后，莫莉用镊子夹出最后一块碎碴后又仔细搜寻了遍，确保没有残留这才涂上碘酒、抹上白药，最后还用纱布裹得严严实实的。

“这个化妆间可真不安全。”

克里斯汀环顾了下四周又专注到肿胀的手来，她将身子舒舒服服地陷进沙发蜷缩起来。“吉人自有天相！千衣她居然神奇得躲过了一劫又一劫，是巧合还是冥冥之中天注定？”

“不知道接下来还有什么怪招，这一次可真够狠的。”

“害怕了吗？气馁了吗？”克里斯汀安慰着莫莉。

莫莉不断摇着头，较起劲来。

“你说，这个坏蛋回来时看到一切完好如初会是怎样一个表情？”

不为别的，仅仅是待会儿千衣回来补妆，见了这场面也定会吓得不轻。立时，两位小姑娘行动了起来。手脚利落的她们很快就将化妆间恢复到原样，只不过那大椭圆镜只得用一块布遮去。

莫莉努力回忆着，“钢琴里的针；柠檬水里的毒；灯泡里的火药。这些全是冲着千衣来的。”

“是的，目的性非常明确，但每一个都不足以夺取性命，仿佛……”

“那炸弹又怎么说呢？那可是会要了很多人性命的。”

“我的猜测，这是两起不同的案件。”

“两起不同的？”

“只是猜测而已，但也有据可循。我们从结果去推导，假设这确实是两起案件，知道这些小陷阱的人除了我们，还有谁呢？”

“没有了。”莫莉说得斩钉截铁，“即使是由美子我也没提钢琴里针的事情，更别说妈妈和一树大哥了。柠檬水或许只是一个意外，没人在意。”

“没有人知道，所以，如果我们站在警察的角度去思考，那么一切罪过都是炸弹引起的，理所当然会场只会出现一种异样氛围。小陷阱岂不是独立存在的另一种诡异氛围？”

“难怪我会觉得压力这么大。”莫莉瞟了一眼时间，已经50分了。“不要紧吗？那个密码还没有解答出来，这颗炸弹真有可能在10点引爆。”

克里斯汀看似毫无畏惧的表情是十足的自信还是自暴自弃？没人能明白。“兵法有云，正所谓攻城为下，攻心为上。”

“你的攻心术会带来什么转机？”

“其实这只是单纯的心理游戏罢了。”

“心理游戏？”

“别着急。这个紫蝴蝶很自大、很高傲，他是最操心炸弹爆炸的那个人，换句话说他是最不希望炸弹爆炸的那个人。”

“为什么？”

“一个又一个的杰作，一个又一个高智商密码，正所谓千里马常有而伯乐不常有。我就是他的伯乐。”

“所以呢？你要怎么做？”

“投降啊！认输啊！”

“什么？”

“放心好了，紫蝴蝶一定还有更加玄妙有趣的密码暗号，如果在这里就game over了，他的心是会滴血的。我已经跟幕后黑手联络上了，他有足够的理由接受我的提议，但这次贸然出击也得让我付出一些代价。”克里斯汀倒是理直气壮。

“你这是在和恶魔做交易！”

“不，这只不过是一场不公平的游戏。”

时间正一分一秒接近10点，所有人的命运全赌在克里斯汀的一盘游戏里。

第 27 章

第九人民医院住院部三楼的综合病房里，这是一个高级的单间，房间的主人暂时属于一个叫紫蝶的小姑娘。10 点未到，女孩宽松的睡衣被汗水浸湿，她努力撑起身子，每一次用力都似在与死神搏斗，她的气色很差，空调暖风吹拂过干枯、开叉的头发同时又带动起边上安乐椅平缓地前后摇摆。立冬过后身体每况愈下，“2009 年 11 月 27 日……”她对时间有一种独特的情怀，口中还不断絮絮叨叨地重复着这个日期，这个日子很特别，这并不是单纯的生命倒计时中微不足道的一天。

女孩死期将至，她已对生命失去信心。曾经或许心有不甘，但残酷的事实经由时间的打磨早已彻底粉碎了她一切的幻想！

她能够释怀了！

瞬间她感觉有些反胃，或许是不适应了这难得的清静与空闲吧。她整理了下宽松的蓝格子条纹睡衣轻缓地撸卷起两只袖口，一直到肘弯。胸口挂着的一只小香袋在起身的过程中露了出来，这是护身符，是一个至亲至爱的人送的。

可这个至亲至爱的人今天却无法陪伴，有的时候陪伴并不一定是最温馨的关爱，每个人的关注点不同，有在乎的事情就会抛开一切世俗眼光去努力完成，这是女孩这辈子为数不多的坚强气概。

她环顾了下这一直不曾离开过的病房，没有什么时候会有比现在更想逃脱这里的冲动了。四周的墙壁搭配的是一种活力与青春的色彩，夹杂着药物浓烈的苦涩味，病房里凝结出一种复杂的气息。

“快到10点了，看来我是等不到人生中最后的愿望了！”她专注着手机，似乎捏得越紧它就越有机会响起一般。

无所谓了，生命到这一刻一切都无所谓了。

话虽如此，忽地一阵清香飘过让她又燃起一丝希冀，身体的痉挛不由自主促使她的心情在异样的复杂中变换着，痛苦、失落、感性、无奈等如走马灯悄无声息地循环往复着。趁着还有些意识她多留意了一眼窗台晶莹剔透的花朵，想起了送来这份祝福的那位胖乎乎的青年，嘴角浮起的笑意并不勉强，她不知道还能笑多久。

“我的梦想就交给你去实现吧，别辜负我，我最挚爱的人，帮我脱离出最可怕人生的你，可千万别走上我深恶痛绝的这条道路！”

许久，手机还是没有想起，她放弃了，安详地躺了下去。

郑百林与藏矢川站在门外，透过小玻璃窗，他们第一次见到了悲剧故事中的主角。

本来想狠狠痛批一顿眼前的这个男人，再用一顿拳头将其绳之以法，可设身处地想一想，如果自己的女儿得了绝症，郑百林也会选择隐瞒的吧！

“领导，我女儿一直在等待心愿达成的那一天……就是今天……过了今晚我便去自首，将化工厂里丢失的炸弹原料解释清楚。”

郑百林无奈叹气一声，“今晚过后自首又有何用？你难道想不到，这些炸药就是某个人为了帮你女儿完成心愿而偷的吗？”

“他的目的是什么？”

“对啊，他的目的是什么？在来之前我一直问自己，幕后黑手的动机是什么？直到现在，我终于明白了，毁灭就是最好的礼物。您的女儿靠着千穗千衣这么一个信仰支撑到现在，幕后黑手一定希望这个信仰能一直陪伴她到天堂。”

走廊上的气氛一下子凝重起来，他们都听懂了郑百林的意思。

对于千穗千衣来说，今晚的演出是等待了10年的感动告白。对于幕后黑手来说，今晚的演出是献给临死前紫蝶的礼物。只不过，他选择用炸弹这么一个疯子才有的想法。他要炸毁会场，将千穗千衣和上万歌迷一齐送往天堂。这样，紫蝶便能在那里聆听女神的歌声了，她就能和平常歌迷一样享受信仰带来的感动了。

这是一个多么自私的行为啊！

“先生，关于这个幕后黑手，您有什么想说的吗？”郑百林用审问犯人的口吻向这位可怜的父亲发问。

“有一个叫赵风陵的男孩经常会来看望紫蝶，他们的关系很好，或许是因为他们有共同的信仰吧！”

赵风陵！郑百林早该想到了，绕了一大圈，线索最后还是回到了这个小记者身上。

“走吧，藏矢川警官，我们去会场捉拿这一群变态疯子。”

藏矢川感觉心力交瘁，其实真正令其耿耿于怀的并不是赵风陵，而是樱井茜。他手里正拿着一份报告，从赵风陵的电脑里扒出来的。上面写着：樱井茜，精神病诊断结果，解离性人格疾患。

第28章

“生日礼物！只有我能解答，只有我能解答！”克里斯汀重复嘀咕着，她已将密码破译出，但真正的答案还埋藏于迷雾中。

此时此刻，离10点还不到一分钟，秦牧希等人正与克里斯汀对峙着。光是眼神的碰撞就能摩擦出火花，可想摆在他们之间的火药桶随时都会发生爆炸。

一旁，莫莉真的已经急得发疯了，脸部由于紧张扭曲变了形。谁能想象几分钟前还在心平气和地热烈讨论，转瞬间已是这番状况了呢！

克里斯汀一直在等，但信号显示非常微弱。她皱起了眉头，自我暗示着，“他一定会答应的，他没有理由不答应……”她高举着手机左摇右晃着。空气中弥漫的硝烟味并未散去，但人的嗅觉已捕捉不到任何踪迹，被呛鼻的麝香覆盖住了。晃荡中她瞄到了墙角两个并排直立而站的干粉灭火器，它们只是一个引子，因为红色是极其显眼的，然而真正吸引女孩注意的却是一扎手掌宽的水管，一碗口粗，每隔八十厘米便有一处连接口，从瓷砖下直穿射到天花板之上。靠近些，将耳朵贴近还能够听到潺潺水声。这有什么神奇的？极其普通，它只不过未嵌入进墙壁里罢了，想必之后一定会用复合板之类的材料包裹起来的。但在克里斯汀的世界里每一处不和谐都有可能在未来决定命运的走向甚至是生死。

“姐姐，你懂摩斯密码吗？”

莫莉愣住了，不知所措，没来由的怎会突然问起这些？但她还是点了点头。

谁先到？惊喜或是噩耗？

身为警察的秦牧希头一次感觉如此绝望，还有不到 30 秒那颗炸弹就会爆炸，而能解开所有秘密的关键人物此刻却在不停地手舞足蹈，晃动着手机寻找信号。他不自觉地跪了下来，好像断了线的风筝般被放逐了。

“该死的！”林新茗对着那部手机怒吼一声。胆小的他稍微靠后退了几步，他不断地注视着手表指针，又不断将手插入裤兜，前前后后有十几个来回，这便是典型的焦虑恐慌综合征。

绝望中所有人神经几近崩溃，忍受不了瘫倒在地。

10 点 00 分，世界该何去何从？

克里斯汀虽然变态得像个妖怪，但她从来没有否认过自己是活在一个正常的世界里的。10 点过后，会场一如既往人声鼎沸、欢声笑语，不变的是那天籁之音依然余音绕梁。演出还在继续，为什么大家都还活着？这颗炸弹哑了火？却是如此，不过也并非那样敷衍。也仅仅是在几秒钟之前，瞬息万变，所有的冲突相互交织，在各自的推理里来回穿梭，随后变为现实。

信号回来的那一瞬间，转机也发生了：

同意，交易达成。

这是克里斯汀苦苦追寻的结果。“交易达成”，简简单单的四个字保全了成千上万人的性命，保全了千穗千衣心中炙热的梦想；简简单单的四个字延续了众人新的希望，抚平了各位挣扎的绝望；也仅仅是这简简单单的四个字将会把克里斯汀推向无尽的地狱。

“我就知道会是这个结果，看来我们又多了一个小时。”

弹指间，化妆室瞬息万变，这样跌宕的剧情是莫莉怎样也想象不到的。秦牧希领头，一众人百思不得其解，将疑惑及急切寻求答案的目光射向了克里斯汀。

门外《Puzzle》的歌声依旧包容万象，每一个人的复杂情绪似乎都能从中得到别样的共鸣。

几秒的平静像是经历了几世纪。终于，火药桶被点燃，秦牧希看似温和的语气里其实已经蕴含了巨大的能量，“姑娘！女神！我们敬爱的克里斯汀，可以开始您精彩的推理了吗？”

“说实话，我对你们很失望。你们谁也没能在10点前阻止炸弹的爆炸，我不得已将引爆时间往后推移了一个小时。”

“你在说什么，妹妹？”莫莉确信自己没有听错，自己的小妹妹这是在坦白罪行吗？

“我就是断翅的紫蝴蝶，我就是你们苦苦追寻的幕后黑手。这一个小时的缓冲时间并不是没有代价的，在此之后将再无提示。”

“你的意思是之后还有炸弹？”林新茗反问道。

“是的，或许还不止一个，或许演出的落幕即是最后的终结，谁又说得清呢？”克里斯汀露出一抹似有似无的微笑，她的演技简直太逼真了，听上去是如此真实。

所有人都惊诧得目瞪口呆，林新茗挥舞在半空的臂膀僵住了，整个人都傻了，他怎么也没料到会是这样一种坦白方式。靠后的秦牧希更是惊得合不拢嘴。

“毫无疑问，你们一定认为一时瑜亮的巅峰对决不会在现实中上演……是的，自导自演永远比跟一群傻瓜玩过家家要精彩得多。”

怎么可能？林新茗和莫莉明明是听到了最让人信服的坦白语气。然而，他们却一点都不相信。

“我可以在最后几秒给出破解密码的答案；我可以丧心病狂地将嫌疑转嫁给莫莉；我也可以制造出专属于我自己的幻方。我没有跟任何人提起过，世界上只有我一个人知道答案。所以我不是紫蝴蝶那又会是谁？”

“幻方？你知道了幻方？”林新茗显然一下子还没转过脑子，前言不搭后语，“哦，对啊，你如果真是，那你肯定知道这是一个幻方密码。”

“我给它命名为克里斯汀八阶幻方。”她朝着秦牧希诡异一笑，在挑逗又像是屈服，“这是送给我自己的生日礼物，我在幻方里面变换了 17 这个数字，我想让它看起来更有意义。”

到此一切都是克里斯汀的自说自话，莫莉显然还是不能相信，她也不愿去相信这是事实。

“我不懂，你现在为什么又要……又要……”秦牧希想问的也是众人最不解的。

“我累了，我不想再玩下去了。看着你们被耍得团团转真是乐坏我了，尤其是莫莉，你可真天真，你难道看不出来我是这样一个坏女孩？哈哈哈……”

“为什么？”莫莉伤透了心。

“为什么？”克里斯汀更加深刻地刻画着这罪人的形象，“因为我嫉妒，我自私……知道我唯一没有欺骗你们的是什么吗？我喜欢千穗千衣是真的。因为爱有多深我的嫉妒就有多大，我不能忍受凡夫俗子与我共享这位女神，我要拥有她，她只属于我！”

“这就是你的答案？”莫莉眼睛已经湿润，整个眼窝红彤彤的。冷不丁、毫无征兆，上前便是一个大巴掌，打得克里斯汀一点脾气也没有。然后便哽咽着瘫坐在地。

林新茗还是怀疑，一个箭步冲到克里斯汀面前，强拉住她的手。“不对，肯定不是，你一定有什么苦衷，告诉我们，告诉我们！”

克里斯汀一把甩开，又安抚了下自己热得发烫的脸。“滚开，你很烦啊！我都说我玩够了，这一切对于我来说都没有意义了，再继续装下去没有任何好处。是的，我是欺骗了你的信任，但这就是我一开始的打算，你以为我会在乎一个在动车上面对面坐的穷酸小子！要不是我，你现在只是个坐在场下死命呐喊又只会自怨自艾的可怜虫，你还真以为自己是背负了神圣使命来保护千衣的守护神？笑死人了……”

“不会的，不会的……”林新茗哀怨的眼神始终不愿脱离克里斯汀的脸。

为什么？为什么我会如此不爽！这是秦牧希的内心独白。就连最后的坦白也要被她戏耍，也要被她玩弄？我们明明是胜利者，但为什么每个人都表现得那么落魄？这个女孩太恐怖了，她的心计太恐怖了，我们自始至终还是没能逃脱她的五指山。

林新茗找回些理智，“没有证据，你根本就是胡言乱语。”

“哈哈哈哈，笑死人了。证据？供认罪行还要证据？”

“炸弹怎么解释？密码怎么解释？”

“嗯？”

“告诉我，那颗炸弹在哪？”

克里斯汀愣住了，她一时没想好怎样回答这个问题，因为她自己也暂不知道答案。“对不起，我忘了，就这样吧！”

莫莉还蹲在地上哭。

“就这样吧！”秦牧希重复了一遍克里斯汀的话，“你在耍我吗？那你给我们争取的这一个小时时间又是为了什么？”

“呆子，你还不明白吗？这一个小时就是为了嘲讽你们的无能而准备的，我有大把时间嘲笑你们。至于炸弹，我确实忘了，我得解开密码才能想起自己设置过些什么。”

“那你就解啊，现在就解。”

“我已经不想再理会你们了，但有一点必须说明，如果你们要小聪明，在这一个小时里终止演出，那这颗炸弹就会立时爆炸。”克里斯汀那番高傲是人们对她所有怀疑的开端，同时也由此来结尾。

多么神奇的事情，他们的立场颠倒了个，现在居然是众人在努力证明克里斯汀的无辜，而克里斯汀铁了心要承担一切罪责。

莫莉猛地一起身紧抓住克里斯汀的双肩，此时此刻她的脑海浮现出的是刚刚克里斯汀为救自己奋不顾身的身影。“拿出证据来，证明给我看，证明你就是紫蝴蝶。没有证明就表示你是无辜的！”

克里斯汀有些哭笑不得的样子缓缓给了对方一个拥抱。几秒，很快就分开了。

“还记得我们一起去寻找千衣的事情吗？”

莫莉点了点头。

“那个密码暗号还有印象？”

莫莉还是点了点头。

“很好，证据就在这个暗号图里。”她从口袋里掏出一支记号笔，走向了门旁的安妮海瑟薇，在其油腻腻的胸部上写下了些什么。

Car Park/Pudong Development Bank/McDonald/Wuyi Garden Residential District/Chanel/718/Maternal and Child Health Hospital

海报被写得满满当当，然后她又用笔圈出几个单词，在关键字母上描了黑。

Park/Bank/McDonald/ Wuyi/Chanel/ 718/Hospital

翻译出来就是：P BMW C718H

“懂了吗？”

“停车场的宝马车，车牌号为 C718H。”秦牧希恍然大悟，这就是他们找到炸弹的那辆宝马车。

“第一个标识不是什么气球、棒棒糖，也不是羽毛球中心，它只是一个引申而出的停车场标志。当然，随便你们怎么理解，这个暗号指引着方向，它们确实是一个路标，但更是一个炸弹的提示，显然没有一个人看破其中的玄机，亏我还特意在会场内外遗留下数不胜数的图纸。”说罢，她便将安妮海瑟薇的一角扒开，从后面的缝隙中滑落出一张来，没错，正是一模一样的暗号。

莫莉此刻也摸索了下口袋，她之前也无意中找到过，留在被扣得死死的外套左兜里。不过，这一时刻，她并没有在意那个扣子已然松开了。

“我们之中第一个找到炸弹线索的人居然是千衣。”造化弄人，一切都是在那样看似不合理中迎来了不可否认的答案。

克里斯汀从自己兜里掏出那个小玩意儿，宝马三系小轿车别致的钥匙显现在众人面前。没错，这就是各位期待的证据，胜负终于见分晓，真相也明了了。

这个钥匙的突然出现让克里斯汀明白，体操中心看不见的恶魔终于露出了狐狸尾巴。她欣慰一笑，只一瞬，谁都没察觉到。

这个交易看似是断翅的紫蝴蝶全胜，将警方的注意力再次转移到克里斯汀身上。其实不然，因为我们可爱又聪明的金发小姑娘找到了突破口，就差一点便能揪出背后的人了。

“好吧，我认输了……”事实上秦牧希是大获全胜了，“不得不赞叹，你确实是位不可一世的天才，百年难遇、千年难寻。”

林新茗一把夺来克里斯汀手中的钥匙，他要做最后的确认，虽然知道这是毫无意义的垂死挣扎但他还保留着一丝对事件反转的奇迹幻想。

莫莉已无言以对，门外，《Puzzle》早已结束，转而是一首更加激情，更加澎湃动感的歌曲《Touch Me》。大概千衣正经历着同样意想不到的惊吓。她是怎么做到的？在全场嘈杂无序、听不清和音与伴奏的情况下，她是怎么做到的，将歌曲唱得如此传神！

第29章

与此同时，舞台上以及舞台下的导演室。

作为舞台导演，稻垣一树最担心的是什么？是编排的程序，如果程序一乱，演出就无法正常进行。其次是歌手的耳麦歌曲程序，如果里面出现乱序、杂音或者空白，那无异于盲眼抓瞎，对不准音调、唱不全音色、受音轨的牵制那演出就完了，千衣一定会崩溃的。这是一个毁灭性的打击，成熟的歌手或许能够把控，一首歌听不出来，但若是一整场演唱会……可想而知！

稻垣一树的担忧变为了现实，他狠狠抽了自己一个耳光。

“见鬼，是谁在搞这种恶作剧？”

他手脚利索地摘下耳机，转而面向另一侧稍显宽敞的桌台上，那里只有一台笔记本电脑，他打开了一个文件，同时又按下了被放置在地上的打印机开关，A4 纸源源不断地从细小窄缝里翻出。稻垣一树浑身湿漉漉，不禁哆嗦起来。

“音轨程序和耳麦歌曲程序被人破坏了！见鬼，这是我最忌讳的，也是最不愿面对的灾难局面。”他自言自语着。《Puzzle》的调子响起，这是一首长歌，等它结束，完好无损的程序也仅到此为止了。

稻垣一树停下了手中的操作，回到主屏幕前，找准了时机在上一首歌刚刚结束的一刹那，立即掐掉了千衣的耳机音轨程序。现在，歌手的耳朵里已经没有“声响”了。从主屏幕上能清晰地看出她愣神的一瞬间。

“千衣，听得见吗？”稻垣一树重新戴起耳机，他已然将自己的话筒连接到歌手的耳机上。

非常成熟的表现,《Touch Me》的前奏还有几秒，千衣异常淡定地点了点头。

看着画面一树欣喜若狂。置身其中，他身体里的每一个兴奋点都被调动起来，他在心里默默地给千衣加油。

“接下来的歌曲音乐程序出现故障，你能在没有音轨辅助的情况下唱完吗？”稻垣一树眼都不敢眨一下，生怕错过了千衣传来的信号。

千衣有些犹豫，看得出她很纠结。最终，她还是坚定地点了点头，找准了面前的摄影机咧嘴一笑。

“很好，和音与乐队成员们一切正常，你跟着他们的节奏走就对了。”

前奏临近结尾，她该起第一个调子了，就当是在KTV里狂吼一嗓子了吧！

稻垣一树抓紧最后的时机补充说明道：“还有两首，我会想办法修复。”

屏幕上千衣已经舞动起来。稻垣一树摘下耳机，关闭麦克风。

恰在此时，导演室来了两位不速之客。

“你好，我们是该叫你稻垣一树呢，还是La barba？”

来人正是郑百林和藏矢川。后者举着一本厚厚的字典，不怀好意地奸笑着。

“我一直很好奇，赵风陵为什么要给你取这么一个蹩脚的外号呢？其实答案一直在我们眼皮子底下，就是这本意大利语字典。La barba在意语里指的就是小胡子。没错，稻垣一树，你那一撮性感的小胡子就是最好的证据。”

“快说，你和赵风陵之间到底有什么秘密？他人又去哪儿了？”

稻垣一树显然没工夫理会这对不速之客的发难，反而，他从来人身上看到了希望，将他们当成了救命稻草。

几十页纸打完，上面密密麻麻写满了代码。他先是翻看到一沓文件的最末几页，在其中的几页中用签字笔标记，然后全部塞给了来人。“将这些交给莫莉，标记的她一看就明白了，告诉她这几首歌的音轨受损。”

“受损？”郑百林一知半解，犟脾气上来了，正欲发飙，没想到对方更不是个省油的灯。

“我没时间解释清楚，最后几首歌的耳机音乐程序被人破坏了，不仅如此，舞台灯光程序也是。莫莉是个拥有绝对乐感的天才少女，她一定能帮上忙的，我们这音乐才华最突出的就是她了。我负责灯光程序的修复，她来负责音轨，我们还有一首歌的时间。警官们，只要你们帮我渡过这道难关，我会知无不言言无不尽。”

郑百林与藏矢川面面相觑，他们相信了这个日本人，前者紧急前往化妆室传达消息，后者则留了下来。

藏矢川走出导演室向舞台入口处靠近了几步，穿越过耀眼的光束，他找准了舞台中那娇小的影子。没有人看出端倪，没有人体验得到她的艰辛，藏矢川油然而生一种敬佩感。这个夜晚是一个创造传奇、抒写佳话的夜晚；这个夜晚终究有人不平凡！

第30章

10点05分，化妆室恢复平静，秦牧希和江伟强追着林新茗奔了出去，他们似乎忘了最关键的犯人——克里斯汀。后者则一脸的镇定，坐在沙发上看着莫莉啼哭。然而意想不到的是，这里紧接着又将变成另一个罗生门。

敞开的大门，脚步声越来越近，像踢踏舞者铿锵有力没有丝毫犹豫，听得出人的目的性非常明确，深吸一口气后仿佛能听到女人低沉的咆哮了。

是清水由美子。她似乎在躲避着什么，战战兢兢的，身后有魔鬼在追赶。

直觉告诉女孩们化妆师有天大的秘密将要透露。

“怎么了，由美子姐姐？我的妈妈呢？”

莫莉的疑问被由美子无情地打断，这位化妆师丢了魂，她紧紧地依靠在门上，死死地握着门闩。

门里门外，精彩的剧情正在上演。

嘭的一声，化妆室的大门被粗暴地踹开，由美子瘦小的身板抵不住这冲击，被重重地震出老远。

克里斯汀与莫莉吓了一跳，从门后跳出一个熟悉的身影。那是刘一轩，特种部队里的精英狙击手。

“快说，你为什么要逃？你把樱井茜怎么了？”

这个强悍的男人似乎已经失去了理智，一拳头正要伺候到由美子脸上，克里斯汀见势不妙，出其不意地给他下了一个黑脚。一招猛击将刘一轩先打晕了。

清水由美子一定知道些什么。这是克里斯汀心里坚持的观点，所以，她要制止刘一轩的暴力。

一会儿工夫，由美子恢复了正常，柠檬水里的毒药似乎还不能令其发声。她只得找来纸笔，匆匆写下一些遭遇。

原来，在樱井茜带清水去医院的路途中，由于害怕，由美子趁其不备，偷袭了她。而后，在逃窜的过程中，刘一轩找到了由美子。特种兵原本的任务是去医院找莫莉，不承想撞见了这个麻烦事。刘一轩见其行色慌张，料想会有阴谋，这才一路追寻过来。

“由美子姐姐，你在害怕什么？为什么要偷袭我妈妈？”莫莉不解。

克里斯汀皱起了眉头，她似乎明白了由美子的恐惧。

化妆师一个大跨步径直冲向了化妆台，她揭开了那块用于遮挡的白布，顿时目瞪口呆。

“你知道这里有问题？”

她点了点头。

“你也知道那瓶柠檬水里有毒？”

同样点了点头。

“我的天啊！这些杀机果真是冲千衣来的，那幕后的犯人究竟是谁呢？”

傻傻的莫莉并不知道这真相对于她来说是多么的残酷。

“到底是谁我也想知道！”

门外，郑百林如鬼魅的声音突然传来，吓了三个女孩一跳。

“你是？”

“克里斯汀，有幸一见，我就是让你吃了大苦头的郑百林。”

“公安局的副局长！临时危机小组的总指挥！”克里斯汀感叹一句，她对这个人可没什么好印象，可以说是恨得牙痒痒。

一听公安局副局长这个身份，由美子有些胆怯了。她还抱有一丝幻想，即便说出真相也不能让中国警察插手。于是，她收起了纸笔，决定将这个秘密暂时保存在心里。

“嘿，莫莉，你的小胡子叔叔找你。”郑百林将那沓文件随手一扔，言简意赅地讲述了一遍目前的状况。

莫莉明白缘由后急得直跺脚，说什么在这里是最有音乐天赋的少女，她自己都感觉无地自容。显然她根本一点办法也没有。

郑百林表露出自己极不专业的意见。“耳机里的音轨被破坏，歌还不是照样唱，会有什么区别？正所谓船到桥头自然直，你们的技术员不是在尝试修复吗？”

莫莉有些哭笑不得，她不想与其争辩，耳听着《Touch Me》接近尾声，她真的是无能为力了。

由美子静悄悄地上前安抚，将她搀扶进化妆台前的转椅里。坐下的一瞬间，莫莉忽然感觉屁股上一阵刺痛，转念一想，这是残留下未收拾干净的玻璃碴子。她克制住了自己，表现没有太过激烈，不过这一出波澜不惊的小插曲还是没能瞒过由美子。化妆师看了看眼前正对着的空洞复合板，又望了望两旁稍小些的圆镜，她明白受罪的是莫莉她们，而非千衣。

这时，克里斯汀来到由美子一侧，在其耳边低语了几句。由美子一听，眼珠子都快瞪出来了，摆出一副难以置信的惊恐状。

“……所以，现在只有我们能拯救她了！”

由美子在心里思考着，她必须将真相道出来，她知道的情报可以帮助克里斯汀。于是，她动了动嘴唇，没想到这下意识的举动居然收到了奇效。

克里斯汀居然懂得唇语，她们之间的交流不再受到限制。

一恍惚，似乎还有什么重要情报，清水由美子嘴巴一开一合，她在讲述的是三楼那个小黑屋里的事。

另一头，郑百林的脸在抽搐，令所有人都意想不到的是，他居然也懂唇语。没错，无论是中文还是日语。

“哼，原来赵风陵这小子在那里。”他一脚踢醒趴在地上“睡大觉”的刘一轩。很快，来无影去无踪的郑百林悄无声息地从这个化妆间里消失了。

莫莉收拾好心情，现在不是让她沉浸在无限悲伤中的时候，一切豁然开朗了，自己也豁然开朗了。她知道该怎么去挽救舞台上千衣渐行渐远的无奈与恐慌了。

清水由美子接管了化妆室，虽然还不能说话，但这不影响她的本职工作。

许久不见的微笑回到克里斯汀的脸上，她知道该用什么方法去拯救那个对自己以及莫莉来说都无比重要的人了，终于有顺心的事情了。她看着眼前这位并不算漂亮的日本人，一个阴谋正酝酿成型。

“由美子，快，我们没有多少时间了！说不定，此刻她正在会场里徘徊，我们得叫醒她……哦，不，我们得‘杀死’她！”克里斯汀将门锁上，然后冲进了化妆台前的转椅里。

“这是什么？”无意间，她很少忽略掉重要的线索，不过也会立即想起台前的那一沓文件来自何方。

事物都是在无限的循环中来到那个最需要它的人手里的，这份文件就是个典型的例子。它的到来要感谢那个在灯泡里放置火药的怪胎。克里斯汀意识到，八阶幻方里的密码与这个代码台本有着千丝万缕的联系。

她翻看了第一页：

L-B1-24 0:00-4:14 5S/7S

L-A2 L-A3 0:24-0:44 1:24-1:44 2:24-2:44 3:24-4:14

L-C1-12 0:00-0:24 0:44-1:24 1:44-2:24 2:44-4:14

L-D1-24 0:00-4:14 0.54S

L-E1-4 0:00-4:14

L-G1-10 0:00-4:14 0.3S

L-F1 4:14-5:10

L-A1 5:10-7:23

L-B1-12 5:10-7:23 5S

L-B13-24 5:10-7:23 0.7S

L-C1-12 5:10-7:23 1S

L-D1-24 5:10-5:20 5:30-5:40 5:50-6:00 6:10-6:20 6:30-6:40 6:50-7:00 7:00-7:23 1S

L-E1 L-E4 7:00-7:23

L-G1-10 5:10-7:23 0.3S

L-A1 7:23-7:38

L-G1-10 7:23-7:38 0.3S

L-C1-12 L-D1-24 7:38-8:00 8:30-9:30 9:30-10:00 10:30-10:49

L-A1 7:38-10:49

L-G1-10 7:38-10:49 0.4S

L-A1 10:49-14:03

L-B1-24 L-E1-4 10:49-14:03 10S/15S 2S/3S

着

L-A1 14:03-14:12

L-A1 14:12-17:01 0.1S

L-B1-24 14:12-14:22 14:32-14:42 14:52-15:02 15:12-15:22 15:32-15:42 15:52-16:02 16:12-16:22 16:32-16:42 16:52-17:01

L-C1-6 14:12-17:01 3S L-C7-12 14:12-17:01 2S

L-D1-24 14:12-17:01

L-F1 17:01-17:14

L-E1-4 17:01-20:24

L-F1 17:01-20:24

L-A2 LA3 17:01-20:24 6S

L-A1 20:24-20:27

L-A1 20:27-24:13

…………

她在寻找一个规律，一个只属于这场演出特有的规律，而这个规律正是断翅的紫蝴蝶想要她知道的。

舞台之上，聪明的千衣拖延着，重复着副歌部分，欢快激情地跟观众互动着，是舍不得也是在为场下的一树等人争取时间。她真想多会一些中文，哪怕是一些简单表达心情的语句。

她开始走向T台正前方，之前一直都是在主舞台区域唱歌的，吊顶的追光灯跟随着她的脚步缓慢移动着，同时跟随而来的还有后面的舞蹈演员。她越是深入歌迷之中，底下的人潮越是疯狂。歌迷们进入了忘我境界。

终于,《Touch Me》还是迎来了收尾。

耳机里没有声响。千衣自我感觉良好，刚那一首耗费了相当多气力，接下来或许有些力不从心，但也只有一首了，唱完它就能下去喘气了。

乐队的鼓手着急着起了调子，吉他手也上前一步将电动混音推向高潮，和音姐姐们用假声拉长了一个音，是在为气氛推波助澜。然后，电子琴、贝斯跟了上来。

就等千衣了!

千衣呢?她还傻笑着，哦不，更准确地说是一种呆笑，是那种标志性的天然萌神情。其实她的内心是崩溃的。

正当不知所措间，耳机里传来了悠扬的琴音，区别于现场的喧哗与浮躁，那种淡淡的清香散发出无限魄力。这是钢琴，调子完美地契合在节奏里。随即，莫莉淘气的声音从一端传来，挽救歌手于水火之间。

“One,tow…one,tow…风にまかせた心の居场所……”她已经唱了起来。

千衣满心的喜悦转化为无限的动力，一曲终了，谁都听得出这首歌的超凡脱俗之处，因为其中夹杂了莫莉强烈的愿望，那份感情、那些酸甜苦辣恰到好处地传递到了。

千衣轻抚罗裙，点地屈膝，深鞠一躬退下了舞台。

第31章

时间不早了，商家店铺都歇业打烊了。路被封了，冥冥之中像是上天的恶作剧，一整条街全部黯淡了下来。

樱井茜放缓了脚步，月光照耀下的积水处反射在女人眼前刻画出中江的脸。这个恶魔如影随形，真是阴魂不散。

“你为什么会在这？”

“我一直伴随你左右……”

“你选择守护，我选择毁灭！”

这个声音其实非常动听，没错，樱井茜仿佛回忆起那个即将消逝在心灵深处的美妙感觉了，那是一个空灵的呼唤。她的脑海漂浮出一个念头，如果当时自己没有坚强地活下去便也不会有中江的存在了。是谁？谁是那个她怎样也抛舍不下的存在？答案已经不重要。

“你选择守护，我选择毁灭！”

她逐渐意识到中江是一个虚幻……

与此同时，会场里。

赵风陵一个劲地摩擦着双手，身体冰冷，血液几乎快要凝固了。他心有余悸，他很怕见到稻垣一树。于是又一次翻看起那条短信。

“寻找游荡着的人……”

有些捉摸不透，他在三楼靠近舞台的玻璃窗后站了好久，但满鼻腔的尘埃让他感觉很不好受。额头的血渍已经泛黑，衬衫也松垮了许多。从这个角度望去他是全场唯一一个注意到后台发生异样变动的观众，他突然预感到什么。

千衣的这首歌唱完灯光紧接着就暗淡了下来。舞台入口处的众人神情紧张，台上的演员及乐队成员还没退下就已经开始窃窃私语了。这些身影全在赵风陵的眼里晃动。然后最令他吃惊的是稻垣一树一副歇斯底里的狂暴模样，疯狂地挥舞着双臂，活像一个滑稽的小丑。听不到声音但能猜出个一二，意识告诉他机会来了，他有些迫不及待，蹑手蹑脚向楼下挪动。

西侧，底下异常安静。他首先弯腰躲进阶梯拐角口的内侧栏杆里，瞪大了双眼、竖直了耳朵，一分钟，两分钟，没有任何动静。他有些怀疑这是一个圈套，不过细一想除了稻垣一树谁还会留意自己，于是他又下到二楼阶梯的拐角口。通过楼梯之间的缝隙，他瞧见了自己被撂倒的地方。现在能够听见些声响了，是一些工作人员的谈笑风生。奇怪，他内心最直接的感觉，没有一丝一毫遇见危机时的紧张感，难道刚刚在上面看到的画面全是假象？越想越害怕，越害怕他越是手足无措。忽然，背后一扇门打开时的撞击声吓得他差点儿哭爹喊娘。

这时，一个着装华美、姿态端庄的女子从门内走出。

赵风陵就站在走廊的正中央，然而出乎意料的是那个女子完全没有转身的意思。静悄悄地站在门外一动不动，两手摆于小腹之上，抬头挺胸，清了一下嗓子。

赵风陵有了时间缓神，他第一反应并不是退回到往三楼的阶梯后，他发现一个更好的去处。斜对角的一个房间门未关，扯出一条缝，里面黑黢黢的，显然是个藏身之处。

就在化妆室的门打开不久后，一个可疑的身影从铁制扶梯处一闪而过，晃动的影子里只看到一缕长发飞扬落下。赵风陵并不确定，隐约是樱井茜的身影。

非常可疑，这是唱的哪一出？

正中央，女子背后的门合上了，但她还是原地不动，不着急，她在等待着。待两侧的动静平息之后她会心地露出一丝微笑，然后迈开了步伐向西侧缓缓前行。

虽然门缝只有几毫米但赵风陵还是清晰地看到了那张清秀的脸——千穗千衣。

千衣走得异常的慢，在阶梯口还刻意停顿了下。

一众人拖着疲惫的身体走了下来。千衣谁都没有理会，径直朝向站在最后边角上的莫莉走去。后者单臂下垂，右手紧握肘关节，憔悴的面容像是经历了地狱烈火的锤炼一般全是沧桑。

“谢谢！”就只有这两个字，再多余的感激都不及这简简单单的两字。千衣缓缓抬起左手，汗渍将掌心湿润，里面全是温暖，与莫莉冰冷的脸重合的一瞬，莫莉撞进千衣的怀抱里。

不明真相的众人被这温暖的一幕感动了。稻垣一树上前用极低沉却又带些小兴奋的语气说了一句，“所有障碍都已被清除。”

千衣点了一下头，不需要解释，没有理由，径直朝化妆室的方向去了。

“不对？”

赵风陵已经冲了出来，如猎豹一般，但在扑向猎物的一瞬他突然意识到其中的蹊跷。没错，这就是所谓疯狂歌迷的疯狂行径。

这是一个时间上的逻辑问题。当赵风陵还在三楼的时候，也就是三四分钟之前，千衣刚刚退下舞台，这里的女子是谁？按道理，千衣应该刚进化妆室才对。

那么，眼前的女子是谁?

赵风陵愣神的一秒又回忆起门缝里的那个侧脸，确实，一点都没错，是千衣。

伸出的手已经收不回来，正如箭在弦上不得不发。他已然抓住了女子的肩膀，后者没有被惊吓住，仿佛早有预料一般，可当她转身瞧见这个微胖的面容时又诧异了。

“怎么回事？为什么是你？”两个人异口同声。

虽然像，但细一瞧还是能清晰地分辨出来的。

时间暂且停滞在这一刻，来到另一侧，千衣从东侧而来朝化妆室走去。

千衣回来了？哦，不，千衣刚出去!

太不可思议了，赵风陵被眼前的景象给惊呆了。为什么会有如此相像的两个人?

真相是什么?

时间回到十分钟之前的化妆室。

克里斯汀的左右手掌握着全场上万人的命运，不过她万万没想到这两件东西居然有着千丝万缕的联系。

由美子从花包里取出一朵芍药花，红叶黄腰，甚是妖艳，将其插入稍微渲染的发丝中。

此刻，克里斯汀关注起自己的烟熏妆来。抛开一切烦恼不谈，这副妆容着实惊艳到她自己了，她甚至不敢相信这是属于自己的脸。轮廓在粉底的涂抹下有了变形，眼睛没多做处理，因为一直很像，假睫毛的上翘给人一种错觉，凸显出额头的饱满，额中三点红晕象征着什么，那不仅仅是装饰下的美丽，更是神圣不容侵犯的庄严。

金发变成了棕发，克里斯汀又翻看起手机，信号虽然很弱但电量充足，遂又安心地将其别入胸间。

一番神奇的变装完成，由美子将台前灯灭掉，又调暗了室内的光亮度，侧面、背面与正前，怎样看都是年轻了十岁的千衣。

“你的化妆术加上我的用心表演可以瞒过她，还不够精彩吗？大家可都被我骗了呢，再骗一条大鱼上钩也不是问题，或许还有意外收获呢。”

由美子的嘴唇动了起来，这一次克里斯汀没看懂。有时候敷衍也是不错的避免尴尬的方法。

“我总感觉这份文件会提供意想不到的帮助，如果，我是说如果，我在11点前没有回来，请将其交给莫莉，她会帮我找到答案的。”

说罢克里斯汀便转身走出。此时的会场安静了下来，是时候隐匿踪迹了。

门外，克里斯汀屏气凝神正对着墙壁，她能清晰地感应到东西两侧的异动。这一点让她有些困惑，或许是太想赢得这次对决，有了杂念便犹豫起来。

“左边还是右边？”

她心里很明白，踏出第一步就不能回头，踏错了就会前功尽弃。

西侧的一扇门开了又合，她感觉到了，同样地，东侧的注视目光有了迷离。她做了决定，向西。在进入楼梯口的拐角处她停顿了下，眼不斜视，但能感受到后侧门缝里那副贪婪的嘴脸。这不是她想要钓出来的大鱼，这是一个意外收获。

说时迟那时快，赵风陵一个猛冲，房门被他的膝盖顶开，又像蜘蛛侠的飞檐走壁，连紧身的衬衣都那样应景。

这里的灯光相较于身后的走廊要亮了不少。转身的一瞬她还在担心能否骗过来人，不过这个担心有些多余了。

“怎么回事？为什么是你？”

两个人相视一秒，很快拉开了距离。

克里斯汀有些慌张了，她下意识眼神撇到走廊最东侧，那里传来了骚动，真正的千衣要回来了，演员们会挤满这个走廊的。

赵风陵同样不知所措，他觉得自己就是一个傻子。哦，不，他真的神志不清了。也不管眼前的女人到底是谁，再一次饿狼扑食般冲了上去。

赵风陵的冲动倒是化解了女孩一时的不适。没得说，在脱离廊道的拐角外、阶梯前，一顿猛揍。克里斯汀抄底的一拳直击中赵风陵的侧腹，紧接着，一个手刀，瞬间劈在喉结上，力道适中，没有造成人命也没有致其昏迷，只不过让他的呼吸不再那么顺畅罢了。

“我……”之后的那个脏字还没出来赵风陵便已跪倒在地了。

女孩正要给他最后一击，后者举起双手以示求饶。

“除了骚扰千衣，你还有什么邪恶计划？”

赵风陵痛苦地摇着头，双手已经捂紧了喉咙。他也不傻，不做出些实质性的举动难免遭殃。可……怎样的举动能助他化险为夷呢？忽然，他意识到之前在顶层收到的短信或许能转移注意力。于是又拼命地摸索。

“寻找游荡的人。”

赵风陵不明其意，克里斯汀也是一头雾水。

她恶狠狠地朝着赵风陵低吼道：“现在你看清楚了吗？这就是你最喜爱的千衣，你认为她会像我一样那么‘温柔’地对待你？别把人家的善良当作你可以肆无忌惮、放纵无度的借口。”

“对不起……”赵风陵真是怕了。

“想要将功补过吗？”克里斯汀的神色有了变化，逐渐柔和下来。

赵风陵一愣，一脸茫然，但还是点了点头。

“我听说你是个计算机高手，黑客？先不谈断翅的紫蝴蝶怎么处置你，外面有一大帮警察，那个公安局副局长更是对你不友善，逮着你有你好受的。”

不管好坏赵风陵都一个劲地点头。

“别动，听我说完。附耳过来……”

一阵耳语，赵风陵的面部表情由惊慌转变为不解，然后是无奈，随后而至的是欲哭无泪。

“听明白了吗？”

“可是，我不明白你是怎么知道这么多的？”

克里斯汀故作神秘：“我去过你的房间，我看过你的秘密！”

走廊上已经没了嘈杂，演员们都钻进了各自的休息室。一时间，这里又空荡了起来。

三楼向下的阶梯口，一个黑影一闪而过，他瞧见了这一幕。这个黑影就是郑百林，身后还跟着刘一轩这个跟屁虫。郑百林从清水由美子的唇语中得知赵风陵的踪迹，但令他意想不到的是，这个小子居然跑了。他不想打草惊蛇，至少现在还不是时候。

“走吧，我们的目标是赵风陵……”两人起身，从三楼另一端下了阶梯，出了会场。

同样地，克里斯汀放走了赵风陵，后者一溜烟奔下了楼梯，冲出了会场。

“可悲的人，如果不要这些小聪明，他或许能安安稳稳地看一场演唱会。到头来被自己的自私耽误掉，又陷入如此深渊之中。”克里斯汀发出一声感慨。

樱井茜从躲藏的门缝里钻出，由东向西，面露狰狞，径直朝远处走去。一个冷不丁，她又附身进侧边的盆栽里，绿油油的假植物遮去了她大半个身子，她的心思全在顶头的动静上。

“千衣！”

进入正题，好戏的高潮这才到来。

声音很近了，克里斯汀背对着不慌不忙地站定，她能感觉这只有几步远的距离。音色还是那个熟悉的感觉，但语气的蔑视感始终提醒着克里斯汀她不是樱井茜。

这就是她想要钓上来的大鱼。

“我该叫你中江？”

她稍微仰起头观察了一下灯光，在这里她的伪装有可能会被揭穿。刚刚就被赵风陵识破了，如何骗过这位跟千衣朝夕相处了十年的经纪人呢？

身后的魔鬼哈哈大笑起来，其中夹杂着贪婪与厌恶。

人在恍惚意识里徘徊是分不清现实与幻境之间的区别的，幸运的是樱井茜正处于这一状况。克里斯汀用手在脸颊旁扇了扇风，一抹淡淡的清香飘向中江。克里斯汀也不知道这管不管用，稍微侧了脸用余光瞄到对方的位置。心里在计算着身高、距离、视线角度等细节。她要干什么？她故意将音量调高八度，努力模仿千衣的声音大叫一声。

“茜！”

后者被这一声震慑住，来不及反应，慌张中先是想要上前，而后又停住了动作不知所措起来。

扇风的手转移到距她身体最远的侧前上方做响指状，待后者的注意随即而来时敲响了清脆的指骨。然后瞬时放下，失去目光焦点的中江被一束幽暗的光刺痛视神经。这些全在计算中，克里斯汀恰到好处地运用了走廊尽头那略微亮闪的顶灯。

没错，可以骗过……这是克里斯汀的催眠术。

“你对我做了什么。”

克里斯汀这才不紧不慢地转过身来。

“中江，我的歌还未唱完呢。”

“千穗千衣！千穗千衣！”

“我给你带来了苦难？”

“是的。”

“我对你做过些什么吗？”

“没有。”

“那你为什么这样恨我？”

对方开始一步一步逼近。完全变身成千衣的克里斯汀也按照频率后退着。

“我恨你是因为你夺走了我的丈夫。”

“他不是我夺走的。”

“当然是你夺走的。他被你蛊惑，他爱你到不能自拔，他甚至为你自缢而亡。”

“那都是他的一厢情愿。”

“这个理由不能开脱你的罪恶。”

事到如今，怨念有了源头，昭然若揭。正所谓自古红颜多薄命，一笑倾城便是罪。人若是完美到一定程度便会成为罪恶的根源。正常的逻辑已经无法束缚中江扭曲的思想了。

“所以你要杀了我吗？为他报仇！”

“是的，我恨你，我所做的一切都是要你身败名裂。”

“我可以遂你心愿，但最后我还想明白一件事情。”这时，克里斯汀不再后退，反而迎面上前。相对而言，这一步已然使两人面贴面了，“到底是中江想要杀我，还是樱井茜想要杀我？”

不过，克里斯汀做错了一件事情，她不该靠得这么近。她是没理由主动动手的，现在异常被动。中江已然掐紧了她的脖子，那股劲很大。

两人扭打在一起，中江趴在克里斯汀身上，嘴里还不停地呼喊着千穗千衣这个名字。

倒地时的冲击让克里斯汀很不好受，小腿胫骨似有千斤重压迫得动弹不得。她得缓一缓气，但不像早前在休息室内的冲突，这次没有人情味在里面。

爱由心生，却又因爱生恨。现实中的极端就摆在面前，中江对丈夫的爱越浓烈这番激斗也就越激烈，樱井茜对千衣的爱越浓烈中江便对千衣的恨就越入骨髓。

克里斯汀终于找回一些主动，她推开了发疯的中江。接下来只要使出一记重击便能化险为夷，无奈，那一拳头刚到面门前却突然停住了。

“怎么可能，我怎么可能下得去手！”

“中江”可管不了那么多，随即一拳回报在她小腹上，紧接着又一拳打得她一点脾气都没有。克里斯汀只能节节败退。

最后，“中江”又骑在克里斯汀的身上，拳头已然落下，这一次击打部位换成了面部。

“怎么可能忍心去伤害你，你知道吗，我多么希望喊你一声妈妈！”

瞬时，拳头停了下来。

但恶魔终究是恶魔，“中江”最终还是下了狠手。

按道理，一拳并不能将克里斯汀击垮，但饥饿给她身体造成的虚弱远远超乎想象。她昏厥了过去。

“中江”爬起身，自上而下作为一个胜利者俯视着她自认为是的千衣。“我只是想让你还给我，我的挚爱，可那已经不现实了。”

弥留之际，克里斯汀的嘴唇还动了几下，她要说些什么，终究还是没有说出来。

她要表达什么？如果中江想要杀死千衣，她就不会将细针嵌入钢琴的高音区了；如果中江想要杀死千衣，她在柠檬水里撒下的便是剧毒了；如果中江想要杀死千衣，化妆间的灯泡便会成为真正的炸弹了。如果……没有那么多如果，事实是她真的想要千衣去为丈夫陪葬。但这个身躯里终究还住着那个最爱千衣的樱井茜。

身处冰冷地下室的女人已经身败名裂，终结在无尽的深渊里了。作为第二个人格存在的“中江”把克里斯汀背进了这里，她明白，演出会就此中断，千衣会让场下上万歌迷失望，她将身败名裂。

一楼，樱井茜绷紧的神经逐渐放松下来，气色着实恢复不少，哼起了小曲，这是她最后所能做到的一切了。

老远，莫莉那忧郁的眼神望向了这里。

时间一分一秒流逝，27号倒数第二个钟头已经过去一半，化妆室的门再一次打开了，这一次走出的千衣看起来有些成熟，这一套礼服是一件暗色系的裹胸吊带裙，配搭上头饰的簪花，这是比较特殊的地方，也是有意而为之的变化。与 5 分钟之前一模一样，真正的千衣稳住脚步正面对着墙壁低头沉思着，双手置于小腹之上，三四秒后，她转移了方向，内心有些悸动，深吸一口气，迈开一步又停下，皱了皱眉又走出一步。

周遭环境有些奇妙，这是一股奇怪又诡异的感觉，静悄悄的，却又能深切地感受到来自四面八方的注视。这些注视在瞧不见的黑暗里如饥饿的野狼，又如高原雄鹰锁定了弱小的仓鼠，千衣脊背发凉。

在加快步伐的一瞬间心又怔了一下，她听见了从背后传来的开门声，回身一瞧，空无一人，所有的房门都紧闭着。

千衣感觉自己有些紧张过度了，这是今晚第一次出现这种状况。看到由美子让她心生喜悦，但后者神秘的态度却又让人惶惶不安。现在想想她终于知道问题出在哪儿了，声音，聪明的千衣通过联想猜到了由美子的苦楚，同时她也明了了这些祸害的根源，没错，就是自己。

她有些眩晕，身体不知不觉中失去了重心，眼前一片昏暗，急忙靠扶在墙壁上。喘一口气后手指触摸到凹凸有致的刮痕，一指宽的白壁上刻出了几个符号。她在心里默读着，BMWC718H，那些看似毫无章法可循的暗号忽然在其脑海里谱写出激昂猛烈的奏鸣曲。

“莫莉、由美子、一树、茜，还有克里斯汀……”

接下来她该如何面对，忧郁的眼神迷离了。是就此沉沦还是不负众人的期待？答案直到拐角口都是那样模棱两可，然而阶梯前的豁然开朗让她终于不再迷茫，是的，内心所有的不安与彷徨已然淹没在动人的笑容之后。

无须任何话语，千衣收拾起心情，铿锵有力，直到最后一个音符休止前她都不会再被凡尘俗事所干扰。

舞台前。

莫莉老远就看到了母亲。

樱井茜的精神状态好了许多，她哼起小曲，步伐也不沉重了。

“有什么好事发生了吗？”莫莉挡在了她面前，然而她完全感觉不到母亲的气息。

“是啊！”她上前抱住了女儿，“她终于不再那样光鲜，她终于要为此付出代价。我的使命已经完成！”

“妈妈？”莫莉被勒得有些紧，快喘不过气来了，“你在说什么？”

“她为什么总是这样完美，找不到一丝瑕疵？”

“你在说千衣？”

“世界上没有完美无缺的人，她的罪恶就是太……”

此时，歌声再次响起。

樱井茜愣住了，她放开了女儿赶忙冲到舞台入口处，那个耀眼的身影正好转过身来，两人四目相对。最终樱井茜被她那一抹若即若离的笑给震慑了，她整个人崩溃了。

“怎么可能，为什么？为什么她还会在这里？”

莫莉浑身颤抖，她终于明白了母亲所要表达的含义。“为什么会是你？你根本就不是我的母亲，你到底是谁？”

樱井茜缓慢转过扭曲的脸，那副模样属于中江，没错，一直存在于体操中心的恶魔就是她。

比任何人都要崩溃的是莫莉，她眼睁睁地看着对方昏厥在地却一点感觉都没有。

第32章

克里斯汀头昏脑涨，刚恢复意识便连打了三个喷嚏。寒冷再一次袭来，区别于之前，这并不是湿冷。她抚摸了一下小腹，忽然那股本就存在的疼痛更变本加厉了，这个部位是今天第二次受创，已经紫了一片。她解开了礼服的束带，稍微能喘一口气，但又打了一个大喷嚏。

周围一片漆黑。

腹部的疼痛如果能让她忘却寒冷，那小腿胫骨上的疼就能让她克服恐惧。她试着站起身但没有成功。缓过劲后她又尝试了一遍，这次成功了，但必须扶在墙壁上。

这里的墙壁粗糙、凹凸不平，一块一块的板砖清晰可触。这是个毛坯房。此时，脚下不知被何物给绊了一下，膝盖上又增添了一道伤口，她能感觉到热血流进脚踝。

顶上传来的微弱歌声让她意识到自己还在会场里，这里大概是体操中心的地下室，忽然她明白了自己受困的方位，因为她触摸到了那冰冷的排水管道。这里已经到墙角了，同样突出没有嵌入墙壁里的管道，就是从这里延伸到会场每一个浴室、洗手间的。

克里斯汀感受到一丝光亮，来自相对遥远的另一侧，她低头一瞧，礼服已经花白。石灰粉侵占了她每一寸暴露的肌肤。她的呼吸渐渐微弱，她的使命尚未完成。水声潺潺似催眠曲，催着她已经疲惫的精神和身体。“不行，不能在这里睡着，我会死在这里的。”

内心的那些复杂情感涌了上来，真相是如此的绝望。本来她是可以阻止这一切发生的，就在晚春的伊豆——那个她选择拒绝的时刻。就如同蝴蝶效应，她扇动的一次翅膀终究引起了一场风暴。

说起蝴蝶，她的思绪转移到那些炸弹上来，之前的推理是正确的，这只紫蝴蝶扇动而起的可不仅仅是一场狂风骤雨那么简单。

“我还不能放弃，我做的每一个决定，表演出的每一个浮夸动作，都将给她内心留下不可磨灭的阴影。莫莉，姐姐，如果我在这儿放弃了，她的一生就毁了。”

克里斯汀提起一丝微弱的力气用头撞击了一下水管，像是有灵性，顺流向上的震动传来了回音。胸口有些闷，此时她才意识到自己带来了怎样的好东西，小手机就被她藏在乳沟之间。一刹那，黑暗中的光亮带来了无限的希望，可这仅仅是一刹那的美妙感觉，无信号补上了惨痛一击。她又望了望不远处的门，从门中透露出的光隐约看到这是一个上锁的密室。克里斯汀已经没有力气呼喊，即使行得通千衣的歌声也是不小的阻碍，根本没有人会听到。她已然走投无路，况且，还有一个最大的隐患没有解决，其实她根本就还没有解开八阶幻方里的秘密。

藏矢川驮着樱井茜，稻垣一树背着莫莉。从舞台口的导演室到二楼的化妆间。她们一个昏迷一个呆滞。

来不及解释，同一时刻化妆室的门也开了，清水由美子站在门口，随后被眼前的一幕吓了一跳，终于她也做出了一个正常人该有的表情，她还是不能开口，用肢体语言“欢迎着”众人进入化妆室。

虽然不知道发生什么事大家也都被这悲壮的氛围带动，感伤了起来。藏矢川背后被顶了一下，房门被强硬打开，出现在眼前的是秦牧希。他刚从地下车库回来，在那辆宝马车里发现了不得了的线索。

"樱井茜！她在这。"秦牧希似乎知道些什么，缓步来到沙发前轻抚起女人的额头。

这一举动触动了莫莉的神经，她发疯似的上来就是一个猛推。口里喃喃咒骂道："滚开，谁也别想动她，都滚开……"

秦牧希当然不吃这一套，他还没被气氛同化。不过身为警察的他此刻却犯了一个职业生涯中为数不多的失误。他的左裤腿口绑着枪，右侧是一把军刀，右侧的军刀已经被莫莉一把夺去。

莫莉已然将刀架上了自己的脖子。

"都退下……"秦牧希发出一声巨吼，"给她们让出些空间。"

众人按照指示后退，秦牧希依然蹲着，不动如山。

莫莉最有敌意的便是这个男人。

注视着莫莉的眼神，秦牧希开始一步一步地后退，莫莉的刀也逐渐偏离喉管。这个状况是谁也预料不到的，但抛开这个小插曲还有更让人揪心的事情。这就握在由美子的手心里，她也意识到这样或许能转移众人的注意力。

藏矢川瞧见了这番变化，他放弃了坚守的门口阵地，来到由美子面前同时还用力将秦牧希推搡到更靠后的墙角。

接过的是两个小字条，上面给出了答案，但字体并不相同。一个出自克里斯汀，是八阶幻方；另一个则是由美子自己的，她将幻方里的内容列举出来。

48	6	8	61	63	62	5	7
1	47	15	31	23	26	53	64
56	55	19	45	44	22	10	9
25	54	38	28	29	35	11	40
32	13	30	36	37	27	52	33
24	14	43	21	20	46	51	41
16	12	50	34	42	39	18	49
58	59	57	4	2	3	60	17

M	Y	Y	I	U	F	B	M
S	A	R	る	M	し	A	L
B	E	T	D	ら	I	I	S
あ	V	Y	へ	か	L	D	風
は	P	け	W	A	た	W	し
E	E	ら	R	C	I	D	の
F	E	N	A	ら	S	C	0
A	U	E	Y	T	A	T	E

stay by my side

perfect crime

あしたへかけるはし

always

風のららら

diamond wave

beautiful

“出来了，出来了，全都出来了。”秦牧希凑上前兴奋地说道。

这是七首歌的歌名，全部属于千穗千衣，与之前在指挥室得到的结论对上了，歌名全在里面。“神奇，64 个数字，64 个字符包含其中，这就是紫蝴蝶，哦不，是克里斯汀要转达给我们的答案！”

“然而……”

一阵沉寂后。

“有什么意义？谁知道这到底代表什么？”

众人再次一筹莫展。

莫莉无动于衷，匕首还紧紧攥着。

藏矢川打破了僵局，开口问道：“克里斯汀还留下什么？”

由美子摇了摇头，万般无奈，她似乎忘了什么，却也没在意。

“那你知道她人去哪了？”

这一次化妆师有些犹豫，她瞧了瞧一动不动如尸体般的樱井茜还是摇了摇头。秦牧希看出了端倪，搭上了话，“大概是引诱计策，却不承想被反噬了。”

他的话有些高深莫测，当然由美子是知道全部的，但也只能点头示意，周遭根本没有一点豁然开朗的气氛。

由美子拿出笔在小纸条上写下了两个名字：

なかえ nakae 中江

あかね akane 茜

发音有变化，但换作罗马拼音比较，中江就是茜，茜就是中江。

许多细节呼之欲出。

樱井茜来到会场之后，双重人格便在这个躯体里不断变换。当中江主导时，她就会利用一切时机制造陷阱。

由美子看到了她在钢琴房里鬼鬼祟祟的身影，起初没有在意，只是转了一圈。因此里面会有薰衣草香水留下的味道。

紧接着，她自己的化妆台被人动过，这些微妙的变化由美子是能清晰地看到的。只不过，她万万没想到樱井茜在小灯泡里塞进了炸药，只要通电加热便会爆裂。

然后是柠檬水。开场前，由美子本想去找樱井茜谈心，却从门缝中看到了恐怖的一幕，正是樱井茜往那瓶饮料里倒粉末的画面。慌不择路的由美子逃到了三楼，待静下心，这才意识到千衣有危险。她不知道如何阻止千衣喝下那瓶水，最直接也是最愚蠢的方法就是自己喝下去。

说实话，中江只想让千穗千衣身败名裂，这些陷阱可以让这位大明星出洋相，毁了她在世人心中女神的形象。因此，破坏音轨及耳机音乐程序这些事情便也能够想象了。

克里斯汀通晓了一切，她和由美子合谋，来了一出狸猫换太子的戏码。不仅巧妙地骗过了中江，将她的注意力给分散，同时也问出了真相。这一切都是畸恋惹的祸。

千衣深受毒害，但顾及颜面及樱井茜的感受，她选择用大爱包容所有因自私、贪婪、嫉妒所形成的变态心理。千衣痛恨这些人和事，她的爱也并非无偿的，因此，变态的人为此付出了代价。

此时此刻，看着悲痛欲绝的莫莉，清水由美子知道她和克里斯汀的计划还没完成。虽然揪出了中江，但她们还没“杀死”她。没错，她们最终的目的就是毁灭中江。

克里斯汀还在黑暗的地下苦苦挣扎。

宝马车钥匙、安妮海瑟薇海报……一些不合理的存在此刻终于有了答案。莫莉就是一颗烟幕弹，幕后黑手早将嫌疑的种子埋在她身上。为什么这么做？为了争取时间。当这个完美犯罪出现变故，同时自身有暴露的危险时，断翅的紫蝴蝶就会点燃这颗烟幕弹，以此来迷惑警方。

那个宝马车钥匙其实是在莫莉口袋里的，克里斯汀悄悄偷了出来。她为什么这么做？因为要跟断翅的紫蝴蝶做交易。其实，真正能转移警方注意力的人物自始至终都是克里斯汀。不知出于何种缘故，幕后黑手感到警方的压力，很可能被盯上了。因此，当克里斯汀提出这个交易时，对方没有理由不答应。

克里斯汀承认罪行，误导警方。然后为了报答女孩的勇气，紫蝴蝶这才将炸弹爆炸的时间推移了一个小时。不过，在克里斯汀看来，幕后黑手真正的目标是赵风陵，因此，这一个小时不仅是给她准备的，同时也是给赵风陵准备的。

这个夜晚，只要赵风陵一现身，真正的危机便降临。断翅的紫蝴蝶会毫不犹豫地引爆剩下为其准备的炸弹。

至于那个暗号图真正的含义，也是克里斯汀在注视着安妮海瑟薇的海报时意外解开的。地下车库里，由于聚光灯的强光反射，没人在意那辆宝马车的车牌号。为什么一个在举办千穗千衣演唱会的体操中心会有美国影星的海报呢？没人觉得奇怪、别扭吗？如果有人因此扯下海报，他会发现什么？没错，他会找到隐藏于背后的暗号图。这个图被设置在会场的很多角落，正如之前推理的那样，断翅的紫蝴蝶生怕人们不能发现这个暗号，他自大、高傲，将自己的犯罪当作一种艺术。凡是艺术总要有人来欣赏，这个参与进来的人可以是任何人。可以是克里斯汀、莫莉、千衣、赵风陵，也可以是他自己。

对，这个背后的人就在这群人之中，克里斯汀再次坚定了这个观念。她离真相越来越近了。

此刻，她静下心，回忆起幕后黑手发送到莫莉手机上的信息：

只有你，克里斯汀，才能够解答。

这是专门为你准备的密码暗号，能有你这样的对手真是幸甚至哉。

不曾早些认识你，抱歉未能送上一份生日礼物，就让它代替我迟来的心意吧！

断翅的紫蝴蝶知道这个八阶幻方，他是怎么寻得的呢？这个已经不重要，重要的是他居然知道生日礼物里的秘密。

严格来讲，这并不是一个真正意义上的标准的八阶幻方。将它们等分切割成四个小矩形，每一个矩形里的数字之和应该是520，便也是两倍。但是这个幻方里它们不是520，变换了17这个数字。

左上及右下的和为537，剩下的两个是503。

一个是用520加上17，一个是减去17。17岁的礼物，由头就是这个。所以这千真万确是专属于克里斯汀的八阶幻方。

48	6	8	61
1	47	15	31
56	55	19	45
25	54	38	28
32	13	30	36
24	14	43	21
16	12	50	34
58	59	57	4

63	62	5	7
23	26	53	64
44	22	10	9
29	35	11	40
37	27	52	33
20	46	51	41
42	39	18	49
2	3	60	17

第33章

克里斯汀感觉时间又快又慢，快是因为心中的急切，那颗炸弹尚未找到，慢则是因为身处的境况令其痛不欲生。

命运总是在捉弄着可怜的人们，然后却总在错的时间里给人们对的答案。那个错误时间放在这里只有克里斯汀的痛苦能够诠释。

一直萦绕在心田的疑惑突然有了答案。八阶幻方、台本代码、七首歌、专属于这场演出的规律。这些线索串联起一条线，于混沌中拨云见日，指引着女孩找到了炸弹。

嘀嗒——嘀嗒——嘀嗒嗒嗒嗒……嘀嘀——嘀嗒——嘀嗒嗒嗒嗒……

手机没有信号，但她要将这个密码传递出去。

相隔了两道钢筋混凝土楼板的上方二层化妆间，为了稳定住莫莉的情绪清水由美子终于想起克里斯汀交给她的神秘文件。那份让人眼花缭乱的舞台演出流程，这就是关键所在。

莫莉的理智没有丧失，在接过由美子给她的克里斯汀写的信的一瞬间，莫莉便明白了其中的含义。

众人的嘈杂稍稍消停，随后湮灭在由美子的一个手势下。望着莫莉空洞的眼神，所有的无奈全部展现在各位的脸上。错误的时间如果遇见错误的人，那终将是一场悲剧，然而，自始至终由美子都不觉得莫莉是那个错的人。她强硬地牵起莫莉的手，后者虽然很不情愿，但还是顺着她的目光看向了梳妆台。

台上一朵茉莉花盛开着。

这就是解开心结的钥匙，莫莉明白此刻还不是沉沦的时刻。

由美子脸上有了一丝笑容。她将手心捂在对方的胸口，示意她顺着内心最真挚的情感去寻找答案。擦去泪水的莫莉来到梳妆台前，将那朵茉莉花别在胸口。

七首歌，七个歌名，在今天的演出中都能找到它们的踪影。不仅如此，在那些台本代码里也能发现蹊跷。

一直未开口的稻垣一树是最先进入推理模式的人。她道出了一些众人都未在意却异常重要的细节。"《明日へ架ける桥》这首歌今天并没有唱，只是作为串场音乐播放，就在第一次休场的间隙。还有《Diamond Wave》也是串场歌曲，但随后千衣也唱了。"

"串场歌曲？"众人不停地联想这个看似可有可无的线索。

一树接着说："没有太多关联性，七首歌当中仅有这两首如此，所以，如果从这一点出发寻找共同性是不切实际的。"

"从歌曲的排序看也不符合今天演出的顺序，应该说是杂乱无序才对。"莫莉说。

"没有共通性，克里斯汀到底想要表达什么？"秦牧希转而想要从由美子那里寻得答案，后者却无可奈何地摇着头。

同样摇着头的还有底下快要窒息了的克里斯汀，她已经保持这个姿势很长时间了，连肌肉的麻木感都消失了。

"七首歌，七个歌名，64 个字符，完全平方，八阶幻方。这一切都是设计好的。小姐姐，你快点注意到这个细节！”克里斯汀还在不断敲击着排水管道。

伴着水流，嘀嗒嘀嗒，一个个急切的乐符舞动其中。

嘀嗒——嘀嗒——嘀嗒嗒嗒嗒……嘀嘀——嘀嗒——嘀嗒嗒嗒嗒……

声音往上，穿过水管。

“嘘！”莫莉紧张得要命，她能感觉到这声音是妹妹绝命的呼喊。

“疯了疯了……”莫莉的举动让秦牧希不得不这样认为。

紧接着莫莉转身一声大吼，“都给我闭嘴……你们难道没听见吗？”突然，她兴奋地朝角落奔去，来不及刹车，水管在其额头上撞出一个小包。这都无所谓了，此刻水声清晰可辨，但更加明朗的是那一串串的敲击声。

“……嘀嗒嘀嘀——嘀嗒——嘀嗒嗒嗒……”

真是天无绝人之路啊！

“你懂莫斯密码吗？”这是克里斯汀早前问过莫莉的话。

摩斯密码，这里的警察都懂。

秦牧希手脚颤抖。“LA1……”这即是答案。

“LA1，LA1……”众人也兴奋地狂叫起来。

唯有藏矢川比较实际。“这是什么？表示什么意思？”

莫莉露出了久违的笑，她拿出那叠台本代码。

“一树大哥，这里的 LA1 指的就是主追光灯吧？”

“是追光灯，是主追光灯。”

“警官！”莫莉看了看时间，离 11 点还有 20 分钟，“这就是炸弹所在的位置。”

“天啊！千衣头顶上的追光灯。”一树无奈地掩面叹气一声。

秦牧希立即下达了命令，将在地下车库待命的江伟强调动起来。之前，他们一同跟随林新茗找到了宝马车里的炸弹设计图，这个意外收获让他们兴奋不已。同时，通过勘察车牌号，他们也发现这辆车正属于 S 直辖市里丢失了炸弹原料的企业老总。

身为特种兵的江伟强义不容辞，他知道这是一场艰苦的战斗，会场里也唯有他能够拆除这颗炸弹了。

一众人夺门而出，秦牧希与藏矢川奔向了作战指挥室，一树与由美子奔向了舞台。只有莫莉选择了另一个方向，她一下子就知道妹妹在哪了，因为那是一个她再熟悉不过的地方了。瞬间，化妆室又回归了平静。然而众人都忘却了那个一直躺在沙发上的樱井茜。

嘀嗒声渐渐弱了，直至消失殆尽。

樱井茜端坐起身，望向空无一人的四周，那抹悲怆再也压抑不住了。

指挥室内。

摆在秦警官面前的显示器清晰地显现出追光灯下炸弹的影子，这是一个稍小的塑胶炸弹。

技术员在遥控着小型的军用无人直升机，偌大的一个会场，不会有人注意到头顶发生的一切，嗡嗡的螺旋桨噪声早已湮灭在歌迷的呐喊声里。

秦牧希通过对讲机在与江伟强联系着，可断断续续地，嘈杂异常。

拆弹专家将从宝马车中搜来的炸弹设计图摊开，他们怎么也想不到会是这种状况。演出正酣，众目睽睽之下，他们要在全场上万人的头顶之上遥控江伟强拆卸炸弹。

“放心吧，不会有人注意到的。”秦牧希瞄了一眼主舞台前的观众席。“听着她的歌声我就知道她一定有这个魅力将所有人的目光锁定。”

“是的，接下来就是全场的高潮了，她要唱的歌曲是《Chance for You》。”林新茗在一旁补充一句，显然众人还不明白其中的含义。对于歌迷们来说，这首歌意义重大。

场外，拆弹需要的装备已全部备妥。江伟强从中找出攀岩用的套具，他内心的预感应验了。这是一个不可能完成的任务，却也是不得不完成的任务。时间一秒一分流逝着，已经来不及让他犹豫。拼命的时刻到了。

《Chance for You》，上天不会吝啬机会，也不会亏待为此而坚持不懈的人们。

“我是飞龙特种部队突击手，我叫江伟强！”他已整装完毕，蓄势待发。英雄并不需要悲壮的饯行仪式，因为他永远不会独行。

第34章

江伟强选择的是西侧，离追光灯较近的内壁开始攀爬。高科技装备有助于其稳定重心，电动的吸附手套一个滚动便能攀升一节。攀爬垂直的内壁很容易，嗖嗖嗖，三下五除二就冲到了顶端。

接下来是椭圆向内弯曲的坡度了。他斜视了一眼下方，已经很高了。千衣还在舞台上卖力地唱着。膝盖上的吸附装置开始发挥作用。

“祖宗啊，你可千万别出岔子。”他还有心情吐槽，证明其内心并没有被恐惧占领。

椭圆的弧并不长。此刻，他已然与地面平行，如壁虎一般吸附在顶端。往下的每一步都是在与死神划拳，输不得也输不起。左手一个滚动，手套的吸附张力解开，他艰难地向前攀爬，只移动了十厘米。接下来轮到右膝了，当然，说不紧张是骗人的，恐惧逐渐袭上心头。右膝解除后，一时间他没能把控好力度，整条腿垂直落下，身体还在天花板上。膝盖的这一跨度可就长许多了，甚至都快到胸前了。一步两步，头脑开始充血，青筋已经暴出。

台后。稻垣一树转接过一台摄像机，专门对准顶端的追光灯。他已经手动解除了它的运作，同时还将舞台中其他灯光的特效调至平行模式，这样观众的视觉是无法看到靠上区域的。虽然在演出效果上会大打折扣，但也只能这样了。

已经到T台正上方了，追光灯咫尺之遥。江伟强停住了挪动，打开了腰间的弹射装置，里面有一个十字钩，用于牵引。不过，他没尝试过在如此近距离启动，这会给他腹部带来不小冲击力。他没有思考的余地，瞬间，唰的一声，十字钩直插入天花板的吊顶里，牢牢锁定。

追光灯在其下方两米的位置，最惊险刺激的一刻即将到来，他要解开四肢上所有的吸附装置，若是对自己的体重一个不自信他就很可能坠落而下。嘣的一声，又唰地一弹，靠谱的十字钩钩住了他硕大的身躯，腰间的滑轮开始滚动，钢丝开始摩擦。保持着平躺的姿势向下滑落了一米，随即他毫不犹豫地翻转了过来，直立起身子，现在手能抓紧钢索了。他摆动的幅度并不是很大，却也令顶端有了松动，已有稍许塑料屑掉落在脑门上。没时间了，他不敢径直快速滑下，怕这股冲力扛不住自己的体重，只能以蜗牛速度缓慢移动。还有最后一米的距离。

林新茗哪能承受这般刺激，他早已掉转过头不再注视显示屏。拆弹专家们倒是兴致勃勃，将这里围得水泄不通。

江伟强听到了嗡嗡声，前方的小型直升机送来一股清凉，他冲面前的镜头做了一个鬼脸，而后打开了口袋，小心翼翼地取出镊子和剪刀。为了不分心，耳机一直是关闭的，现在他艰难地腾出一只手打开了开关。幸运的是，信号不知什么时候强烈起来，但也有断点的时候。

拆弹专家示意他带上红外线夜视仪。“你会看不清颜色，但按照我们的指示去剪线头就好了……”

“浑蛋，说得倒轻松。”他忍不住骂了一句。

由于炸弹是被绑在追光灯的下方，他不得不翻转过身体，倒立起来，双腿夹紧了钢丝。“不行，我得先打开外壳。”

这颗炸弹没有显示屏，小但不轻，被一道道透明胶带固定住。不巧的是，打开塑料外壳的螺丝正被覆盖。

“先生们，我可不可以把它带下去，让你们自己来拆？”

“不行，这颗炸弹被绑缚，从线头的接口可以看出，只要你将它带离追光灯，它就会立刻爆炸。别想着投机取巧，有这闲工夫你就能救自己一命了。”

“好的，好的，我尽力，先让我把螺丝起子拿出来……”他嘴里叼着镊子，一只手抓着剪刀，另一只手小心翼翼地摸索起口袋。

由于是倒立，他不敢冲动，说不准在炸弹爆炸之前，那细长的尖锐物就已经扎死一个人了。再往下看，正下方，T台顶头，那个会被袭击的对象也只有千衣了。

这段时间江伟强很安静，汗水已经浸湿了内衣，这让他很不舒服。眼睛也有些肿胀，充血比想象中的要严重。他只能在透明胶带上划开一个口子，螺丝被拧开，炸弹已然松动。不小心，那细小的螺丝头没被捏住，掉落在舞台上，没有激起波澜，一切安然无恙。

“喂，你可别玩火自焚。”耳机那头传来了抱怨声。

江伟强心里很不是滋味，无奈口中的镊子让他无法出声回以颜色。他拆开了塑料外壳，内里错综复杂的电路板及线头让他惊叹，不过，剩下的工作该由拆弹专家们发愁了。若不是宝马车里的设计图，很难想象他们不会犯一点错误。江伟强能感受到光线照耀而来，他怀疑自己已经被高层的观众发现了。同样不巧的是，十字钩的抓力明显减弱，上头的天花板快支撑不住他的体重了。

“先生们，我想我遇到大麻烦了。”好不容易开一次口，他将剪刀、镊子及起子全握在一个手心里。另一只抵着炸弹。

“你别乱动，我们看不清里面了。”

“我要不这么做，炸弹就会掉下去。还有，我想我自己也撑不了多久了。”

“不管怎样，一定要坚持住。”

江伟强内心暗自咒骂了一句，他决定做出改变。

“喂，你这浑蛋，你在干什么？”显示屏前的人们几乎要抓狂了。

倒悬在半空中的江伟强抱住炸弹，留下两条暗黄的胶带在追光灯下飞舞。然后，腰腹一个发力身体旋转了过来，他不曾想象这番大动作会带来怎样灾难性的后果。瞬间，一块巴掌大的塑料板从钩子射穿的洞口掉下，不偏不倚落在台前一个安保大叔的头上，安保大叔抬头观望，不过，他什么都没看到，顶上一片漆黑。

“见鬼！”江伟强的钢索开始慢慢滑落，他能感觉到身体向下倾斜。

“我的妈呀！”指挥室内是一片此起彼伏的惊呼。“你小子可不要把炸弹连接追光灯的线头给拔了。”

头顶，江伟强迅速将工具收进兜里，然后又用牙咬着炸弹，以娴熟的动作向上攀爬，几乎全是手臂在发力。还差一米，快到了，最后十字钩松开的一瞬，他的一只手掌已然触碰到天花板，有惊无险。

他感到牙齿发酸，面部肌肉由于过度拉伸开始扭曲变形。显示屏这边，看到江伟强四肢又如壁虎般贴在上面，众人长舒一口气。考验技术员操纵飞机技术的时候到了，直升机将要保持在天花板下方两厘米的位置处盘旋，这样才会让专家们从摄像头里看到炸弹的全貌。

“好了，我们可以开始工作了吗？”

江伟强弓起了身子，只留有膝盖与左手维持稳定。“说得我好像一直在玩一样。”他将炸弹置于胸上，又用牙齿咬下右手手套，好在他不用将所有工具一齐拿出。谁能想到会有这么一天要在自己的胸口拆除炸弹，江伟强可是万万不敢相信的。

“看到电路板了吗？用镊子把它们拨开，再夹出后面的电线……”

操作难度可见一斑。他的动作相当缓慢，以至于这首歌的尾音都在意识里被无限延长了。低垂下去的十字钩左右摇摆着，犹如时钟的嘀嗒，一秒、一秒，去而不复返。危险被解除，磨难终将过去。临近结尾，他的体力已快透支，但还不得不顺着原路攀爬下去。

“如果可以，我想就在这里看完演唱会！”

莫莉一直小跑来到地下室，从外面把铁门打开。她不在乎霉味，不在意石灰粉的呛鼻，甚至忘记了自己身处黑暗之中，整个过程行云流水，她已经来到克里斯汀面前。

“姐姐，是你吗？”克里斯汀动了动手指，将手机显示屏打开。

莫莉看到了克里斯汀憔悴的脸。

“你找到我了？”

“是的，是的。我找到你了！”

“那你肯定收到我传递过去的信息了？”

“好险，差一点我们就错过了你。”

“对不起，我欺骗了你！”克里斯汀坐直了身体。

早前提及的在某一个更为悲伤的时刻，其实应该是一个最感人的时刻，莫莉拥抱住妹妹，在她的侧脸颊深情地留下一个吻。

“我知道，我都能理解。如果你不那样做就没有人能够阻止紫蝴蝶了。”

这番境况让克里斯汀很是尴尬，不争气的肚子咕咕叫个不停把两人拉回到现实。

“饿坏了吧，我们一起去吃东西。”说着，莫莉把克里斯汀搀扶了起来。

“哎呀，我都快忘了，还得吃东西。不过在此之前，还有一件更重要的事情要做。”

莫莉将克里斯汀带到了舞台入口处。

她没有将注意力集中在千衣的《Chance for You》上，透过光束她看到了江伟强孤独的身影。除了这个，她还在关心着手机信号。

“看来是能打电话了……”郑百林突然出现，原来他一直徘徊在舞台与后门口。“你是在找这个号码吗？”

“你知道我要打给谁？”

“当然，你得帮赵风陵完成他没完成的任务，你得给那个女孩带去希望。”

“至少也要让她听到这首歌的结尾，至少也要让千衣将自己的祝福送到。”

医院里。这是所有故事开始的地方。那个侧卧在床的小蝴蝶迷迷糊糊地睁开了眼。至亲至爱之人的脸庞出现在面前。

“是梦吗？”紫蝶不知道自己昏睡了多久，正想立身坐起却始终使不上劲。忽然，一道刺眼的闪光穿透进瞳孔，随即耳畔响起一阵巨响，伴随着四溅的水花那个至亲至爱之人灰飞烟灭了。

她在哭啼。这是梦，却是那样真实。

黑暗中，紧握手心的电话响了起来。

她蜷缩起身子，浑身冰冷。脑子里还在思考着要不要接。

嘟嘟嘟，一声两声……打电话的人没有放弃。

“是啊，我也不能够放弃。”紫蝶终于还是接通了。

“喂，你是谁？”

那头嘈杂不堪，一时间她都没听清那清爽的歌声。

“是紫蝶吗？”

“喂，你是谁？”

刚听到那个虚弱的声音，克里斯汀便已经确定了对方的身份。“什么都不要说，专注地听就好了。”

女孩与舞台只有咫尺之遥，她恨不得就这样直冲而去。

希望你从今天起

不再对受伤恐惧

勇敢地前进

希望你努力活出你自己

我会一直陪伴你

一直守护着你

chance for you

如浩瀚无垠宇宙里的一颗明星，如白雪皑皑高原上的一棵松树，在所有歌曲中，唯有这一段是用标准的中文奏鸣演唱出的。

没有人知道千衣唱这一段重复了多少次，只知道循环往复，不厌其烦，为的就是将内心那一抹真挚的祝福传达给每一个听众。

一曲终了。顶头的江伟强舒缓了一口气。克里斯汀收回手机，电话那一头传来的却是忙音，再看一看信号，转为“无服务”字样。

千衣走了下来，整个会场一下子全黑了。还有最后一首歌，她得换一身休闲装，牛仔裤配搭短袖 T 恤，她会像邻家女孩一样再次惊艳全场。

郑百林看在眼里，他不明白克里斯汀是怎样的良苦用心，但内心更多了一丝敬佩。警察的身份提醒他不要感情用事，他知道赵风陵虽然是一直寻找的人，但并不是真正的幕后黑手。唯一有能力谋划整起事件的犯人只有眼前这个高智商的女孩了。

“哈哈，姑娘，你怎么了？”千衣来到台后，被克里斯汀夸张的模样吓了一跳。

克里斯汀可不想破坏这难得的惬意，朝着千衣吐了吐舌头，甚是可爱。就连千衣也忍不住一把抱起灰头土脸的女孩，在她的另一个侧脸上亲了一口。

再回到医院，紫蝶怎么也没想到这通电话到底意味着什么，她已然泣不成声，独自一人在被窝里回味着这番美好。

第35章

“为什么你会知道炸弹在主追光灯上？”郑百林“押解”着克里斯汀朝指挥室走去。

“不行，我还不能洗脱罪名，紫蝴蝶剩下的炸弹还未找到，我的角色必须演下去。”克里斯汀在内心默念，她明白自己目前的身份还是幕后黑手，“可大家对你的态度已经很暧昧了，再这么演下去又有什么意义？难道真正的犯人还会告诉你炸弹在哪儿？”女孩又犯愁了。

“想必秦警官已经给你解释了八阶幻方中的秘密了吧，也明白其中对应的是歌名了。炸弹与演出相关，答案就在稻垣一树的舞台灯光程序里。是的，千衣只有唱这七首歌的时候追光灯是关闭着的。这是唯一的共通性，我也尝试过其他灯光的组合但都对应不起来。”

“你仅仅是通过台本代码看出来的？”

克里斯汀笑笑，回复道：“我会瞬间记忆，每一首歌在什么时候唱，唱了几分几秒我都心知肚明。幻方里的七首歌共同组成了本场演出的一个规律。就拿《Stay by My Side》这首歌举例，这是一首抒情慢歌，从背后射来的光线能照耀出轮廓，待前奏结束，由远及近，再让舞台上的两盏探照灯射出微弱的光，只要照亮千衣的容颜就可以了，这样便能营造出一种幻境。根本用不到，也没必要用到头顶的主追光灯。”

这轻描淡写般的口吻更为她的神奇增添光彩，就好似她当时在现场一般，这些都是从代码里看出来的。

事已至此，答案明晰。

待郑百林将要发言时，克里斯汀不合时宜的手机铃声响起来了。还未等克里斯汀做出反应郑百林便一把夺了过来接通了。

“喂，我已经潜入进来了，整个公安系统全在我的掌握之中，我们开始寻找游荡的人吧。炸弹！哈哈哈，可有得那帮变态狂好受了。喂，喂……你说话啊！”说话的正是赵风陵。电话挂了，他没能得到回复。

郑百林现在的状态就如休眠已久马上就要爆发的维苏威火山。

“这个笨蛋。”克里斯汀拍了一下脑门。

“现在你还有什么好说的？游荡的人？炸弹？”郑百林慢慢靠上前来，看架势已经箭在弦上不得不发了，“我现在还能心平气和地跟你说话，也就表明我还想知道下一个炸弹在哪里。然而我内心的魔鬼却一直在骚动，我快压制不住它了，如果我的人格被它占据，那可就真管不了其他人的死活了。我的目标只有一个，就是你，你最好给我想清楚点。”

克里斯汀当然清楚，自己的傲慢在郑百林强烈的尊严里埋下的祸根已经遮掩不住了。爆发是迟早的事情，她看上去并没有那样担惊受怕，反而充满了得意的自豪感。没错，这就是克里斯汀想要的结果。

由美子突然跑了回来。嘴巴闭合了三下，从喉管的抖动及焦躁不安的神情里克里斯汀明白了她想要表达的意思。正是一波未平一波又起。

克里斯汀向后退了两步，与郑百林拉开了距离，转身的一瞬，她将满脸迷糊的由美子推向了郑百林，郑百林摔了个四脚朝天。留下一句“挡住他”便撒腿跑开了。可怜的由美子到现在还没反应过来，自己原来只是一个绊脚石。

狼狈不堪的郑百林爬起来怒不可遏地吼道："浑蛋，我管不了你们的死活了，我今天非得把她大卸八块了不可。"

人们散去，走廊里又回归了平静。

刚刚由美子说了什么？她的嘴唇传达出怎样的一个讯息呢？

"莫莉！茜阿姨！"

现在，克里斯汀要完成她们计划好的最重要的一个任务了——"杀死"中江。

后门外，皎洁的月光下，樱井茜此刻正站在不远处正中央小道上。一道寒光闪过，秦牧希被夺去的匕首出现在了她手中。

"妈妈！妈妈！"莫莉发了疯似的想要上前。

克里斯汀及时赶到，从后面抱住莫莉，没让她接近。这个举动是明智的，因为樱井茜已然走火入魔了。

"接着喊，不要停。只有你能将真实的她唤回来。"

但樱井茜还是呆若木鸡，两眼无光站在那一动不动。这种境况不知持续了多久，大概是冷了，樱井茜做出了一些回应。

"你是谁？中江还是……"克里斯汀语气逼人。

"莫莉。女儿……"樱井茜哀怨的神情表明了自己的身份。

克里斯汀松开了一心向前的莫莉。

"对不起，对不起。都是我的错！"樱井茜在忏悔。可事已至此又有何意义呢！该怎样赎清罪孽？

莫莉抱紧了母亲，千言万语都不及这一个拥抱。

"对不起，我没有颜面再做你的母亲。"樱井茜说话的声音弱了不少。两腿一软，跪倒在地。

迷离的眼神没能找到那一抹宽慰的金黄色。逐渐地，樱井茜的气息已如垂死之人。克里斯汀看见了黑色的液体从膝间流淌而出，在月色里、在湿雨里……

“请你不要离开我。”莫莉声嘶力竭。

那柄军刀插入了樱井茜的腹部。

“即使这样做我也无法释怀，但至少能抚平些许罪恶感。对不起，不要怪我。莫莉，我爱你！”

克里斯汀不忍心再看下去，她捂着口鼻压抑着，不让那撕心裂肺的感受将自己的理智夺走。

血液在指尖打转，冰冷已如一具死尸。莫莉无法再坚持，先于母亲倒地昏厥了过去。

克里斯汀冲了上来，隐藏在本能里的记忆一下子全回来了，是的，她知道自己如何去挽救这条生命了。

身后急促的脚步显然来了不少人。

克里斯汀能做的不多，仅仅是延缓了血液的流失速度，但这已经帮了大忙。

秦牧希是第一个冲过来的，其次是林新茗和江伟强。

“莫莉。”林新茗上前抱起了女孩。

“她的脉搏很微弱……”管不了这把老骨头是否能坚持，作为英勇的人民警察秦牧希抱起樱井茜撒开腿便跑。“医院，她得赶快急救。”

林新茗搀扶起莫莉，紧跟其后。

如一记痛彻心扉的巴掌狠狠甩在克里斯汀脸上，她抬起头看到的是一个异常坚定的眼神。仿佛在说：交给我，我一定不会让她死去！

男人们的身影消失在朦胧的雨雾之中。

克里斯汀在内心道了一万声感谢。江伟强走到跟前，将一件黑色欧风外套递给了女孩。

“机场特勤特意送过来的……你还有使命没有完成。”

收拾起心情，克里斯汀没有让悲伤淹没理智，心中激起的千层浪是那样不服气，像是有气撒不出、有火难泄愤，咬牙切齿，充满了怨恨。

被一起带来的还有白色长筒靴、黑色打底裤及羊毛衫。“转过去！”克里斯汀用娇滴滴的语调命令道，一把夺来所有属于自己的衣服。

当辛格瑞拉脱下水晶鞋，她便仅仅只是一个灰姑娘了。

第36章

“刘一轩，汇报你的位置。”郑百林正焦急等待着手下的回复。

“局长，我已就位。我看到赵风陵跑进了地下车库，他还从指挥室里偷了些电子移动设备。”

“什么？混账东西！”

“我们该把重点放在谁身上？赵风陵？克里斯汀？又或者是……”

“这你不用管，找好角度，就一发子弹的事情。”

刘一轩严阵以待。黑黑的枪管正瞄向广场上的每一个角落。

“我看到你了。”克里斯汀的手机听筒里传来了赵风陵的声音。“我偷了警察的移动终端，现在能够连接上会场附近所有的监控设备了。”

克里斯汀抬头看了看建筑物一角的摄像头，对这个小黑客的自鸣得意并不屑。

“你躲好了吗？千万不要暴露了行踪。”

“放心好了，谁都找不到我。警察不能，紫蝴蝶也不能。安全着呢！”

“很好，按照我说的，找游荡的人。”

游荡的人？克里斯汀忽然灵光一闪，某个不和谐的因素在脑海里乱撞，一下子，她理解了其中的奥妙。

断翅的紫蝴蝶在会场里潜伏了几天，他知道演出的一切程序，包括台本代码。那他是否也勘探了会场周边，发现了这“游荡的人”的出行规律呢？

游荡的人。他只会存在于会场外面。这是一个什么说法？克里斯汀明白一件事，今晚的演出被推迟了近一个小时，正常情况下，此刻早该散场了。因此，追光灯炸弹之后，所有的线索与炸弹都将被设置在会场外。幕后黑手的目的性也将会越来越明确。

“游荡的人，乞丐！崭新的绿色军大衣……这就是提示。”克里斯汀回忆起小巷顶头的那个流浪汉，那一件崭新的绿色军大衣显然是最近某人施舍他的。这不是巧合，这是明明白白的提示。答案就在那件军大衣上。

“什么？你说炸弹在一个乞丐身上？”

“不，应该是关于炸弹的重要线索在那件军大衣里。”

电话那头，赵风陵沉默了一会儿，而后激动地叫了起来。

“我找到了，就在南广场前的马路边。这么晚了，是出来觅食的吧！”

“笨蛋，演出快要散场了，明摆着这是乞讨的好时机。”

克里斯汀正欲行动，江伟强一把拽住了她，问道：“我们真的信得过你吗？”

女孩很诧异，这一晚上的努力，论信任，江伟强应该是最懂她的那个人。此刻，怎会摆出一副认真脸？像是要诀别一般。

“那我也信得过你吗？”克里斯汀用反问代替了回答。

江伟强不动声色，因为他预感到即将有一场大战要进行，而面前的这个女孩就是对手。

“克里斯汀，终于被我找到了！”小巷通往南广场的一头，郑百林气急败坏又气喘吁吁地跑了过来，“看你还往哪儿躲……江伟强，快制伏她。”

江伟强没有动，他望望女孩坚定的眼神，又看看郑百林丧失理智的表情。

他不知道该如何行动。

“答案就在小巷那头，我只要穿过广场就能找到了……拜托！”女孩低语着，态度是如此诚恳。

“江伟强，你还在等什么？要记得自己的身份，你是军人，军人的职责就是服从命令。”

特种兵无奈，他是这个部队里最好的突击手，制伏一个乳臭未干的小丫头根本不是难事。可他的内心却已被深深折服，他想要去相信女孩。

会场里，曲调又响了起来。最后一首歌了，克里斯汀错过了所有她期待的歌曲。这个夜晚真是糟透了。

伴随着歌声，江伟强也行动了起来，他发出一声低沉的怒吼，三步跨作两步，径直冲向了克里斯汀。

“不可以，我不能在这个地方被制伏，如果被警方控制了，这场与紫蝴蝶的对决就将宣告彻底失败。”女孩很清楚状况，她摆好了架势，准备迎击。

“以卵击石！”月光再度被乌云遮蔽，郑百林在看不见的阴影里发出一声嘲弄。

江伟强一个箭步直冲到面门上，拳头已然越过身前正中比他矮一头的克里斯汀的脸上。克里斯汀变换了一下位置，朝着脸上来的拳头生生被双掌挡住。侧面甩来几滴冰冷的雨水，视线的死角里她能感觉到另一只强有力的拳头正急速袭来。好在她的速度也不算慢，立时压低了重心，迫使身体坠落在地，刚好躲避攻击。

第一回合，江伟强只是试探。但仅仅是绵软无力的两拳就已经迫使女孩失去了重心。

然而，意想不到的是，克里斯汀小巧的身体太过灵活，顺着湿滑的水泥地，她居然展开了反击。抬腿一脚，正中江伟强的左膝。

这一招不痛不痒，江伟强后退一步，拉开距离。他明白，对付比自己弱小许多的敌人时，单纯的力量压迫是将自身优势发挥极致的最好方法。瞬时，一招泰山压顶将克里斯汀侧腹挤压出一片瘀青。

女孩再无计可施，江伟强的手肘已然夹住了她的脖子，一招盘腿锁住了女孩的双腿。

克里斯汀没有泄气，虽然头和双腿被限制住，好在她的双手是解放出来的。利用这双手，她居然挠起了对方，像小孩子过家家时的打闹。但这一切根本起不到任何作用。

很快克里斯汀力竭，大口喘着粗气，不再抵抗。

趁此空档，江伟强将头靠近女孩的耳朵，隐蔽地发出一声细语。

“我的左兜里有一剂肌肉僵硬剂。”

正所谓柳暗花明又一村，女孩又燃起了斗志，她明白这是江伟强对其信任的最好的回报。

肌肉僵硬剂是一种固体液剂，无毒无害，但会让人在瞬间失去正常的行动能力。顾名思义，肌肉僵硬，会让人感觉不到四肢的存在。

谁能想到，一个身经百战的特种兵居然会被一个弱不禁风的小姑娘给算计。在郑百林的脑袋瓜里，这种概率比他中彩票还不现实。然而，看似弱不禁风的克里斯汀滑头着呢。

说时迟那时快，郑百林一眨眼的工夫，克里斯汀已然举着针管冲了上来。液体随即注进老男人干枯又皱巴的皮肤内。

黑暗里，克里斯汀捂着剧痛的小腹慢慢挪动着……

寒冷逐渐侵袭着赵风陵的全身，他蜷曲在一辆白色小房车后面，这里空间狭小，但却是极佳的躲避场所。

“我为什么一定要听她的？她也有可能就是那个想要谋害我的坏人，不是吗？她所做的这一切不就是为了控制我吗？”

赵风陵不明白自己为什么会被针对，他现在只想逃脱。

地下车库的信号断断续续，手机一闪，一条邀请短信传了过来。这是陷阱。

“会场西北，农行 ATM，过来拿你的钱，让我们结束这疯狂的一夜。”

明知是圈套，但赵风陵抑制不住贪婪的欲望。他正欲摆脱克里斯汀，铤而走险去闯一闯。

医院，樱井茜被推进了紧急急救室，几个身着浅绿大褂的护士接过了林新茗肩膀上的莫莉。

“狙击……克里斯汀。”从秦牧希的对讲机里传出一声嘶哑的命令。

“见鬼，等等。你们想要干什么？”当秦警官试图阻止这一疯狂的行动时，对讲机里已是嘈杂一片。他有一种不好的预感，今晚倒在血泊中的生命将不仅仅只有樱井茜一个。

“他们想要干什么？是郑百林的命令吗？”林新茗也有些绝望了。

“青年，我信得过你吗？”

林新茗坚定的眼神表明他已做好准备。

“我得立刻赶回会场……但该死的对讲机时好时坏，糟糕的天气让信号成了断了线的风筝，我们无可奈何。”

“您需要我怎么做？”

“郑百林已经断定克里斯汀就是幕后黑手了，我得去阻止他。还有，我担心指挥室有危险，得有人去通知他们。”

“为什么你有这种担忧？”

“是赵风陵，他能轻易地偷出电子终端设备，难料他不会留下什么。”

林新茗倒吸一口凉气，他明白秦牧希想要表达的意思。秦警官在担忧，如果赵风陵就是真正的幕后黑手，他很有可能在指挥室里安置了炸弹，以此当要挟，与警方来一场鱼死网破的较量。

“我明白你的意思了，我这就去指挥室……”

看着手术室顶头亮起的红灯，秦牧希压抑已久的情绪彻底爆发了，他要拯救克里斯汀，同时拯救上万歌迷。

时间，10 点 51 分。郑百林勉强打开对讲机的开关，伸长脖子发出了最后一道命令。

“狙击……克里斯汀。”

刘一轩并没有细致思考郑百林这个命令的合理性，他明白，作为军人，服从命令就是天职。但他又有和江伟强一样的恻隐之心，忽然感觉有些不安，一种他会为此付出极其惨痛代价的想法油然而生。

“真的要狙击这个女孩吗？这一晚，难道不都是她在守护上万歌迷的安危吗？”

转瞬之间，这娇小的身影从阴暗的小巷拐角处冒出，一瘸一拐，步履维艰。

克里斯汀的面容出现在刘一轩的瞄准镜内。

“总会有人去做，总会有人要牺牲，我不在乎，现在我想在乎也没理由了。”克里斯汀喃喃自语，她似乎感受到黑洞洞的枪口正在对准自己。恰巧此时，千衣的歌声戛然而止。

Always give my love to you…

原来，千言万语也不抵这一句歌词。这是她为之前进和守护的理由。那种无奈、痛苦与不舍，有希冀也有沉重的绝望。答案近在咫尺却又像隔着一道鸿沟。

刘一轩的眼眶湿润了，扣下扳机是维护军人自尊的表现，但同样是扣下扳机，他将因此丧失做人的道德底线。谁才是众人的救世主？

“对不起，我别无选择。”

罪恶的子弹穿过消音器，崩裂出的硝烟四散，死神的镰刀已悄悄架上了女孩的脖子。“嘣”，只一瞬，克里斯汀应声倒地，只感觉胸口一阵钻心剧痛。她还没有死，这一枪正中钛合金制造的飞龙盾标上。女孩会心一笑，刘一轩跟自已开了一个不大不小的玩笑。若只偏差哪怕一厘米，这颗子弹都将要了她的小命。

“你死了，人们就安全了……见鬼！”

当刘一轩再度瞄准广场时，那个被击毙的女孩突然失去了踪影，他慌了，这是怎么回事？一时间，他自己都未反应过来。

克里斯汀急忙起身，扯出被子弹击中已变形的飞龙盾标，又揉了揉青紫一片的胸口，嘴里已是满满的血腥之味。

此刻，些许突破警方封锁，趁着散场时机想要大捞一把的小贩们聚拢了过来。

“丫头，这一跤可摔得不轻。慢点儿跑……”

克里斯汀躲进了这群人背着的大包小包后面。在他们看来，如此惊心动魄的一次狙击居然成了摔跤，也是可笑。

隐匿踪迹是克里斯汀的强项，瞄准镜后的那个特种兵将再也没有机会执行领导下达的命令，因为克里斯汀已经跑进了狙击枪的死角——那个乞丐所处的大街上。

第37章

深蓝色的T恤紧贴千衣娇小的身躯，牛仔裤上的腰带露出一个头，摆动着更是显得可爱。披散而下的发丝随着蹦跳也欢快地抖动着。她领着演员们来到舞台正中，T台的最前面本来还是人声鼎沸，此刻都安静了下来。稻垣一树将灯光点亮，整个舞台雪白透明，星光在此无比璀璨。

结束了，将近三个小时的演唱会结束了。每个人脸上都写着三个字：不想走。微笑始终不离，千衣低头看了一眼胸前的logo，那是巡回演出的终点，到此真的结束了。

众人围拢，手牵手，一阵欢呼。

千衣用自己最真挚的声音道出了："各位，谢谢！"

舞台后，导演室前，挤了很多人。清水由美子手捧着鲜花并送给千衣一个大大的拥抱，"千衣，恭喜你"！由美子的声音回来了，但相对沙哑。

很多人长舒一口气，在千衣看来他们都像经历了"世界大战"一般。

同样是由美子，花刚出手，又提来了千衣的黑色风衣，她能看出千衣敷衍笑颜后的担忧。在其耳畔轻轻道了一声："医院！"

时间悄然走过 11 点，使命尚未完成，那种沉甸甸的压迫感让人喘不过气。但好在一切都还风平浪静。

“老乞丐！”

克里斯汀顾不得浑身的疼痛，硬撑着来到这可怜的老家伙跟前。此时此刻，谁都无法阻止女孩疯狂的行为，她凶恶地将那件绿色军大衣从老乞丐身上扒下，口中还不停地问道：“这是谁给你的？什么时候给的？”

大衣没有异常，于是克里斯汀又残忍地撕扯起来。直到里面一组字母的出现，这才让她恍然大悟。

ATM

准确点说，这已经是再明显不过的提示了。ATM，Automatic Teller Machine，自动柜员机。这附近的银行里都有，但是哪一家呢？

克里斯汀愣住了，可怜的老乞丐被女孩凶狠的目光镇住，不敢造次。

“绿色军大衣，ATM，是农业银行的……”

于是，她又紧急搜寻到附近的地图，找到了她想要的方位。

克里斯汀拖着受伤的身躯重新钻入广场。此时，广场上已经人山人海，小贩们的积极性并未被封禁所消灭，散场后的生意更是如火如荼地进行着。仿佛什么也没发生，就这样静悄悄地结束了。

沿着“企业号”右舷，克里斯汀进入主路。

正对面，在秋风的洗礼下命运将会急转直下。她不曾知道，原来指挥室所在地的那一顶帐篷被撤了去，沿路停靠的十几辆军用吉普也不见了踪影。

这是林新茗的功劳。

就在十分钟前，那个骇人的想法在林新茗脑海里不断碰撞、激荡，直至令其发狂。他一脸的深仇大恨出现在茫然无措的众技术员面前。

“各位，赵风陵从作战指挥中心偷走了电子终端设备，此刻的他能够监视会场周边每一个角落，对我们的举动了如指掌。”

一个技术员姑娘凑近过来，无奈耸耸肩，不明白林新茗想要表达什么。

“我的意思是说，既然他有本事从这里偷走一些东西，他又何尝不能留下一些呢？”

这一语过于惊悚，指挥室里的人们纷纷停下了手头的工作。

“你是指炸弹？”

“假设赵风陵就是幕后黑手，他要对演唱会动手，如何来牵制这个临时指挥室呢？”

“在这里安装炸弹，威胁我们是最直接有效的方法。”众人一阵唏嘘，搜索了起来。

不出所料，一个包裹得严严实实的物体被找到，里面似乎有嗒嗒的声音。

“现在如何是好？”技术员姑娘联络不到郑百林，她哪能知道，此刻的局长正躺在冰冷的水泥地上流口水呢。林新茗按照秦牧希的建议，让这帮家伙火速收拾，撤离各小队，并远离会场。

与此同时，赵风陵从藏身的地下车库里蹑手蹑脚地走了出来，往西北，老远便看到了指挥室内的动静。

他对手机上收到的那条邀约产生疑惑，也不知哪来的胆子，他竟想一探究竟。何不让对方的陷阱变成自己绝地反击的契机呢？他深知这个断翅的紫蝴蝶很有可能会主动现身，就在 ATM 隔间里，“不是你死就是我亡”！

小隔间里，一个黑色耐克双肩包吸引了赵风陵的注意，里面是一个炸弹，还有一封信。

“……这里有一张卡，里面有取不完的钱。但每取一次，这个炸弹就会倒数一秒。切记，这张卡只能在这个 ATM 里取现……”

赵风陵感觉这太疯狂了，他看了看炸弹显示屏上的数字，6 分 50 秒，一动不动。然后又摸出那张金卡，密码就写在背后。

利欲熏心，天上掉下来的馅儿饼不拿白不拿，他试着点开取款机电脑显示屏上那一栏“取款业务”按钮，输入密码，然后百元大钞哗哗地从机器口中吐了出来。

银行的ATM有个系统规定，每一次操作只有60秒时间，而每一次取现仅有5000。算一算手速与倒计时，赵风陵感觉能拿不少钱。

炸弹显示屏上的数字有了变化，6分49秒。果不其然，一秒钟就是五千元。粗略一算，在炸弹倒数至0秒前他能拿将近两百多万人民币，也不知这小小的机子里有没有那么多钱。

“不管了，能取多少是多少。”

赵风陵完全被贪婪蒙蔽了双眼。他甚至都不曾发现，炸弹显示屏上的倒数计时越来越快。待回过神，瞄了一眼，“哦，见鬼。”它已经按照正常的时间开始了倒数。

6分00秒。

“可恶的紫蝴蝶，他究竟想干吗？”

赵风陵通过小隔间玻璃上的透明广告贴纸看到远处一个娇小的身影正在靠近。

“该死的，她怎么会知道这里？难不成……她就是断翅的紫蝴蝶？”

百米开外，林新茗蹲在一辆大卡车的后面，技术员女孩通过监视器屏幕发现了一个意想不到的情报。

“报告，我们发现疑似赵风陵的人物……就在……原来指挥室旁边的农行ATM小隔间里。”

无巧不成书，林新茗带来的秦牧希的指示无形中帮了赵风陵一把。如果警方还不曾撤离原地点，那赵风陵又何来机会走进对决的场所呢？

又或者，这一切都是安排好的……

跟前，一辆军用吉普紧急掉转了车头。车上的警官一脸正气。

“他是要去干吗？”林新茗匆忙站起了身，凛冽之风呼啸而过。他瞟到了体操中心，还瞟到了这辆吉普的不寻常之处。

“去确认……”

技术员姑娘的话还未说完，令其震惊的事情发生了。林新茗居然飞身一跃，从卡车后头一下子扑到了掉转而过的吉普车顶。

这一刻无法确认林新茗心中的真实想法，“这是没有办法的事情……我别无选择！”

吉普车司机突起痉挛，肌肉有了强烈的疼痛感，他被头顶猛烈的一声巨响给惊吓，一脚猛踩下油门。车子在湿滑的路面上少了很多摩擦力，以超快的速度向前奔驰了百米后侧翻过来。林新茗没有着力点，手根本抓不住任何东西，车顶的湿滑比他想象的要严重，他像坐了一圈过山车，在滑行过程中就摔了下来。幸而他眼疾手快，落地一个翻滚只是擦破了额头，稍有血丝并无大碍。还能起身奔跑。

事故地点，侧卧在马路上的吉普排气孔里冒着烟，碎玻璃绵延了一地。侧门被打开，除此之外看不到路那头的情况了。

林新茗捡起一只注射器，里面的液体还有一半在流动。气囊后的警员动弹不得，再看后座，没有任何人的气息。身后，警笛骤然响起。

会场西北侧，克里斯汀扶着大马路上的一盏路灯，一口鲜血由胸腔而来，迸发而出。身旁，些许散场的歌迷匆匆而过，纷纷投来了异样目光。

“农行 ATM，农行 ATM，就在眼前了……炸弹就在那里。”

克里斯汀鼓足劲，伴随路顶头一声巨响，她重新迈开了脚步。

人总是自私的，人也总是贪婪的。断翅的紫蝴蝶就想看一看，在巨大的利益面前，赵风陵是否能够控制住欲望，从而选择逃命。

但结果恐怕要让他失望了。

赵风陵加快了手速，一边还注视着玻璃外那个女孩的距离。炸弹显示器上的倒计时来到 5 分 40 秒。

然而，路头一声巨响，好似出了一场车祸，随即警笛鸣响。赵风陵预感自己暴露了，这样下去，他该如何解释这颗炸弹与手头的钱呢？

“这一切都是算计好的？”

在罪恶的深渊里他是否还是这么贪婪？

“克里斯汀，你是叫克里斯汀吗？不，该叫你断翅的紫蝴蝶……”

小隔间的门被打开，两个人怒目相视。

“你约我到这里来就想看我笑话？我是贪婪，看着这些钱我口水都要流下来了，但我不傻。你把警方引来，无论我如何解释这些钱和炸弹，他们都不会相信。这样一来，你的目的就达成了。对吗？”

“自以为是的家伙……喀喀……我是通过‘游荡的人’这个提示找到军大衣的，因此才会知道炸弹在 ATM 隔间里。”

“瞎扯，你一边假惺惺地控制我，说要保护我，另一边又发来邀请短信，让我步入深渊。究竟是何目的？为什么如此针对我？”

赵风陵俨然将克里斯汀当成了断翅的紫蝴蝶，在他看来，此刻出现在 ATM 隔间外的人就是来与其对决的人。不然，这一切事实都无法解释。这也是他认为最具逻辑性的解释。

突然，克里斯汀感受到一阵杀气，冰凉冰凉的。赵风陵一拳头恶狠狠地砸向了她。气力衰竭的女孩根本招架不住，被赵风陵凶残地拖进了小隔间内。

“带着你的炸弹等死吧！”赵风陵本想将炸弹从耐克双肩包里扯出，但炸弹已被缝死。他无奈，眼巴巴望着塞满了钞票的包却不能带走，懊恼无比。

抉择！财富和生命只能选一个！这几乎是一道送分题。无论赵风陵再怎么贪婪，始终还是个怕死的凡人。

“钱不要了，命要紧。给你，给你，全都给你……”说罢，赵风陵匆匆溜出了 ATM 隔间，混进了散场的歌迷人群中，逃之大吉。

倒地奄奄一息的克里斯汀眼里全是失落，双眼沉重无比，再也支撑不开。

车祸那一头，林新茗赶到了这里。

他跑不动了，低垂下头撑着腰走了两步，阑尾作痛，很不舒服。当他注视到小隔间里的时候，克里斯汀那苍白的脸深深触动了他懵懂的心，他的情愫在此刻完全爆发，然而，随着距离的靠近，绝望的眼神深插进他的内心。

命运就是这样捉弄着弱小的人类，该何去何从？口袋里的指针指不出答案，路过的行人给不了帮助。

“我这就带你离开……”

“不，来不及了，还有四分钟。”

“这个炸弹会要了你的命的。”

“我们走了，它同样会要了马路上歌迷们的命。”克里斯汀死死揪着林新茗的袖口，仿佛也有说不出的情愫。

林新茗不信邪，他猛一转头，冲着大马路上越走越多的歌迷叫喊。然而，众人都像看疯子一样看向了这里，人群没有疏散，反而越聚越多。

“别浪费时间了……”

如何抉择？转念一想，会场里夺来的那把宝马车钥匙成了关键。林新茗鼓足了勇气重新冲进隔间里，在克里斯汀面前，夺也好、抢也罢，顾不得包里炸弹的震动与碰撞，他已然设计出最优的路线，而且他非常相信宝马车的性能，一定能及时赶到……

“谢谢你克里斯汀……给你……”

林新茗哀怨的眼神最后看了一眼那娇俏美艳的脸，只有手头的那一块刻出斑斑裂痕的手表能够传达思绪，也唯有做到如此了。

一分一秒都不能浪费，炸弹进入最后的三分倒计时。

会场、马路、高架，处处都是人头。炸弹来不及拆卸，让它在居民区爆炸，这是万万不能做的。林新茗发动了宝马车，他巧妙地避开人群冲出了广场，像是坐上了火箭在高架下的黑暗里直冲向南。他知道顶头有一片湖泊。

还有一分钟，他逐渐没有了时间的概念，唯有速度代表着一切。可是，他一点也没有恐惧，完全没有将要赴死时的那种哀愁与不舍。面色有些惨白但还是很淡定，泪水开始了打转但被强忍住，声音也有了哽咽，颤抖的手还是拨出了克里斯汀的号码，人生中最后一次期盼……

“喂，喂，我好想再听听你的声音！克里斯汀，谢谢你，谢谢你……真的谢谢你！”

电话还是没有接通，他也不再失望，最后时刻可不能让失落的悲伤镌刻脸庞，应该微笑着追寻自己至亲至爱之人而去。

第38章

紫蝶的心也是一怔，梦中的人笑颜正在消失，淹没在冰冷的湖水里。

11点10分。

秦牧希找到了他心目中的天使。

“谢天谢地，你没死……要知道刘一轩的狙击可从来没失误过！”

“警官，林新茗他……”

“你什么都不用说了，我这就带你去医院。”

“我不是紫蝴蝶，我不是紫蝴蝶……”

“对，我知道你不是，你是拯救我们的小天使。”

一辆吉普飞驰而来，从高架下的阴暗里直追排列整齐的载客大巴，眼看就要撞上了，驾驶员飘逸地踩下刹车，分毫不差地停下。

郑百林僵硬的四肢还有些不听使唤，他与江伟强互相搀扶，穿越过人潮涌动的南广场。

“局长，我来接你了。”技术员女孩向他招呼。

郑百林没有理睬她，到了后座坐下。车流开始拥堵，人群也挤上了行车道。再没法发动汽车。

“这是望远镜，这是全新的对讲机，连接便衣警察们的。还有专家们破译出的密码。最关键的是那张纸，潦草的几个英文单词将今晚所有的炸弹串联了起来。还有这个玩具炸弹，从秦牧希手里拿来的。”技术员女孩又从脚下将一个大袋子递来。紧接着，她将刚刚撤离指挥室发生的意外情况说了一遍，意指真正的紫蝴蝶就是赵风陵。

“赵风陵！”一个熟悉的声音传来，属于藏矢川，他坐在副驾驶座上，“就在刚刚，赵风陵从农行 ATM 里取了大量现金，并且留下一个定时炸弹……勇敢的林新茗将这颗炸弹带离了人群，驾车冲进了一公里外的小湖泊。”

“不，幕后黑手是克里斯汀，就是她！刘一轩干掉她了吗？”一根筋的郑百林不愿相信其他事实，虽然他对林新茗的壮举很感动，但也仅此而已。

“女孩很好，除了不能活蹦乱跳、不能卖萌、不能摆出一副高傲的姿态，其他都好。”

“好什么，她浑身上下还有哪处是好的？”

技术员姑娘跟藏矢川唱起了双簧，显然一点都不严肃。

郑百林长叹一声，在幽暗的车厢里翻看着一张张小字条，“从追光灯上拆下来的炸弹里也发现字母了？L？”

技术员女孩点点头，但她还不太明白这表示的是什么意思。七宗罪，七个地点……这同样是密码。

“七宗罪，七个首字母，对应七个炸弹被找到的地方或关键提示处。”

Gluttony（暴食）→ Gabrielle Chanel（加布里埃尔·香奈儿）

Pride（傲慢）→ Parking Lot（停车场）

Avarice（Greed）（贪婪）→ Audience（座位席）

Wrath（暴怒）→ Washroom（盥洗室）

Lust（淫欲）→ Follow Lighting（主追光灯）

Sloth（懒惰）→ Stray（游荡的人）

Envy（嫉妒）→？

技术员女孩觉得以自己的智商还不能很好地理解专家们的高端术语，好在她能懂这些英文表示着些什么。她向后座的上司投来好奇的目光，然而后者却端着望远镜扫描着广场。

“让我们进入正题吧……”

“贪婪是属于赵风陵的，勇敢是属于林新茗的，罪恶则是属于克里斯汀的。”郑百林指了指七宗罪，香奈儿仓库的玩具，字母 G；地下车库的宝马，字母 P；观众席的包裹，字母 A；盥洗室的天花板，字母 W；穹顶的追光灯，字母 L；广场上游荡的人，字母 S。还有最后……

技术员姑娘两腿直发抖，不是寒冷的缘故，她被巧妙设置的密码给震惊了，不禁暗自佩服起紫蝴蝶的天才想法。

“你这下明白了吧？”郑百林将视线转移到广场上。

“是的，每一个罪的首字母便也是炸弹所在位置或线索提示的首字母。但其中也有瑕疵，G 会出现两次，在原有的七宗罪里 Gluttony 和 Greed 这两个字母会重叠。”

“所以紫蝴蝶将贪婪变成了 Avarice，同一个意思，同样也能跟观众席的英文对应起来。”郑百林补充着。

“神奇。加布里埃尔·香奈儿对应暴食；停车场对应贪婪……那这个游荡的人又是怎么回事？”

郑百林淡然一笑：“Stray 有流浪汉及游荡的人这样的解释，如果是乞丐 begger 或者 tramp、vagran 则对应不起来，虽然有些牵强但紫蝴蝶的本意是想让我们通过七宗罪里的懒惰联想到乞丐，并以此为线索找到那件军大衣，就有了后来我们对克里斯汀疯狂的举动了。”

“但事实上这个提示并没起到作用，幕后黑手得知赵风陵被克里斯汀控制住之后，决定单刀直入，不再拐弯抹角……”江伟强将刚刚得知的情报加以整合，如是说道。

郑百林没有给他更多机会解释，“这些不重要了，最重要的是……还有最后一个 E 没有找到。Envy……嫉妒便也是紫蝴蝶犯下如此滔天罪行的初衷了。”

“其实嫉妒才是所有危机的起点。断翅的紫蝴蝶在嫉妒赵风陵，他嫉妒每一个能来现场观看演出的歌迷。”江伟强见过那些肉麻的日记片段，通过联想推理得到这些。

“都是因为紫蝶，那个患有绝症的女孩！”

“这个也不重要，等我们都静下心来将一整天的事件串联起来自然而然会得出答案，但现在不是做这个事情的时候。因为危机还远未结束。”郑百林另有担忧，此刻他并不知道克里斯汀已被秦牧希带走，还试图在茫茫人海中找到克里斯汀的身影。

“还有一颗炸弹，这样我终于懂您的意思了。”技术员拍了拍自己的大腿，“没错，克里斯汀已经为我们做得够多了。我们也不能永远指望她这样神奇下去，她也会犯错。但此时此刻，只有一个提示，通过七宗罪猜测，最后一个炸弹很有可能被安置在以英文字母‘E’开头的地方。”

“很有道理。”江伟强对这个技术员女孩竖起了大拇指。

郑百林轻蔑地说道：“看来你们都被克里斯汀洗脑了，在我看来，抓住这个女孩就等于抓住了最后一个字母 E，也就能找到最后一个炸弹所在的位置了。”

吉普车已然变成了另一个指挥室。

“局长？”技术员女孩摆出一副欲言又止的样子，“我想您错了，您错得太离谱了！”

郑百林收起望远镜，摇上了车窗，“我真的错了吗？还记得在会场里……化妆室，女孩说自己就是紫蝴蝶的时候……”虽然他没能亲身参与，但会场里的一举一动都逃不过他的法眼，“我一直跟自己说人是不可能做到那么神奇的，这种想法越深刻我便越怀疑克里斯汀就是‘恐怖分子’。她的坦白对于警方而言就是一种侮辱，一直想得到的答案被如此轻易践踏就会嫌弃。没错，她的回答我认为就是在践踏我们所有人的努力，甚至是人格。”

“不该是这样一个结局！您一开始就错了。克里斯汀之所以会这样做是有原因的。”技术员女孩还想再辩解，气息也越发凝重。

“局长，克里斯汀确实坦白自己就是幕后黑手，但如果不这样做，真正的犯人又为何多给一个小时的救命时间呢？人的内心是会起波澜的，我也不例外，我对她的感觉非常微妙，凡是人类创造出的情感我几乎都在她身上使用了一遍。到头来，我坚定了信念，我选择去相信克里斯汀！”

江伟强的这一番话让郑百林哭笑不得。此刻，他终于知道一个身经百战的特种兵为何会败在一个弱不禁风的丫头手上了。都是套路。真正被套进去的只是自己罢了。

“不识庐山真面目，只缘身在此山中。我希望您再慎重思考，目前看来，赵风陵的嫌疑是最大的。”特种兵最后补上一句，似乎快要打动郑百林了。

“更准确地说应该是当局者迷，旁观者清。”

“是的，思维在这里应该转变了。当我们从这个迷局里跳出来再思考的时候便会有意外收获，谈不上豁然开朗，起码对曲直是非有了公正判断。”

郑百林静下心来，承认了自己的鲁莽。再回忆这一晚克里斯汀所做的事，他感到深深的内疚。就这样轻易地放下了吗？郑百林内心似乎还有一丝丝怀疑，只不过这个想法被眼前的赵风陵给掩盖。他的注意力悄然偏向了小记者。

层层迷雾散去，是时候拨云见日了。

第39章

时间走过11点30分，赵风陵不见踪影，林新茗生死未卜。

妇幼保健医院内，莫莉睡得像一头死猪，她只是累了。同一个病房，樱井茜刚做完紧急手术，伤口被缝上，并无生命危险。千衣在她俩额头上各吻了一口，“今天没少受你们俩的关照，真是太感谢你们了。”

从由美子口中，千衣了解了今晚发生的所有事件，不禁一阵后怕。

樱井茜和莫莉的门外时而鸦雀无声时而又热闹非凡。克里斯汀有着顽强的生命力和意志力，就像从雾中走出的魔女站定在一半黑暗一半光亮里。她满脑子想的都是千衣。

身后，秦牧希还担忧摇摇晃晃的女孩会忽然跌倒，想搀扶却屡屡被推开。

“还是让医生检查一下吧！”

克里斯汀默不作声，由美子守在门口看着她。

“我可以进去吗？”

克里斯汀推门而入，首先映入眼帘的不是樱井茜，也不是莫莉，而是千穗千衣。这就是她期待已久的重逢，宛如隔了一个世纪那么久。

“千衣……姐？我可以这样喊你吗？”她将语言模式切换成日文。

千衣连忙起身欣然答应了。

“茜阿姨和莫莉姐看来安然无恙。”克里斯汀来到千衣跟前坐下。

“她们安然无恙了，但你看起来精神可不好。”

克里斯汀叹了一口气，卸下了所有的伪装摊在椅子里。

千衣一时间不知如何是好，“人生起伏，经得起大风大浪便也能看透云淡风轻；世事无常，经历过生离死别便也能笑看红尘。所有的烦恼苦恨都是过眼云烟，淡然了便也不再纠结得失了，人生就是如此，充满未知，我们可以在危机里寻找美好，也能在美好中缔结深厚的友谊。我想每个人在学生时代都有憧憬的东西或感动的事情，有想坚持的事情就要有用纯粹的心灵去碰撞的勇气。我想那就是对于大人或其他人来说毫无价值的事情却是自己无论如何也要紧紧抓住的事物。因为有那种纯粹的心情，怀着希望、怀着勇气、怀着梦想飞起来，哪怕这一生只能飞一次！”千衣的傻笑变成了意味深长的微笑。“Only dreamer……will see the dream!”

克里斯汀擦干了眼泪，学着千衣微笑的样子吐了吐舌头。

人们追星，追的是颜。克里斯汀追星，追的是信仰。在每一个苦闷难熬的夜晚，是千衣的歌伴随入梦。对于千千万万的青少年而言，他们不明白喜欢一个明星意味着什么。作为艺人，她必须品行端正，她必须倾注心血将自己认定的价值观融入作品中。这样，追随她的人才会感受到价值。这是一个公众人物应尽的责任，千穗千衣很好地做到了。她的大爱不计较个人得失，她的大爱能包容人们因贪婪、嫉妒与怨恨产生的变态心理，这些东西潜移默化之间影响着克里斯汀……以及千千万万喜欢她的粉丝。

克里斯汀爬起来，疲惫与饥饿都被抛弃在慵懒的椅子里了，她重新抖擞起精神向千衣鞠了一躬，走出了温暖的病房。

这里没有了迷惘，时间推动的命运之轮就在女孩脚下，每一步、每一次转动都牵着所有人脆弱的神经。她没有回头、没有解释，朝着楼下坚定不移地大踏步走着。

秦牧希挠了挠头，走也不是留也不是，该何去何从？

“还有选择吗？”警官问着自己。

“E……”克里斯汀的发音铿锵有力，“线索还有动机，紫蝴蝶的目标是赵风陵。”

“赵风陵就是紫蝴蝶。”

“不，每个人的嫉妒才是紫蝴蝶！”

秦牧希头一次从一个小姑娘身上感受到只有岁月积淀才会产生的深奥哲理。

“思考，思考……不要停，克里斯汀，想想‘E’到底代表什么！”克里斯汀回想起那件断翅的蝴蝶装礼服，“酒店！在那里……”

赵风陵心有余悸，他慌慌张张逃回了自己预定的酒店。正当电梯的门即将闭合的一瞬，一只湿漉漉的大手阻隔在了中间。随即，门再度被打开。

赵风陵就像见了鬼一样，一屁股跌坐在地。

门内有些许散场后兴奋不已的歌迷，不知所措间，林新茗粗暴地将他们赶了出去。随即，狭小密闭的空间里，宿命的对决展开了。

“咚”一声巨响，林新茗一拳锤破了电梯的控制按钮，将门内一团电线扯断。电梯失去动力，悬停在了空中。

“见鬼，你想干什么？”

“我嫉妒……怎样一个贪婪自私的人能有脸面在紫蝶面前谈梦想？你把她的梦想当作了什么？为什么紫蝶不能够跟你们一样追寻自己的信仰？对于你而言千衣只不过是一个明星，可能过了几年，她过气了，又有新的偶像团体出来了，你便会喜新厌旧。但对于紫蝶来说，她这一辈子仅剩的这点信仰也要被你糟蹋吗？你从没想过她，在你心里只有你自己。我不痛恨你的自私，我痛恨你的欺骗。”

“别说得这么冠冕堂皇了……”两人之外，另一个声音传来，这是一个女声，来自电梯顶端。

克里斯汀如天神下凡一般，踹开顶头的逃生通道，跳进了电梯。

时间，2009 年 11 月 27 日晚间 11 点 44 分。好戏正在高潮。

“你进来干什么？这里马上就要爆炸了！”

“我当然知道，林新茗……很高兴你没有被那颗炸弹炸死。”

克里斯汀已经猜到，他将宝马车开进了河里，利用最后一点时间逃脱升天。她也知道，这个嫉妒的“E”同时指的是电梯的“E”。

Elevator!

电梯!

最后一颗炸弹被安置在了赵风陵入住的酒店电梯里，这里自然是两人最终对决的场所。

“赵风陵是个自私的骗子，他就是断翅的紫蝴蝶，他针对的自始至终都是你——克里斯汀！”林新茗一把揪住赵风陵的衣领，怒不可遏的样子。

“什么？你这渣滓，倒打一耙，反说我是幕后黑手。”赵风陵寸步不让，小小的电梯内，一场武斗在所难免。

“住手，先听听林新茗的解释吧。”克里斯汀看了看手表，离炸弹爆炸还有一段时间，遂提议三人做一番激辩，从各自的故事中找出真相。

林新茗深吸一口气，选了一个切入点。

10 点 53 分，林新茗在将莫莉送去医院之后独自来到了指挥室，秦牧希的一个骇人想法让林新茗一脸苦大仇深。

他们找到了类似炸弹的物件，遵照着指示，撤离各小队，拆除指挥室，并远离会场。

与此同时，赵风陵从藏身的地下车库里蹑手蹑脚地走出来，他遵循着短信上的指示，往西北，穿过羽毛球馆中心后侧的拐角，再向西侧的一栋大楼跑了过去。他能看见绵延不绝的路灯还有零零散散的老槐树。忽地精神抖擞起来。

再往下走就是指挥室的地方了，但他在意的却是更前头快捷酒店的顶层，他所预订的房间正巧面对着小路与高架的岔道口。

手机上的短信是一条邀约，希望在这条街道外的农行 ATM 隔间里见面。是谁发送来的不得而知。

他明白这是陷阱，恐怕警方已经坐实他在指挥室内偷藏炸弹这么一个事实了。

“所有的谜题都会被她解开。不行，我得将炸弹拿回来，亲自送到她的手中。”

于是，赵风陵从马路靠右的楼群里急速绕道而过来到大批人马的背后。跨越道路的高架下有一片低矮的灌木丛，他便匍匐而下挤进马路牙边缘，在一排吉普车后蹲伏监视着。他看起来相当激动，一点也没有胆小怕事的样子。

帐篷里的危机骤起，一波警察冲了进去。赵风陵逮到空档迅速绕到吉普车后，在毫无防备的警察身后疾行。

人算不如天算，从一开始情势就没在他设计的步调上，所以现在也没必要再纠结这样做到底值不值了。赵风陵没有遗忘初衷，这一整天他所要针对的都是克里斯汀。为什么？因为她是千穗千衣的忠实歌迷，因为她太过完美，有时自大又高傲。这是赵风陵不能忍受的。

他们的相识源于网络。赵风陵是个小黑客，能窃取到关于克里斯汀的些许秘密，其中八阶幻方就是这么得来的。

赵风陵又对紫蝶念念不忘。对，就是那位身患绝症的歌迷。为什么？有的人受上天眷顾，既聪明又漂亮，甚至还有私下的关系，通过樱井茜这么一位经纪人，想要什么就有什么。然而，有的人却被上天抛弃，躺在病床上苟延残喘，唯一的信仰及愿望都无法实现。太不公平了，太不公平了！

就是这么一个想法让赵风陵产生了变态心理，他将所有怨恨都集中在克里斯汀这一个点上。他不是为了复仇，也不是为了伸张正义，诸如此类的理由都不是他犯罪的动机。他就是气不过，他想让这个不公平的社会付出一点代价。

事到如今，克里斯汀解开了一个又一个密码，找到了一个又一个炸弹。失策了，太难对付了！他必须将埋藏在警方指挥室内用于牵制的炸弹拿回来，再亲手送给克里斯汀。

多事的林新茗得逞了。看着帐篷内的东西被拆卸、被装车，赵风陵开始了行动。一个警员小心翼翼地将类似炸弹的物件搬上吉普车，趁着空当，赵风陵钻了进去，躲在了后视镜的死角里。他露出了邪恶的笑，自言自语着："我给你预留了三分钟，足够了，我也不管之前的计划到底是什么，我现在只想炸死克里斯汀……好好享受这三分钟的恐惧吧！"赵风陵内心的邪恶在不断膨胀，谁也阻碍不了他。车队移动，离会场越来越远，然而疯狂却越来越近。

半道，开车的警员完全没有准备，此刻，已被疯狂的赵风陵胁迫控制住了。

车速并不快，由于寒冷他也没打开车窗，后视镜里，那漆黑的枪管抵着他。再看右手边，那是赵风陵的双保险，肌肉僵硬剂的针管一点也不比枪带来得威胁小。

"听我的，按照我说的做，不然我不知道该用哪一种方式结束你的生命。"

"你是在犯罪！"警员无可奈何。

"告诉我这个罪该怎么判？"

"威胁警务人员、挟持……"

"好了，我无所谓。"

"你想怎样？"

"现在给我掉头，慢慢来，不要引起他们的注意，对，你知道该怎么做。"

"你这样做有什么意义？"忽然，警员意识到刚被自己搬上车的炸弹，内心似有似无的微弱红光一闪一闪，"你要回到会场去引爆炸弹吗？"

"对，这是送给克里斯汀的饯别礼物……"

赵风陵手直打哆嗦，这是亡命之徒标准的紧张状态。警员不敢怠慢，性命攸关，不能指望背后的人突然良心发现，他得再机智一些，不过在此之前得先好好开车。他就像一个刚上路的学徒，胆战心惊，连油门与刹车的转换都生疏了。

另一边，卡车上的林新茗意识到自己的轻佻与不成熟，但他没有更好的办法了，到目前为止一切都还在掌控中，他瞟到了体操中心，还瞟到了前方某辆吉普的不寻常之处。或许他也没有意识到自己为什么要做出这样疯狂的举动，几乎是潜意识里的瞬间决定，他一下子飞出扑到吉普车顶。

赵风陵吓了一跳，右手一抖，枪掉落在车上。他反应不及，也没意识到发生了什么。警员的惊吓超出了想象，手心猛烈一用劲使得汽车打了一个转，很快又回到直线路面上。赵风陵错误地以为是警员做出的搏命一击，左手不自觉地挥舞过来，针头插进了他的脖颈。

警员突起痉挛，肌肉有了强烈的疼痛感，他一直以为这种药剂会延迟生效但事实却快得可怕。最后，他还一脚猛踩下油门，车子在湿滑的路面上少了很多摩擦力，以超快的速度向前奔驰了百米后侧翻过来。

道路另一边，克里斯汀面对着空无一人的小隔间，这是从乞丐的军大衣里找到的线索，农行 ATM。

她发现地上有一个黑色耐克双肩包，里面是一个炸弹和一封信。按照信中的规则，只要她不从金卡里取款，这个 6 分 50 秒的倒计时就永远不会动。然而，赵风陵太天真了，克里斯汀有些自大，但她并不贪婪。因此，这个设置真可谓是个彻头彻尾的失败之作。

“没关系了，就用我手上的这颗炸弹毁灭一切吧！”

赵风陵逃出侧翻的吉普，令他意想不到的是，克里斯汀居然主动送上了门。一阵杀意过后，克里斯汀抱着倒数三分钟的炸弹独自等死。

这是事实，然而，峰回路转，赵风陵再一次失败了。他败在了林新茗的手下。这个不速之客根本不在计划之中，更想不到他会为了克里斯汀挺身而出，不惜以自己的生命做赌注。

赵风陵躲在黑暗中恨得牙痒痒。他徘徊着、迷茫着，看着秦牧希救走自己的猎物，突然感到了绝望。

为什么一次又一次失败？

为了这个计划，赵风陵可谓煞费苦心。他所喜欢的紫蝶，其家族有用不尽的炸药，为了将这些偷来的炸药安置在会场里，他早早装扮成工作人员，甚至主动要求搭设顶层的追光灯。为的是什么？为的是让克里斯汀摘下高傲的面具，在一个又一个绝望瞬间里迎接死亡。然而，迎来的并不是死亡。即便抛出莫莉这一个烟雾弹也无法迷惑众人，克里斯汀甚至让警方将搜查的重点转移到他自己头上。这一点是赵风陵万万没想到的。

太厉害了，这个对手太厉害了！走在回酒店的路上，赵风陵不禁感叹。

彻底失败了吗？不，还有机会。就在这个电梯里。

林新茗结束了自己的故事，他已经破解了七宗罪中“E”的含义。电梯！没错，他从冰冷的湖水里逃出，就是为了阻止赵风陵最后的疯狂。

可是，看到克里斯汀跳了下来，林新茗有些失落。

“你不该在这里，为了你，我决定与赵风陵对决。你又何苦赶来送死呢？”

克里斯汀微微一笑，手表上的时间来到 11 点 50 分。好戏还在继续。

每个人心中都有一杆秤，用于衡量自己的行为处事；每个人同样有一把尺，用于测量分寸。

接下来该轮到赵风陵发挥了。

“我对这个故事感到荒诞可笑，我并不是什么断翅的紫蝴蝶，真正的幕后黑手就在眼前，没错，一直都是你，克里斯汀！是你在引导着警方，是你将一个又一个炸弹安置在我身边。如果我猜得没错，我们会在机场邂逅，然后你会一步步带领我走向深渊，在一次又一次死亡威胁下令我绝望。只不巧，天不遂人愿，你所有计划都毁在了樱井茜双重人格的诡计下。”

克里斯汀不得不为之而感到赞叹，赵风陵的思维与警方如出一辙，基于现实的推论，能制造出如此复杂及高智商的暗号密码的，这里，除了克里斯汀再无他人。

这个想法根深蒂固，同时也是警方怀疑自己的出发点。有的时候太聪明也不是一件好事。

第40章

接下来该轮到我们的主角道破玄机了。为了拯救两个渐行渐远的灵魂，克里斯汀毅然决然地跳进了这个陷阱。

“你们的故事非常精彩，是谁在颠倒是非，又是谁被一叶障目？且听我慢慢道来。林新茗，林氏化工集团的公子，也是林紫蝶的哥哥。虽然我无法否定你就是断翅的紫蝴蝶这么一个事实，但我还是被你最后关头的良心发现给感动了。你选择救我，然而又要杀死赵风陵，这一切都有意义吗？是别有用心的隐瞒还是别出心裁的计谋？不同的故事有着同样的结局，然而过程的大相径庭是所有人始料未及的，正是这看似扑朔迷离的过程才能孕育出真相。”

这一幕是林新茗怎样也不愿看到的，他的计划失败了。终究，矛头还是指向了自己。克里斯汀平淡如水的语言在他听来就是无情的嘲讽。然而，他对这个女孩产生的情愫却一直未变，也不知道为什么，哪怕失去自己的生命，也想去保护这个女孩。

“答案早已出来了！”

“我很好奇，你从什么时候开始怀疑我的？”林新茗简直太喜欢克里斯汀了，被她的智慧深深折服。

“从我们第一次相遇。”

“要知道是你主动找上我的？”

“没错，这都是你设计好的。或许，冥冥之中，你一直希望有一个人能阻止你犯下滔天大罪。其实你内心已经没有了仇恨，只是本能地想要完成既定的计划罢了。”

“怎么可能，这个人已经完全变态了！”赵风陵冷不丁冒出一句。

克里斯汀摆摆手，示意让她说完，“手表密码与日记提示。”

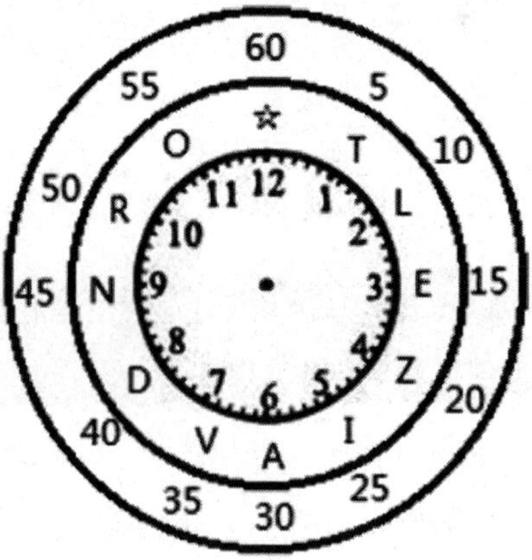

她将那块表盘展示出，并转动着。

“解开这个表盘密码的钥匙就是日记片段前不规则的数字。”

“就是寄给我的那些恶心东西？”

克里斯汀冲赵风陵点了点头，回忆了几秒，将这些数字列举了出来：

2．20

10．15

6．15

12．4

12．5

6 3 1

“这个女孩得了绝症，林新茗将这些点点滴滴、值得纪念的文字发送给你，就是为了提醒你女孩叫什么。林紫蝶。同时，她也是这手表真正的主人。这六行数字要分成三个部分，因为它们运用到三种不同的算法。”克里斯汀展开了灿烂的笑容，是一种骄傲的自信，“首先是前三列，很好分类，它们的风格是一样的。”

“确实，下面两列应该也是一类的吧，然后最后一列单独一类。”

“聪明！”

“2 月 20 号？10 月 15 号？6 月 15 号？它们出现在那些有意义的事情之前很容易让人联想到这是日期，但它们是时间。”

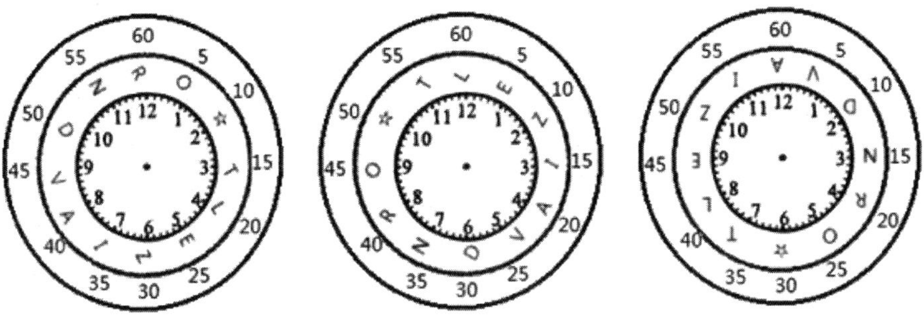

“第一个顺时针旋转 60°，将五角星标记对准内表盘的 2，然后再看最外面的辅助表盘，在 20 分钟的时候就是字母 L。”

以此类推，第一类出现了三个字母：

L I N

“下面是第二类，原理一样，但这就简单多了，前一个数字 12 表示五角星不动，然后找 4 和 5 位置上的字母。”

Z I

“哦，神奇，这个好简单，连转盘都不用动。”赵风陵逐渐感觉有些不可思议。

“关键是最后一个，这有些困难了，林新茗玩了一个数字游戏。631，不管我怎么变换五角星的位置都得不到准确的字母，应该说无从下手。如果把它比作指南针，指针是有了，但东西南北的方向却没有了。”

“所以你还缺一个数字用于校准五角星。”林新茗苦笑一声。

“是的，这个数字就在631里面，我试着将它们相加得出数字10，用它来校准，结果出现了神奇的字母。”

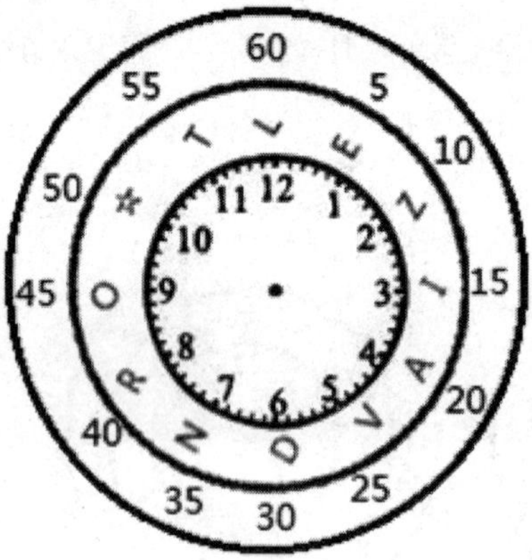

“就是第一类中间那个表盘，一模一样。”

出现在631上面的字母便是：

D I E

“LIN ZI DIE，答案出来了，林紫蝶！她不是你的前女友，我一开始的推理真是错得离谱。她是你最疼爱的妹妹，你们的家族就是赫赫有名的林氏化工集团。”

“没错，我承认，我将这个密码表盘展示给你是希望你能破译出其中的暗号。你越早找到林紫蝶，越容易发现我的真实身份。或许就不会有晚间那一幕幕惊心动魄的遭遇了！”

然而，还没结束，克里斯汀又写下一连串的数字。是那些日记后面剩余的数字：

12. 15→3. 25→5. 40→8. 15→3. 45→9. 50→10. 45→9. 35

“这一连串的时间是前后承接着的，12 点 15 分，15 在表盘上就是整数 3，也对应了下一个时刻的时针。也正是这些数字的出现我才意识到它们表示的不是日期，怎么可能有 40 号、50 号呢，一个月顶多 31 天。”

通过表盘密码，一连串的数字可以解答出这么一个英文单词：

Elevator

其实，林新茗从一开始就将最后一个炸弹埋藏的地点透露了出来。

“是我疏忽了，从一开始我就忽略了，你应该是在网络里认识我的，从我的博客里窃取到八阶幻方，同时还将我的名字写进暗号。”

赵风陵不解，问道：“这又关名字什么事？”

“是那个图形数字密码，最后紫蝴蝶不是向我问候了吗？”

如是写道：

Good luck, dear Kristen.

“而我名字克里斯汀的拼写却是 Christian！所以，我推测这个幕后黑手一定不是熟知我的人，同时也不可能是公安系统里的人。今天出现在我身边的陌生人中，首当其冲，你林新茗就是最该被怀疑的那一个。”

“既然你那么早就看穿了我，为什么没能叫警方及时逮捕我呢？”

“没有证据，你隐藏的太好了。即便是翻看过会场近几日的监控录像，也没有一个镜头正面拍到你。你的反侦查意识太强了。”

“真是可怕！对于你而言，我们只不过是陪你玩游戏的棋子，如果我没有出现在机场，而是一直安安稳稳地坐在观众席，你还会针对我完成这场游戏吗？”赵风陵对自己被盯上这一点耿耿于怀，他并没有罪过，为什么要承受如此丧心病狂的惩罚呢？

克里斯汀接茬道：“我想他不会再关注你了，他找到了更好的游戏对手。或许林新茗……你真的已经变态了。妹妹的重病让你丧失了理智，她单纯地想要看一场演出，去追一追自己喜爱的歌手。但仅仅是这样一个愿望也不能实现，因此，你想让所有人都去陪她。你要炸毁会场，将千穗千衣和上万歌迷一同送往另一个世界，这样紫蝶就可以在那里完成心愿了！”

“简直太疯狂了！令人发指！”注视着时间一分一秒逝去，赵风陵越发坐立不安。

“在整起事件中，最令你意想不到的就是樱井茜了吧。如果说我是连接这两条线的一号人物，那赵风陵便是二号人物了。”女孩做了一个细致分析，“樱井茜因丈夫的死产生双重人格，我本是为了守护千衣而存在的，另一个人格中江是为了毁灭而存在的。同样是畸恋，中江将丈夫的死怪罪到千衣头上，因爱生恨，因此她要制造混乱，让千衣身败名裂。这一条线给你做了十足的掩护。不巧的是，中江这个人格主导时会乱写乱画，在我给茜阿姨寄去的悼念信中写下了死亡威胁。藏矢川警官发现了这个线索，联系上樱井茜丈夫的死，将矛头对准我。这一误会造就了早间火车站外那一场抓捕行动。身为幕后黑手的你向警方寄出暗号，作为挑衅，也起到了推波助澜的作用。就这样，我成了头号犯罪嫌疑人。整件事深入，赵风陵通过窃取网络信息得知樱井茜丈夫死亡的真相，本想以此来要挟樱井茜和稻垣一树，不承想偷鸡不成蚀把米，在阴暗的小屋子里昏迷了大半天。这一意外令你的计划全部打乱，无奈之下，只能看着我神勇般破解一个又一个暗号密码，解除一个又一个炸弹威胁。厕所的那颗炸弹之后，你逐渐意识到秦牧希对你的态度产生了微妙变化，当时你们应该有一番激烈讨论吧？”

林新茗点了点头，在他看来，秦牧希请他分析案情是别有用心的举动。他深深察觉到自己有暴露的危险。

克里斯汀继续讲述：“如果不是我主动提议给你做掩护，你会让追光灯上的炸弹按时爆炸吗？这一个交易对你我而言是双赢的结果。一则我们争取到了一个小时的时间，二则你又能从风口浪尖中脱身，伺机找到赵风陵。所以，当这个可悲的小记者现身后，你已经没有必要拐弯抹角，直截了当约在了农行 ATM 前。”

突然，赵风陵有话要讲了，“我就知道是一个陷阱，但还是好奇这背后的人究竟是谁，惶恐中这才去赴了约。想不到的是，林新茗你居然是紫蝶的哥哥，你隐藏得真深啊！”

“为了让计划顺利施行，你调开了警方，测试赵风陵的贪婪。他的表现让你很失望吧？”

“这能怪我？那么多钱，不拿白不拿。”赵风陵还想狡辩。

“贪婪固然可怕，但嫉妒却不遑多让。你们俩，一个贪婪，一个嫉妒。都是变态。贪婪是属于赵风陵的，你这小子很自私，答应帮助重病在床的紫蝶实现心愿，然而，本质上却在为自己谋私利。从接触樱井茜开始，到威胁稻垣一树，以紫蝶为借口，想骗取千穗千衣的同情。这些都看在林新茗眼里，其实最让人想不通的是，为什么要接近一个垂死的女孩呢？俗套一点讲就是为了钱，这也是为什么要在ATM隔间里设置那么一个规则的原因，根本无关信仰、梦想、大爱之类的狗屁话，你对千衣的喜爱恐怕也并不单纯，就如茜阿姨的丈夫，久而久之终成一种畸恋。然而，小人物就是小人物，整天幻想着不切实际的东西。奉劝你们一句，想要得到什么，就得为此付出些什么。林新茗？你付出了吗？这就是紫蝶想要的吗？口口声声说在意她、爱着她，为了帮她完成梦想可以不惜一切代价……”

“好了，别说了，安静地迎接死亡吧！”

时间来到11点59分，离零点还差几十秒。

赵风陵哭爹又喊娘，发了疯般跳跃着，想抓住顶头逃生通道的抓手，但越试越无力。“怎么办，我们要死在这里了吗？林新茗，快让这颗炸弹停止。”

“停止不了了，这个电梯注定将灰飞烟灭。”

哦！死神，请不要停留，带不走的请您跨步而过！死神，请不要回头，带动命运的滚轮继续前行吧！

赵风陵在内心祈祷着，林新茗则是在忏悔着。

“紫蝶的心愿已经完成了！”

冷不丁的，克里斯汀一句话将两个男人镇住。

“其实她想要的仅仅是那么简单的几句。希望你从今天起，不再对受伤恐惧，勇敢地前进。希望你努力活出你自己，我会一直陪伴你，一直守护着你，Chance for You！”

这一个夜晚，克里斯汀不会轻易放弃任何人。

“嘭”一声巨响，电梯的门被铁棍撬开，江伟强和刘一轩强而有力的大手伸了进来。他们夹在两个楼层之间，只有上方的一条缝隙可以逃生。秦牧希终于在毁灭来临前赶了回来，他成功地带来了希望。

林新茗想要阻止，一瞬，克里斯汀一个手刀劈在了他的脖颈上，顿时失去了知觉。

“快，赵风陵，搭把手……”

林新茗第一个被抬出去，紧接着是这个怕死的小记者。时间进入最后的倒数 5 秒，克里斯汀半个身子还在电梯里。

“轰隆”，整个大楼都在震动，瓦砾从狭小的门里飞溅而出，伴随着浓烟，粉尘无孔不入。

时间来到 28 号零点，死神等得够久了，冒着寒光的镰刀已然架上了克里斯汀的脖子。

广场上不愿离去的歌迷的欢声笑语淹没了一切，武夷路上华灯渐灭，月亮露出一个角，并不是很圆也非那么近，这种若即若离的感觉似乎也在诉说着别样的思绪……然而再也见不着克里斯汀的踪影了！

喜欢一个人，守护一个人，你愿意为她做出何种牺牲？

憎恨一个人，毁灭一个人，你又想看到她怎样的下场？

第41章

2009年11月28日。

朦胧之中克里斯汀在一间陌生的房间里醒来，眼前的护士正帮她检查身体。

“医院？”克里斯汀明知故问。

护士点了点头又问道：“你过去发生什么事情了吗？”

克里斯汀迷茫了，爆炸之后的一切她都不记得了。

“谁送我来的？”

“一个男人！”

“那他人呢？”克里斯汀意识到这肯定是秦牧希。

护士摇了摇头，表现得更为茫然。

“他有说什么吗？”

“他说你是幸运的，但不要着急去找寻自己的过去，命运这个东西早已注定！但一切都结束了！”护士机械般重复了这段话。

克里斯汀默不作声，她已然懂得了。

“所以你过去到底发生了什么事情？”护士又好奇地问了一声，但见女孩低沉的情绪便识趣般退了出去。

一切都结束了吗?

她悄悄走出了房间，隔壁门内传出的歌声打断了她思绪。多么熟悉、多么亲切!

希望你从今天起
不再对受伤恐惧
勇敢地前进
希望你努力活出你自己
我会一直陪伴你
一直守护着你
chance for you
…………

再看门牌，赫然印着“林紫蝶”这三个字。原来早已安排好……“紫蝶！”她轻声低语了一句。本就湿润的眼窝再也阻挡不住眼泪泛滥开来。

这里是所有恩怨情仇、嫉妒猜忌的起点，罪孽并不属于紫蝶，但悲剧却又悄然回到了她身边。克里斯汀所站的位置就是所有嫉妒的开端，她能想象到林新茗从这里注视赵风陵的目光，终究林新茗还是成了妹妹最不想他成为的那个人。

“你得不到的梦想别人也别想得到……”克里斯汀自言自语着，她终于理解了林新茗!

城秋新雨后，万物皆芳华!

现在克里斯汀只想独自一人安安静静地结束这段冒险。

S直辖市南站，乳白的子弹头驶入月台，扑哧一声，和谐号动车打开了车厢门。克里斯汀站在黄线之上，低垂着头，帽檐遮蔽了前方的视野，一秒过后她便踏进了温暖的车厢，守在门口的乘务员笑颜相迎。说是毫无眷念那肯定是假的，内心多少会起一丝波澜，五味杂陈。她扭过头最后注视了一眼秋后的S直辖市，就这样告别或许有些残酷，但带走的美好或许是这一辈子都无法忘怀的。

我一生都会记得，一辈子都无法忘怀，2009年11月27日这一天……

克里斯汀走到了自己的位置，她将座位前的台桌拉开，那块留下无数惊心动魄瞬间的手表静悄悄地横卧着，时针还在不厌其烦地走着，长针绕到最顶端的同时动车发动了。在哪里拾起便在哪儿舍弃！克里斯汀望着窗外，肘抵在窗台上，手托着腮陷入了沉思。脑海里开始撰写着一个传奇的故事……

我，在看不到黎明的黑夜里独自徘徊。我，憎恨这个世界，痛恨人们的怜悯。我，在绝望的深渊里苦苦挣扎，在死神的淫威下苟延残喘。还是我，就在舍弃一切面对死亡的时候遇见了那一抹美好。

直到遇见了你！你的歌声给了我光芒，你的笑颜让我动容，你所有的一切我都想触摸。我想追寻你、喜欢你然后再爱上你，在不留遗憾的岁月里感激上天给予我短暂的生命让我遇见了你。从此回忆里的美好全是你！